Barbara Krohn

EIN SCHAF UMARMEN

Barbara Krohn

EIN SCHAF UMARMEN

Ausgewählte Erzählungen

KernVerlag
2024

Impressum

1. Auflage 2024
Autorin: Barbara Krohn
Satz & Cover: KernVerlag
Graphik Titelbild: Bettina Badenberg
Druck und Bindung: Mazowieckie Poligrafii

ISBN: 978-3-934983-61-8

www.kernverlag.de

Inhalt

für meine Lieben

Bruderliebe

Der Onkel trinkt. Er hat weiße Haare und trägt eine Brille. So wie früher im Westen die Kassenbrillen, mit dickem Rand, farblich vage. Er züchtet Kaninchen, in irgendeinem Garten. Angeblich ist er anders als der Vater. Ganz anders! Wie, anders? Na, anders eben, hat ihr Vater gesagt.

Sie will endlich wissen, was dran ist. Deshalb stehen wir an diesem Samstag im Frühherbst vor einem hellbraun getünchten Haus mit einer Fassade wie Streuselkuchen. An den Fenstern zur Straße hängen weiße Gardinen, wie in den ordentlichen Vierteln bei uns. Links eine Betontreppe mit vier Stufen, die zur Haustür führen. Oben angekommen, zwei Namensschilder, für jedes einen Klingelknopf. Sie beugt sich vor. Der obere ist es!

Tatsächlich, es gibt diesen Onkel! Hier steht sein Name, hier wohnt er, der einzige Bruder ihres Vaters, den sie noch nie in ihrem Leben gesehen hat. Es gibt diesen Ort, diese Straße, das Haus. All das ist keine Erfindung.

Und doch ist sie überrascht. Fast so, als hätte sie erwartet, dass der Onkel verstorben ist, ohne dass man im doch so nahen Westen davon erfahren hätte. Oder dass er aus irgendwelchen Gründen unbekannt verzogen ist, wie es manchmal heißt. Dabei war diese Adresse, seit sie zurückdenken kann, unverändert geblieben, Anschrift und Absender auf sporadischen Briefen zwischen den Cousinen, den Päckchen von Schwägerin West an Schwägerin Ost, und als erst die Mutter im Osten starb, dann die Mutter im Westen, hatten ihre Töchter die Aufgabe übernommen, den Kontakt zu halten und Post zu verschicken, auch Jeans von Levis im Tausch gegen Marx' Kapital. Die drei Bände stehen noch immer im Bücherregal, ganz oben, ganz hinten, fast unerreichbar. Die beiden Brüder ließen manchmal einen Gruß ausrichten, auch das verlor sich mit den Jahren.

Der Klingelknopf hat etwas Magisches, aber sie traut sich nicht hinzufassen, zieht den Finger wieder weg, zieht mich weiter.

Zwei Jahre jünger als der Vater. Also wird der Onkel bald siebzig. Wie die Zeit vergeht. Die Zeit vergeht so schnell, hat ihr Vater gesagt, wenn wir vierzig Jahre lang gewartet haben, wird es auf ein paar Wochen oder Monate mehr ja wohl nicht ankommen. Immer mit der Ruhe. Man muss die Dinge nicht überstürzen. Jetzt warten wir mal ab, bis der erste Ansturm sich gelegt hat. Die Sahara ist auch nicht an einem Tag entstanden.

Wir drehen erst einmal eine Runde durch den Ort. Es ist fast zu warm an diesem Herbsttag, das Blumenpapier klebt an den feuchten Händen. Wir kommen am Rathaus vorbei, an einer neu eröffneten Videothek, die mit Terminator und Bambi lockt. Im Schaufenster des *Konsum* nebenan aufgestapelte Schachteln mit *Halloren Kugeln* hinter einer Pyramide aus Putzmitteln und einer zweiten aus Konserven. Der Laden hat schon geschlossen.

Ziellos biegen wir mal rechts, mal links um eine Straßenecke, bis wir wieder vor dem Haus stehen, Mühlenstraße. Und wenn er mich abweist, sagt sie. Wenn er sagt, ach so, sieh mal an, du bist also die Tochter meines Bruders, aha, aus eiskalten blauen Augen, und was willst du hier, jetzt, wo es einfach geworden ist, als die Mauer noch stand, habt ihr euch wohl nicht getraut, was, vierzig Jahre lang Päckchen zu Weihnachten mit Kaffee, Schokolade, Damenstrümpfen, Nüssen, Zigaretten und ein paar abgelegten Kleidern, aber selbst herkommen, das konntet ihr nie, das war euch wohl nicht fein genug, was? – ein feiner Bruder, und jetzt sind auch schon fast zwei Jahre vergangen. Wenn er mich abweist und befremdet ansieht. Was, wenn er betrunken ist. Nichts weiß sie aus dem Leben dieses Onkels.

Ein vergilbtes, ovales Foto zu Beginn der dreißiger Jahre: ein Neunjähriger und ein Elfjähriger flankieren die Mutter, der Elfjährige hat leicht abstehende Ohren, er blickt ernst und auch ein wenig traurig, er schmiegt sich an sie. Das Wort Schutz kommt ihr in den Sinn, suchend oder gebend? Sie kann nur raten, deuten, das Foto mit ihren Augen zu lesen versuchen. Der Jüngere der beiden Jungen hält Abstand, er sitzt frei und aufrecht, schickt ein verschmitztes und gewitztes Lächeln in die Welt.

Ein anderes Foto hat die Cousine vor ein paar Jahren geschickt: ihr Sohn und sein Opa bei der Jugendweihe, sie schrieb: ein Herz und eine Seele. Zwischen den beiden Fotos liegen sechzig Jahre Leben, sichtbar geworden in Falten und weißem Haar – eine Steppe, in der außer Wegsteinen der Geschichte nicht viel wächst, in ihren Augen jedenfalls, denn sie weiß zu wenig, findet, der Onkel sieht älter aus als der Vater, nicht wie sein kleiner Bruder. Der Onkel war in russischer Gefangenschaft, der Vater in der Sahara und in Frankreich.

Sein Vater hat eine ganze Fabrik versoffen, hat ihr Vater immer wieder erzählt: vertrunken, verspielt und verhurt, mit der Schwester der Frau seines Vetters. Mein Vater hasst Alkohol, sagt sie. Das höchste der Gefühle war ein Feierabendbier, er trank nichts Hochprozentiges, keine Kurzen, nie. Kam sein Vater mittags schon betrunken nach Hause, schlug er erst die Mutter, seine Frau. Anschließend schmiss er die gefüllten Porzellanteller gegen die Wand: Rotkohl lief die Tapeten hinunter, Bratensoße tropfte aufs Parkett, Kartoffeln wie nasser Mörtel. Jeden Monat musste neu tapeziert werden. Ob der Vater auch seine Söhne schlug, ist nicht überliefert. Eines Tages, kurz vor oder nach dem Foto muss es gewesen sein, ging die Mutter in einem günstigen Augenblick mit beiden Jungen fort, eine Stadt weiter, zurück zu ihren Eltern. Dort wohnten sie ärmlich unter dem Dach. Wenn ihr Vater, was selten vorkommt, davon erzählt, macht er einen Mund wie eine Wüste. Kein Schatten, kein Wasser. Mein Bruder trinkt auch, leider, nach der väterlichen Seite geschlagen, sagt er dann. Wir sind eben sehr verschieden.

Hinter der letzten Häuserreihe beginnen schon Gärten und Felder. Sie sagt, vielleicht ist er gar nicht zu Hause. Stell dir vor, vielleicht begegnen wir ihm auf der Straße, auf einem Feldweg, und wir erkennen ihn, aber er erkennt mich nicht. Wie sollte er auch. Am rechten Wegrand wächst herrlicher Mohn. Dahinter Schrebergärten mit Gartenzwergen und Kaninchenställen. Vielleicht hält er hier seine Kaninchen, sagt sie leise, wie um sie nicht zu erschrecken, und sieht sich suchend um. Aber da ist niemand.

Nach dem Krieg haben sein Vater und seine Mutter sich wieder zusammengetan, wie er es ausdrückt: die Mutter habe dem Vater den Haushalt geführt und der Vater ist zwischen den Sektoren zwischen Ost und West gependelt, mit einem Karren voll Gemüse und mit Damenstrümpfen, Schwarzmarktware: irgendwann musste er ein, zwei Monate hinter Gitter. Wo sein Vater begraben liegt, weiß ihr Vater nicht, oder er will es nicht sagen. Zuletzt haben sie sich in den frühen fünfziger Jahren gesehen, bei der Beerdigung der Mutter, danach nie wieder. Sieben Siegel über dem Herzen, dann die Mauer.

Wir gehen zurück, und schließlich klingelt sie doch. Sie ist hier, um ihren Onkel zu sehen, selbst wenn er besoffen ist. Das erste Mal nur kurz, als stünde der Klingelknopf unter Strom. Nichts ist zu hören und nichts rührt sich. Ob die Klingel nicht funktioniert? Ist der Strom ausgefallen? Sie klingelt erneut, diesmal länger, das Ohr ganz dicht an der Eingangstür. Wieder nichts. Vielleicht ist er verreist, sagt sie. Möglich ist alles. Eigentlich einfach, die Mauer ist auf, jeder hat freien Zutritt ins jeweilige Drüben.

Vielleicht, überlegt sie, steht er sogar genau in diesem Moment bei ihrem Vater vor der Tür und klingelt. Neugierig, versöhnlich hat er gedacht: Schwamm über die vierzig Jahre mit Ost und West, genug damit, jetzt fahre ich hin. Wenn der große Bruder seine alten Knochen nicht in Marschrichtung bringt, dann muss der Jüngere das eben in die Hand nehmen. Irgendein Busunternehmer, sagt sie, ist garantiert auf die Idee gekommen, Billigbusreisen anzubieten, eine günstige Tagesfahrt nach Hamburg, Hafenrundfahrt und Besteigung des Michel inbegriffen, dazu eine Kaffeepause Jottweedee mit kleiner Verkaufseinlage, Videorecorder, Lederjacken, elektrisch betriebene Fußentspannungsmaschinen.

Sie weiß, die beiden Brüder haben zu lange gewartet. Als Rentner hätten sie längst reisen können, sich wiedersehen, nach so langer Zeit. Aber zwischen ihnen liegen nicht nur kaum vorstellbare Zeiten und Räume, die jeder von ihnen anders erlebt hat, sondern auch die Trümmerlandschaft im eigenen Kopf, wo wieder Bomben fallen und Häuser und Menschen brennen und Väter Mütter verprügeln. Jahrzehntelang war alles schön unter Dach und Fach, geordnet, abgelegt, vergessen. Man muss endlich mal einen Strich drunter machen, sagt ihr Vater, sobald sie wieder einmal nach früher fragt und er sich für seine Verhältnisse schon zu intensiv erinnert hat. Mein Bruder ist für mich ein fremder Mensch. Was der Onkel in solchen Fällen sagen würde, weiß sie nicht.

Sie will nicht aufgeben, versucht es beim zweiten Klingelknopf. Eine ältere Frau öffnet die Tür, die Nachbarin von unten, sie gibt endlich Auskunft. Jetzt ist Zeit fürs Stammlokal, dreht er immer seine Runde durch den Ort. Wir nicken, als hätten wir genau das erwartet. Für alle Fälle geben wir die Blumen schon mal ab.

Der Onkel ist in greifbare Nähe gerückt. Es gibt ihn, er wohnt hier, er ist nicht verreist. Nur in sein Stammlokal. Wir gehen den Onkel suchen, kommen an einer stillgelegten Mühle vorbei, überqueren eine Holzbrücke. Darunter rauscht ein Bach. Wenige Schritte nur, dann sind wir am See, mit Booten, Stegen, Anglern, zwei Lokalen direkt am Ufer. Vielleicht sitzt er dort. Sie hüpft jetzt wie ein kleines Mädchen von einem Bein aufs andere – geh du vor, bitte. Die Luft ist rein, scherze ich, als ich wieder herauskomme, aber das Spiel ist vorbei, die Luft raus, und sie weint. Dass es so schwer sein muss. Dass dem Onkel alles zuzutrauen ist. Dass er seine kranke Frau schlecht behandelt hat. Sie kann sich den Onkel nicht anders denken als im Wüstenblick des Vaters, ist gefangen in seinen Erinnerungen, so sehr sie auch zappeln mag. Das ist der zweite, der hintergründige Grund, weshalb sie hier ist. Sie hat keine eigenen Bilder im Herzen für diesen Teil der Familie. Ein einziger Versuch, die Cousine im Ostteil der Stadt zu treffen, scheiterte an endlosen Schlangen beim Grenzübertritt. Als sie drei Stunden zu spät zum vereinbarten Treffpunkt kam, hatte die Cousine gedacht, sie kommt nicht mehr und war wieder nach Hause gefahren.

Im zweiten Lokal stehen Jugendliche an einem Flipper. Die Wirtin liest Zeitung. Wir trinken erst ein Bier, dann noch eins. Schwanken ein wenig, als wir in die Spätnachmittagshitze treten. Die Wirtin hat uns genau beschrieben, wie wir zu den anderen Kneipen im Ort kommen. Und schließlich finden wir ihn. Ich werde wie immer vorgeschickt, entdecke den weißhaarigen Mann mit Kassenbrille, der genau so aussieht, wie ich ihn mir nach ihren Erzählungen und dem einzigen, Jahre zurückliegenden Foto vorstelle. Er sitzt mit vier älteren Männern an einem Tisch. Sie spielen Karten. Sie rauchen, trinken, reißen Zoten, berichte ich ihr draußen vor der Tür.

Die Luft ist raus. Sie kommt sich vor wie eine Spionin. Fahndung nach dem verlorenen Onkel. Sie sagt, ich kann doch nicht an den Tisch gehen und sagen, guten Tag, ich bin deine

Nichte, die Tochter deines Bruders aus dem Westen, wir haben schon alle Kneipen nach dir abgesucht, endlich hab ich dich gefunden. Lass uns nach Hause fahren, sagt sie. Dann eben ein andermal. Nächstes Mal melde ich mich lieber vorher an. Trotzdem, schade.

Auf dem Weg zum Auto kommen wir wieder an seinem Haus vorbei. Jetzt, wo alles egal ist, wo er in der Kneipe sitzt und trinkt und spielt, klingelt sie noch einmal, einfach so, ohne zittrige Knie. Ein Klingelstrich. Die Tür tut sich auf, und ihr Onkel steht da.

Nee, det is ja nich möglich, sagt er in breiter Mundart. Nee, det gloob ick ja in drei Tage nich! Ick denk, die schönen Blumen, von wem denn, aber det konnt ick mir ja janich vorstelln, nich möglich! Er lacht dabei über beide Ohren, seine Augen glänzen.

Dann sitzen wir vor Bier und Schnaps auf seinem Sofa, aber bloß een, sagt er, die Herztropfen, un nu erzählt doch ma! Doch dann fängt er an zu erzählen, die Jahre auf und ab, wo soll er nur anfangen, vor dem Krieg, nach dem Krieg. Vom letzten Mal, als er und ihr Vater sich gesehen haben, wann war det noch ma, na, irjendwann in die Fuffzijer, schätz ick, wa, als ick aus die Jefangenschaft zurück war, bei die Russen, dein Vater, der war ja bei die Franzosen, erst inne Wüste da unten, inne Sahara, denn in Italien, Glück hat er jehabt, aufm Kamel isser jeritten, Champagner hat er jesüffelt bei Reims inner Jejend, wa, und denn isser zurück nach Berlin, nachm Krieg, da hat er Damenstrümpfe verkloppt und ne schnelle Mark mit jemacht, faustdick hinter die Ohren, dabei is er doch een janz Aufrechter jewesen, aber eben doch nich immer, wa, auch wenn er ma een übern Durst jetrunken hat, aber sonst immer die Hand an die Hosennaht. Zum Jeburtstag hab ick ihn ja anjerufen, aber einfach so hinfahrn, neenee, ick bin doch keen Bittsteller.

Den Geschichten des Vaters wächst endlich eine zweite Haut. Der Onkel holt Fotoalben, und als er in die Küche geht, Nachschub für seine Gäste holen, flüstert sie mir zu, wie herzlich er ist, so ganz anders als gedacht, und dass er den abgelegten Trainungsanzug von ihrem Vater anhat, den von Eduscho oder Tchibo.

Ein Schaf umarmen, oder: Elternabend

Das Haus, in dem Wolf wohnte, war alt und frisch saniert – freigelegte Balken an den Decken, marmorierte Wände im Treppenhaus. In den schmalen Schacht in der Mitte des Treppengevierts war ein noch schmalerer Aufzug eingebaut worden.

Gunilla rümpfte die Nase. Müssen wir uns da reinzwängen?

Jasper lächelte nachsichtig. Ist für uns doch wie geschaffen. Eine Spezialanfertigung für kalte Zeiten: auf dass man sich näherkommt.

Er zog sie an sich.

Durch den dicken, weichen Fellmantel ließ ihr Körper sich nur in Umrissen erspüren. Er wollte nicht kleinlich sein, aber es fühlte sich ein bisschen so an, als würde er ein riesiges ungeschorenes Schaf umarmen. Und er musste an seine Mutter denken: wie er sich als Junge an ihren dicken, weichen Körper gepresst hatte und sich gar keine andere Mutter vorstellen konnte – auch keinen Frauenkörper unter hundert Kilo. Erst mit vierzehn hatte sich das geändert, seine übergewichtige kurzatmige Mutter war ihm peinlich geworden, als Mutter und als Körper, und diese Haltung ihr gegenüber hatte er später nicht mehr zurücknehmen können, diese Distanz, durchsetzt von Schuldgefühlen, wenn sie sich zwei, dreimal im Jahr gegenüberstanden und sie den Sohn an sich ziehen wollte und er es halb geschehen ließ, sich dann aber schnell abstützte an ihr – wie Männer sich zu begrüßen pflegen. Inzwischen konnte er seiner Mutter ersatzweise die Enkel in die Arme drücken, allerdings kam sie jetzt viel öfter als früher zu Besuch, heute Abend zum Beispiel, als Babysitter …

Gunilla befreite sich aus seiner Umarmung. Sie konnte sich die Bemerkung nicht verkneifen: nicht mal ein Kinderwagen passe in den Fahrstuhl.

„Muss ja auch nicht."

„Also, wenn *wir* hier wohnen würden ..."

„Tun wir aber nicht. Außerdem sind wir heute Abend allein unterwegs. *Just me and you* ..."

„Bist du sicher?"

„Todsicher."

„Und woran hast du gerade gedacht?"

„Wann?"

„Eben, als du mich umarmt hast ..."

Er verzog den Mund. „Also, wirklich, Guni, was soll das jetzt?"

Gunilla ließ nicht locker. „Gib zu, dass du in Gedanken ganz woanders warst."

Er öffnete die Fahrstuhltür. „Würde Hoheit die Güte haben, sich in den siebten Himmel befördern zu lassen?"

„Erst die Antwort."

Jasper seufzte. Wenn er zugab, dass er mit Gunilla in den Armen an seine Mutter gedacht hatte, konnte er den Abend gleich vergessen. Also Notlüge: „Woran soll ich wohl gedacht haben? An die Kinder natürlich."

Gunillas Blick wurde traurig. „Ich auch", sagte sie leise. „Ich hab wieder darüber nachgedacht, ob der Kindergarten wohl der richtige ist. Tut mir leid. Gibt es hier nicht irgendwo ein Schließfach, in dem man überschüssige Gedanken ablegen kann?"

Den ganzen Hinweg hatten sie darüber geredet – über die Wahl eines geeigneten Kindergartens für Max und die Suche nach einer geeigneten Tagesmutter für Marie und dass Marie heute das schwierige Wort *Topodil* gelernt hatte und dass Max zu Hause seine ersten Kraftausdrücke erprobte und dass Jaspers Mutter immer wieder dieses grässliche Plastikspielzeug mitbrachte, das grundsätzlich nach einer Woche den Geist aufgab, obwohl sie es ihr beide schon hundertmal gesagt hatten: Bring nicht immer was mit, vor allem kein Plastikspielzeug und keine Schokolade, lieber einen Müsliriegel oder ein Teil für die Brio-Eisenbahn ... – das Reden über die Kinder war ihr täglicher Small-Talk geworden, bequem, weil stets präsent, der Gesprächsstoff ging nie aus.

Mit theatralischer Geste ging Jasper ein paar Schritte zurück zur Haustür und öffnete die Klappe zu Wolfs Briefkasten: „Soll er sich doch morgen zum Frühstück mit unseren Gedanken herumschlagen."

„Und wir fragen dann nebenbei mal nach, was für Lösungen er gefunden hat."

„Aber frühestens in einer Woche!"

Jasper betrat die Kabine des Aufzugs, die unter seinem Körpergewicht geringfügig nachgab.

Gunilla zögerte. „Und wenn das Ding steckenbleibt?"

„Der Weg ist bekanntlich das Ziel", sagte Jasper in ironischem Tonfall. „Wenn er steckenbleibt, lieben wir uns eben im Fahrstuhl, die ganze Nacht."

„Also, ich geh trotzdem lieber zu Fuß." Gunilla lachte und wandte sich zur Treppe.

„Das ist nicht dein Ernst", rief Jasper, nun deutlich irritiert, auch wegen der unerwartet schroffen Abfuhr. „Zu Fuß in den fünften Stock, wenn es einen Fahrstuhl gibt?" Ohne mich, wollte er hinzufügen, aus Prinzip und weil Gunillas Ängstlichkeit, die seit der ersten Schwangerschaft täglich zuzunehmen schien – beim Autofahren, beim Hantieren mit Messern, in der Nähe von Gewässern –, ihn schon seit längerem störte. Aber dann schluckte er seinen Kommentar doch herunter. Wenn sie jetzt anfingen sich zu streiten, würde der Abend garantiert in einem Fiasko enden.

„Der Schwächere gibt nach", sagte er tapfer und hielt ihr galant den Arm hin: „Darf ich gnädigst zum Aufstieg in die Absteige bitten ..."

Auf dem zweiten Treppenabsatz drückte Gunilla ihn plötzlich an die Wand und küsste ihn – und Jasper spürte diesmal kein Schaf, sondern ihre Zunge auf seinen Lippen.

Dass Jaspers Freund Wolf ihnen großzügig seine Wohnung überließ, hatten die beiden offenbar beim letzten Männerabend ausgeklügelt, was für Gunilla die Schlussfolgerung nahelegte, dass an diesen Abenden erstens nicht nur gegessen, getrunken und geblödelt wurde, sondern zweitens die Männer auch über Frauen redeten und drittens über sich selbst, zu fortgeschrittener Stunde vielleicht sogar über die doppelte nordische Kombination, also über sich selbst *und* die Frauen, denn wie sonst sollte Wolf auf die Idee gekommen sein, ihnen seine Wohnung für ein Schäferstündchen zur Verfügung zu stellen? Jasper musste geplaudert, zumindest eine vage Andeutung gemacht haben, und Gunilla konnte sich die Kommentare der Männerrunde lebhaft vorstellen: Aha, soso, hört, hört, ein Liebesnest, eine Absteige, ist es bei euch zu eng geworden, öfter mal was Neues – und hinter den Sprüchen kleinlaut die eigene Betroffenheit, denn auch Stefan und Alwin hatten kleine Kinder, Peter war frisch geschieden und Sigi schon seit Jahren auf der Suche nach der richtigen Frau – nur Wolf war nie um eine Freundin verlegen. Es war Gunilla unangenehm, dass Jaspers Freunde in ihre Intimsphäre eingeweiht waren, was Jasper aber vehement abstritt: keine Rede von ausgeplauderten Vertraulichkeiten, das Ausleihen einer Wohnung für einen Abend zu zweit sei nun wirklich unverfänglich, großes Indianerehrenwort.

Gunilla musste zugeben, dass auch sie und ihre Freundinnen bei Speis und Trank über ihre Beziehungen redeten, selbstverständlich und ausführlich und mit großem Vergnügen. In aller Offenheit wurden Details aus allen möglichen inneren Angelegenheiten ausgetauscht – Charakterschwächen, Krankheiten,

Kindheiten, Spleens, Streit, Überdruss oder Männerentzugserscheinungen, und die Freundinnen nickten verständnisvoll, verschenkten Trost und Tipps – über die Lage im eigenen Bett aber schwiegen sie sich aus. Gunilla hatte keine Ahnung, wie oft Regina und Robert oder Dagmar und Johann miteinander schliefen, geschweige denn, wie gern. Aus irgendeinem Grund war das Thema tabu. Dabei war es doch nur ein winziger Gedankensprung von der eigenen Liebe zur Liebe der anderen …

Aber Gunilla wäre nie und nimmer auf die Idee gekommen, sich von einer Freundin die Wohnung auszuleihen, damit sie und Jasper einen Abend lang herauskamen aus den eigenen vier Wänden, die so lückenlos und in mehreren Lagen mit Alltag tapeziert waren, dass jeder Gedanke an Lustbarkeiten von vornherein an einer dicken Dämmschicht abprallte. Aber wen hätte sie auch fragen sollen? Regina hatte selbst eine Kleinfamilie, Dagmar lebte mit ihrem Freund zusammen. Petra? Petra war seit Jahren allein, aber es wäre Gunilla fies vorgekommen, sich mit Jasper auf Petras Bett zu vergnügen, während Petra in irgendeiner Kneipe mit den Augen Männer abtastete und dabei so tat, als wolle sie nur kurz ein Bier trinken. Ernstlich käme nur Gaby in Frage, die jedes zweite Wochenende zu Ludwig nach Berlin fuhr. Gute Idee, dachte Gunilla. Das nächste Mal könnte sie tatsächlich Gaby fragen.

Aber soweit waren sie noch nicht. Sie hatten Wolfs Wohnung ja noch nicht einmal betreten. Das erste Mal stand noch bevor.

„Und wenn er doch zu Hause ist", sagte Gunilla plötzlich, während Jasper durchprobierte, welcher der Schlüssel für die Wohnungstür passte. „Wenn er den Abend verwechselt hat …"

„Dann gehen wir ins Hotel", erwiderte Jasper unbeirrt wie jemand, der genau weiß, was in welcher Lage zu tun ist.

In solchen Augenblicken spürte sie wieder, wie sehr sie ihn liebte. Wenn er sich von ihrem Wenn und Aber nicht beirren ließ. Wenn sie sich bei ihm anlehnen konnte. Mein Fels in der Brandung, nannte sie ihn dann spöttisch, damit seine Stärke ihm ja nicht zu Kopf stieg. Sie schmiegte sich von hinten an ihn, und eine Weile blieben sie so vor der geöffneten Wohnungstür stehen.

„An was denkst du?" fragte er nach einer Weile.

„An früher", sagte sie.

„Ich auch", sagte er.

Fremde Wohnungen rochen anders als die eigene. Gunilla war erleichtert, dass dieser fremde Geruch keiner nach Tomatensauce, angebrannter Milch, Windeleimer oder Badeöl war, auch nicht nach Lenor und Linsen, nach nichts, was in irgendeiner Weise *heimelig* wirkte – ein Wort zum sofortigen Reißausnehmen! In Wolfs Wohnung roch es nach einem Menschen, der sich zurücklehnte, der in aller Ruhe Zeitung las und dazu einen türkischen Espresso trank, der Zigarillos rauchte, vorgenüsslich in Kochbüchern blätterte, barfuß auf fremdländischen Teppichen ging, die von den Reisen erzählten, die er gemacht hatte, und der sich vor dem Verlassen der Wohnung die Schuhe putzte. Ein Ein-Mann-Haushalt. Keine überquellende Garderobe wie bei ihnen zu Hause. Kein Haufen durcheinandergeworfener, angeschmutzter Schuhe, über die man beim Hereinkommen unweigerlich stolperte, kein Bobbycar mitten im Flur, keine Bauklötze auf Schritt und Tritt. Stattdessen gleich neben der Haustür eine Schutzputzmaschine, wie im Hotel. Daher auch das Schuhcreme-Aroma, dachte Gunilla.

Während sie sich im Flur umsah, hörte sie Jasper in der Küche hantieren und dazu lauthals singen. „Ich bereite nur ein paar kleine Lustbarkeiten vor", hatte er gesagt ... „Aber nicht spionieren!" Er sang aus voller Kehle, irgendeine Opernarie – das hatte er schon lange nicht mehr gemacht. So lange, dass sie fast vergessen hatte, was für einen vollen, schönen Bariton er besaß, und sie fühlte sich in die Zeit zurückversetzt, als sie und Jasper frisch verliebt waren und er sich Samstag morgens kreuz und quer durch sein Liederrepertoire sang, während sie im Bett lag und Zeitung las und er das Frühstück zubereitete.

Versonnen knöpfte sie den flauschigen Wintermantel auf und ließ ihn über die Schultern zu Boden gleiten. Einfach liegen lassen, dachte sie, nichts aufheben, nichts wegräumen. Sie öffnete den Reißverschluss ihrer Stiefeletten, schlüpfte raus und kickte sie nacheinander in Richtung Schuhputzmaschine. Ein Kontrollblick in den deckenhohen Spiegel gegenüber der Garderobe: Na bitte, von Kopf bis Fuß auf Liebe eingestellt.

Ihr Blick fiel auch auf den roten Muff im Spiegel, der an der Garderobe hing. Genauso einen hatte Gaby von Ludwig zu Weihnachten bekommen, während Jasper Gunilla aus Zeitmangel, wie er beteuerte, wieder einmal einen Gutschein geschenkt hatte, der bisher noch auf Einlösung wartete, denn als Gunilla nach Weihnachten versucht hatte, sich denselben flauschigen Muff zu kaufen, war er ausverkauft. Welche von Wolfs Freundinnen ihn wohl hier vergessen hatte? Sie nahm ihn ab, hängte ihn sich um, steckte die Hände hinein. Es war warm und weich, und sie dachte an die ersten Monate ihrer Liebe, an das Begehren, an diesen Ausdruck in Jaspers Gesicht, der ihr über den Körper gehüpft war wie ein Kiesel über das Wasser, in immer kürzeren Abständen, bis er in ihr versank, gleichgültig in welcher Umgebung, eingebettet in alle Zeit der Welt.

Das Telefon klingelte, sie ließ es klingeln. Der Anrufbeantworter ging an, eine jung klingende Frauenstimme sagte: „Großer grauer Wolf, bist du wieder zurück? Hast du meine Nachricht bekommen? Es ist jetzt halb neun, ich warte schon seit einer halben Stunde im *Cazzo*, wahrscheinlich bist du noch in der Redaktion ... Ich versuch's später noch mal."

Wieviele Geißlein der große böse Wolf wohl schon verspeist hat?, dachte Gunilla. Und wieso, bitte schön, lauft er ohne

Handy durch die Gegend? Und was ist, wenn er plötzlich in der Tür steht? Oder eine der Freundinnen, die einen Schlüssel hat, auf der Suche nach ihm oder nach ihrem Muff?

Sie suchte in Jaspers Manteltasche nach dem Wohnungsschlüssel, schloss zweimal ab und hakte zusätzlich die Kette ein.

Jasper hatte seine Mittagspause geopfert und für den Abend eingekauft: Weißbrot, Rucola, Tomaten, Mozzarella, schwarze und grüne Oliven, Artischockenherzen, Parmaschinken, Mailänder Salami, mit Schafskäse gefüllte Paprika, Sardellenfilets, frischen Parmesan, Weißbrot, und als besondere Spezialität mit Sesammus bestrichene, gerollte Auberginen: *Gierlappen indisch*, ausgesprochen appetitanregend, wie der italienische Feinkosthändler mit vielsagendem Augenzwinkern betont hatte – Liebe geht durch den Magen.

Zusammen mit Gunilla war Jasper noch nicht oft in dieser Wohnung gewesen. Seine Freundschaft zu Wolf gehörte einer früheren Lebensphase an und hatte sich, was Jasper nur von wenigen alten Freundschaften sagen konnte, all die Jahre gehalten, trotz der Kinder, trotz des Altersunterschieds, trotz des so völlig anderen Lebensstils, den Wolf pflegte. Sie hatten zusammen Meeresbiologie studiert, Jasper kam damals frisch vom Zivildienst, Wolf war jahrelang als Koch auf diversen Luxusdampfern durch die Welt geschippert, wovon er oft und gern erzählte. Jetzt arbeitete er als Freelancer bei einer Fachzeitschrift, schipperte nur noch an den Wochenenden mit wechselnden Freundinnen in seinem Boot die Elbe rauf und runter und kochte nur noch zum Vergnügen – immer an den Männerabenden, manchmal aber auch für den sogenannten Anhang, zu dem auch Gunilla gehörte. Zweimal hatte auch sie die Ehre gehabt, Abendeinladungen mit mehreren Paaren, das war vor der Geburt der Kinder gewesen.

Vor den Kindern, dachte Jasper, während er den Mozzarella in Scheiben schnitt – eine Zeitangabe, die ihm, obwohl sie nur gut drei Jahre umfasste, manchmal wie eine Ewigkeit vorkam. *Vor den Kindern* war eine komplett andere Zeitrechnung: lustvoll, genussbetont, entspannend, aufregend, abenteuerlich. So wirkte das jedenfalls im Rückblick: als eine Zeit, die angereichert war mit Ausschlafen am Wochenende und Feiern bis in den frühen Morgen, mit gemeinsamen Theater-, Kino- und Opernbesuchen, spontanen Wochenenden in Paris oder Wien oder London, mit Winterurlauben in den Bergen oder auf Bali, mit Liebeslust, wenn einem danach zumute war. Sich lieben kann man nur, wenn beide Lust verspüren, dachte er. Wenn niemand kommt und sich dazwischendrängt. Kein Kind, kein Anruf, kein Alltag, nur ausgewählte Stücke der Erinnerung.

Der erotische Unterbau ihrer Beziehung hatte arg gelitten. Alles andere konnten sie gut und gerne für eine Reihe von Jahren aufschieben und dem Alltag mit den Kindern anpassen, also vorzugsweise zu Hause kochen, ausschlafen ab und zu und wenn, dann abwechselnd, allein ins Kino und hinterher Bericht erstatten, Urlaub statt unter Palmen in Dänemark hinter Sanddünen und selbst wieder Kind werden und Burgen bauen – aber die Liebe? Wenn er gerade Lust verspürte, war Gunilla nicht danach zumute, und umgekehrt.

Heute würde alles anders sein. Heute hatten sie fünf Stunden Zeit – fünf Stunden, die sie mit niemandem teilen mussten. Um ein Haar hätte er sich in den Finger geschnitten.

„Dauert es noch lange“, hörte er sie von draußen rufen.

„Gleich fertig“, rief er zurück.

Er hatte wirklich an alles gedacht. Im Hintergrund ein gedämpfter Joe Cocker, der Tisch für zwei gedeckt, noble Weingläser, Kerze, aufgeschnittenes Weißbrot, viele kleine Teller mit Vorspeisen, eine rote Rose in einem Wasserglas, eine gute Flasche Wein.

„Edle Spende von Wolf", sagte Jasper. „Zur Feier des Tages. Nur den blöden Korkenzieher finde ich nicht, es ist wie verhext! Ich kann ihn optisch einfach nicht auflösen ..."

Sein Blick war so ratlos, dass sie lachen musste. Fels in der Brandung, wo ist das Meer? Wie zu Hause: Weißt du, wo mein Personalausweis ist? Hast du den Autoschlüssel gesehen? Jasper hatte keinen Blick für Dinge, die er suchte oder Dinge, die er verlegt hatte. Er vergaß sogar regelmäßig, in welchem Buch er vorsichtshalber die Geheimnummer seiner Euroscheckkarte notiert hatte.

Mit geschultem Suchblick hatte Gunilla den Korkenzieher schnell entdeckt. Und den Notizzettel, der an der Weinflasche klebte, eine Nachricht von Wolf: *Fühlt euch wie zu Hause ...*

„Bloß nicht", sagten beide in einem Atemzug.

Jasper entkorkte die Weinflasche, reichte ihr ein Glas.

„Auf uns ..."

„Auf den Elternabend."

Sie kicherten, stießen an, sahen sich dann tief in die Augen und küssten sich. Unsicheres Terrain: kein Gutenmorgenkuss, kein Abschiedskuss, kein Kennenlernkuss – ein Elternkuss mit Potential, aber gebremster Power. Eine hauchdünne Schicht aus übriggebliebenem Verlangen, das vage spürbar war. Doch nur Millimeter darüber lauerte die vertraute Zusammenlebwelt.

„Müde?"

„Ein bisschen."

„Und du?"

„Ich auch."

„Die Arbeit."

„Ja."

„Wie war eigentlich dein Tag?"

„Geht so."

„Wie immer."

Gunilla schob sich eine Olive in den Mund. „Wolf würde sich schön wundern, wenn es hier zuginge wie bei uns zu

Hause", sagte sie und zeigte auf die Stereoanlage in bequemer Reichweite von Kleinkindern mit klebrigen Marmeladenfingern, auf die ungeschützten Steckdosen, die überall im Zimmer verteilten kostbaren, filigranen, zerbrechlichen Objekte aus allen Ecken und Enden der Welt – die kunstvoll gestalteten afrikanischen Masken, mit denen Max sicherlich mit Vergnügen spielen und Marie erschrecken würde, die zum Teil bibliophilen Bücher, die Marie mit frohem Krähen systematisch aus den Regalen räumen würde – und schon nahmen die Kinder Gestalt an wie Zauberlehrlings Besen.

Jasper grinste. „Wenn es hier zuginge wie zu Hause", spann er den Gedanken weiter, „würde Marie jetzt vergnügt mit dem Löffel auf den Tisch hauen und Wolfs Teppich mit Breiresten sprenkeln."

Beide begannen, sich gegenseitig das abendliche Durcheinander auszumalen, als hätten sie es noch nie erlebt: den ohrenbetäubenden Geräuschpegel, speziell abends, das Kreischen, das Juchzen, das Plärren, dazu in einer Tour das unerbittliche Läuten des Telefons, denn um diese Uhrzeit ist man erreichbar. Max will unbedingt in die Badewanne, aber auf keinen Fall Zähne putzen, Marie krabbelt im Schlafanzug davon, weil sie längst zu müde ist zu laufen, irgendwann liegen dann doch alle vier erschöpft im Kinderzimmer auf den Betten, und Japser oder Gunilla denken sich eine Geschichte aus von Elefant und Maus, die den Tag mit vielen Warums beschließt.

„Ob deine Mutter zu Hause klarkommt?"

„Na sicher."

„Sollen wir kurz anrufen?"

„Bist du verrückt? Wir sind doch offiziell im Kino."

Schweigend aßen sie weiter.

Von wegen *Gierlappen indisch* – wie soll man da noch an Liebe denken, dachte Jasper, von der hausgemachten Gedankeninvasion wie vor den Kopf geschlagen. Die Liebe kam ihm gerade vor wie ein um Lichtjahre entfernter Stern in der Milchstraße, der einst in greifbarer Nähe gewesen war. Ihn herunterzuholen, kam nicht mehr in Betracht. Verflixte Liebesvernichter, dachte er bitter. Verfluchte Lustdurchkreuzer. Wolf konnte jederzeit ungehindert seine Lust ausleben, noch dazu mit immer wieder wechselnden Frauen – während er selbst schon seit sechs Jahren monogam lebte. Was er ja eigentlich nicht bereute. Was ihm nur selten auffiel. Trotzdem …

Gunilla dachte an Wolfs Silvesteressen, fünfgängig französisch aufgekocht. Sie war damals schwanger gewesen und hatte kaum einen Bissen von der selbstgemachten Trüffelleberpastete und dem Coq au Vin herunterbekommen. Während die anderen Gäste immer betrunkener und fröhlicher wurden, hatte sie sich müde an ihrem Glas Wasser festgehalten, die Schuhe abgestreift und unter dem Tisch mit dem Fuß nach Jaspers Fuß getastet, der ihr gegenüber saß, statt dessen aber Wolfs Fuß erwischt, der sie mit keinem Wimpernzucken auf die Verwechselung aufmerksam gemacht hatte …

Wie um festen Boden unter den Füßen zu bekommen, tastete sie mit den Zehen nach Jaspers Beinen.

Er hielt ihren Fuß fest und streichelte ihn.

„Wo ist eigentlich das Schlafzimmer?", fragte Gunilla nach einer Weile.

„Keine Ahnung", erwiderte Jasper, „seine Kemenate hat er mir nie gezeigt."

Sie probierten alle Türen aus, die vom Flur abgingen: die Abstellkammer, die Toilette, das kleine Badezimmer, das Arbeitszimmer. Die letzte Tür führte ins Schlafzimmer: eisige Kälte schlug ihnen entgegen. Wolf hatte doch tatsächlich die Heizung abgestellt und das Fenster gekippt. Der noch kalte Märztag war in die Betten gekrochen.

Gunilla konnte ihre Enttäuschung nicht verbergen. Sie warf die Arme um sich wie einen Schal. „Ohne mich!"

„Und wenn ich dich wärme?“

„Reicht nicht.“

„Wie wäre es mit einem heißen Bad?“

„Für zwei viel zu eng. Typische Singlewohnung.“

„Dann schlagen wir unser Lager eben im Wohnzimmer auf“, schlug Jasper geduldig vor. „War sowieso eine blöde Idee, ins Schlafzimmer zu gehen. Phantasielos. Wie ein altes Ehepaar.“

„Sind wir ja auch“, sagte Gunilla finster.

Er zog sie aus dem eiskalten Schlafzimmer. „Sind wir nicht.“

„Wieviel Zeit haben wir noch?“

Er sah auf seine Uhr. „Dreieinhalb Stunden. Das wäre doch gelacht!“

Aber sein Lachen klang angestrengt. Seltsamerweise hatte er, als sie durch den Flur gingen, auf einmal das Gefühl, jeden Moment könnte Wolf aus einem der anderen Zimmer auftauchen: Ausgetrickst, auf frischer Tat ertappt, war der Wein gut?

Jasper fiel ein, wie seine Eltern ihn vor vielen Jahren ertappt hatten: Er war damals siebzehn gewesen, die Eltern waren für eine Woche in die Berge gefahren, und er hatte versprechen müssen, niemanden in die Wohnung zu lassen, vor allem kein Mädchen, schon gar nicht über Nacht. Er hatte die Rechnung ohne die Nachbarn gemacht, die den ganzen Tag mit Argusaugen hinter ihren Gardinen lauerten und alles sahen, was in dem Haus vor sich und wer ein- und ausging, auch Betty aus der Tanzstunde.

„Und jetzt?“, fragte Gunilla mit verschränkten Armen, als sie wieder im Wohnzimmer standen und er auf dem Teppich eine Wolldecke ausgebreitet hatte. Ihr Tonfall war ganz ähnlich wie der von Betty, als sie seinerzeit in seinem Zimmer standen und er nicht wusste, wie beginnen.

Er begann, sein Hemd aufzuknöpfen.

Sie starrte ihn an. „Wie jeden Abend?“

Verlegen hielt er inne. „Nein! Natürlich nicht.“

Er knöpfte das Hemd wieder zu, ging zum Tisch, schenkte sich Wein nach und kippte das Glas herunter wie damals, nur dass der Wein diesmal um fünf Klassen besser war.

„Mut antrinken?", fragte sie von der Seite.

„Alltagsgewohnheiten ertränken", antwortete er böse.

Er trat ans Fenster. Die Wohnung lag gleich unter dem Dach – weiter Blick über Altona, die Bahngleise, Lichter vom Hafen in der Ferne. Hoffentlich würde es ihm gelingen, mit seinen Händen nicht immer dieselben Bahnen auf ihrem Körper zu ziehen, nicht in Gedanken abzudriften zu den Berichten, die bis zum Wochenende fertig sein mussten, zu der Steuererklärung, die längst überfällig war, auch wenn es laut Wolf mit dem neuen Computerprogramm ein Klacks sein sollte …

Wir kennen uns viel zu gut, dachte Gunilla, die noch immer mit verschränkten Armen in der Tür stand. Um uns wieder zu begehren, müssten wir uns fremd sein. Statt dessen werden wir uns Tag für Tag vertrauter, das hilft zwar beim Zusammenleben, aber im Bett? Kinder zu haben, war wirklich ein einziger Entblößungsakt, und eigentlich käme es (im Namen der Liebe!) darauf an, alle unangenehmen Eigenschaften, die im Laufe einer Beziehung unweigerlich zu Tage treten, wieder zu verkleiden, zu verstecken und dann so zu tun, als kenne man den anderen gar nicht und sei mordsneugierig …

„Früher", murmelte sie wehmütig.

„Findet dein Liebesleben immer im Imperfekt statt?"

„Früher", fuhr sie unbeirrt fort, „war Lust ungefragt gefragt."

„Früher haben wir noch nicht zusammengewohnt. Früher sind wir nicht jeden Morgen nebeneinander aufgewacht."

„Früher mussten wir uns nicht extra zum Sex verabreden", sagte er heftig: „Machen wir's zwischen zwei und vier, wenn sie ihr Mittagsschläfchen halten, oder lieber abends zwischen elf und zwölf, wenn die Kinder zuverlässig schlafen – und uns selbst die Augen zufallen? Zu Befehl, strammgestanden, die herbeizitierte Lust nimmt zackig Haltung an und macht artig einen Diener!“

„Einen Knicks“, sagte sie. „Es heißt *die* Lust.“

„Meinetwegen.“

Eine Weile sagte keiner von beiden ein Wort.

Dann bat sie leise: „Guck doch noch mal so.“

Er drehte sich um, sah sie an. „Wie denn?“

„Na, du weißt schon: frischverliebt. Leidenschaftlich. Wild!“

„Wild?“ Er musste nun doch lachen. „Kann ich nicht mehr. Hab ich verlernt.“

„Dann stell dir eben vor, wir hätten uns eine Woche lang nicht gesehen. Wie Gaby und Ludwig, das Traumpaar. Stell dir vor, es ist Wochenende, wir hatten fünf Tage Pause voneinander und können es kaum noch erwarten …“

Er schloss die Augen. Stöhnte, weil es verdammt schwer war, sich das auszumalen. Außerdem hatte Wolf auf dem letzten Männerabend nebenbei erwähnt, er habe etwas mit Gaby angefangen, Nadine sei eher ein Auslaufmodell … Böse Worte, so war Wolf eben, ein großer böser Wolf, offenbar hatte Gaby Gunilla aber noch nicht eingeweiht …

Dann roch er ihren Duft, als sie von hinten dicht an ihn herantrat, ihren ganz besonderen Gunilla-Duft, der ihn von Anfang an betört hatte und alle Krisen überbrücken half, diese nicht zu definierende Mischung aus Wangen und Stimme und Nase und Augen, diesen Duft, der sich nicht verändert hatte, der nicht verrätselt werden musste, der immer noch Gunilla war, die jetzt hinter ihm stand, und er lehnte sich zurück, und sie fing ihn auf.

„Weißt du noch, früher, damals, auf Bali?“, flüsterte er.

„Früher haben wir leider nicht auf Lager“, murmelte sie. „Aber wie wäre es zur Abwechslung mal mit hier und jetzt …“

Julinacht in Paris

In einer der ersten Nächte des Jahres waren wir durch Paris geschlendert. Die Stadt lag dir so nah am Herzen, dass sie hin und wieder Schatten warf. An einem kleinen, belebten Platz setzten wir uns in ein Straßencafé. Gegenüber die Folies-Bergère. Blaue, rote, grüne, gelbe Lichter tanzten am Portal des Revuepalastes entlang, in den Vitrinen Fotos von langbeinigen Frauen in knappen, strassbesetzten Tanzkostümen, Federschlangen um den Hals und glitzernde Diademe im Haar. Ein mürrischer alter Kellner mit ungesunder Gesichtsfarbe brachte: *deux petits café noirs*. Von Tisch zu Tisch ging ein dunkelhäutiger junger Mann und verkaufte aus seinem Bauchladen weiße kurzstielige Blumen. Braungebrannte Kinder ewigen Vergnügens, die auf schweren Motorrädern und in offenen Limousinen durch die Nacht brausten, trugen weiße Blumen in den wehenden Haaren. Den Wind im Hemd gefangen, lachten sie und gaben Gas und jagten dem Vergnügen um die Ecke hinterher.

Die alte Frau hatte sich zu uns gesetzt. Ob wir ihr einen *petit café noir* spendieren würden. Du bist aufgesprungen und dem jungen Verkäufer hinterhergelaufen und hast ihr eine Blume geschenkt. Eine weiße Blume mit unzähligen winzigen Blüten, die nach Honig dufteten, nach Landluft und dem süßlichen Parfüm der Tänzerinnen aus ihrer Jugend. Schüchtern hast du sie ihr überreicht. Da lachte sie und schlug ihr Gesicht in Falten. Steckte ihre Nase in die Blüten und begann ganz leise zu summen. Ihre Stimme zitterte wie ihre Hand, wie der Mund, aus dem bedächtig Töne kamen, fremde Töne. Sie schloss die Augen und sang eine Melodie, die uns unter die Haut ging, klagend, trauernd, bittend, beschwörend, Schlangenbeschwörermelodie, und zugleich zart war. Nymphengesang, und fern.

Mit der Blume in der Hand flog sie in eine andere Welt, die wir nicht kannten. Irgendwo in ihrem Innern wuchsen Lieder wie Blumen, zu denen sie sich hinunter beugte, um sie zu wecken.

Plötzlich lachte sie laut auf und fasste dich am Arm, als wollte sie sich mit dieser Bewegung ihrer Hand einen alten Traum aus den Augen wischen. Ins Haar solltest du ihr die Blume stecken, zwischen die silbergrauen Dauerwellen. Würdevoll setzte sie sich aufrecht hin in dem Stuhl des Straßencafés, als würde sie frisiert, als wärest du gekommen, ihr ein Collier aus Brillanten umzulegen. Das dünne Haar hielt die Blume nicht. Du schobst sie in ein Knopfloch ihrer Jacke. Mit einer Hand betupfte sie die Haare, rückte die Frisur zurecht und blickte zufrieden an sich herunter.

Ob ich eifersüchtig sei? Ja, bitte! Sie schlug mit der Hand auf meinen Oberschenkel und kostete ihr Glück in vollen Zügen aus. In ihrem Blick funkelten Sterne einer vergangenen Liebe, und sie blitzte mich an: Ich bin die Verführerin, ich weiß noch genau, wie man das macht.

Sie bat dich um einen Kuss – einen Kuss auf ihren faltigen Mund, und es war dir eine Ehre. Du hast sie geküsst und eine alte Schönheit geschmeckt. Dann begann sie erneut zu singen, und die Melodie bekam eine Sprache, wurde ein Lied, russisch vielleicht, rau und wehmütig. Als sie es leise hatte ausklingen lassen, lachte sie wieder und begann von ihrem Leben zu erzählen, von Ländern, die sie wie einen riesigen Teppich in sich ausgebreitet hatte. Darauf ein hellgelbes Kornfeld in Polen, das sich im Wind sanft bewegt. Ein kleines Mädchen fährt auf dem Fahrrad einen Feldweg entlang. Ein russischer Dorfplatz, dunkle Häuser rundherum, und eine junge Dame in leuchtend blauem Kleid steht mitten auf diesem Platz, neben ihr schemenhaft ein Mann. Eine Bahnfahrt, ermüdend lang, durch das Deutsche Reich, das groß war und immer größer werden wollte, unterwegs viel Grün zu beiden Seiten, Städte, Fahnen.

Der Platz vor den Folies-Bergère als Mitte von Paris, bunt und champagnerprickelnd, Ankunft im neuen Leben, und dann die Hochzeit, farblos, sie begann zu singen, ein jiddisches Lied.

Sie sprang von Lied zu Bild, von Bild zu Lied, den Fluss an Worten dazwischen warf sie dir in den Schoß, um gleich darauf mit einem neuen Lied davonzufliegen, als hätte ein Wort sie an etwas erinnert, wofür es keine Worte gab. Sie hauchte dir Melodien in die Ohren, die deutschen taten dir weh, du lauschtest, sahst ihr zu, wie sie flog und sich immer wieder niederließ am Tisch des Cafés. Ich saß daneben, wir sprachen nicht.

Eine unerschöpfliche Quelle an Liedern und Ländern belebten ihre Pariser Nächte, die Sprachen ihres Lebens. Französische Lieder sang sie nicht.

Sie öffnete ihre Handtasche und ihr Herz einen Spalt weit und kramte hervor, was sie mit sich trug, ihren Besitz, und der war nicht aus dieser Zeit. Briefe, Fotos. Ein Foto zeigte eine blonde Schönheit mit dunklen, verführerischen Augen. Das war in den dreißiger Jahren, sagte sie, bin ich nicht schön?!

Einmal im Jahr ließ ihr Freund, der Portier war in den Folies-Bergère, sie durch eine Seitentür umsonst hinein in die Revue, was für ein Fest. Dann erfasste sie der Glimmer ihrer Jugend. Wie damals, sagte sie, wie damals. Immer schon hatte sie in diesem Arrondissement gewohnt. Immer: ihre französische Zeit. Davor waren Lieder, sie sang ein polnisches.

Mitte der dreißiger Jahre war sie nach Paris gekommen und vorher, sie stimmte ein deutsches Lied an, dann ein russisches. Sie hatte die Zeit an sich vorüberziehen lassen. War geblieben, hatte allen Veränderungen und Gräueltaten ein Schnippchen geschlagen. Nur ihr Körper hatte das Experiment nicht mitgemacht, aber sie bekam immer noch Küsse und Blumen geschenkt.

Und treu war sie geblieben, treu der alten Zeit und ihrem Mann. Ein Russe, ein jüdischer Russe. Der war mit ihr, der Polin, nach Paris gegangen – das Gesicht auf dem Foto hatte stechende, strenge Patriarchenaugen und einen Spitzbart. Uns lief es kalt den Rücken herunter, während sie schwärmte: Nie habe er sie arbeiten lassen, so gut sei er gewesen. Kurz nach der Ankunft in Paris hatten sie geheiratet, dann zwei Jahre lang Flitterwochen, sie malte rosa Wolken in die Luft. Der beste Mann auf Erden. Ihre Stimme zitterte, sie weinte, dann lachte sie auf: Wir waren glücklich! Vor uns auf dem Tisch das Hochzeitsfoto.

Ein jiddisches Lied. In Israel, da möchte sie leben, aber sie könne Paris einfach nicht verlassen. Jeden Tag gehe sie in die Synagoge, singe, bete und lausche ihren Gedanken. Vielleicht machte sie jeden Abend einen Rundgang an den Folies-Bergère entlang, der sie am Café vorbeiführte, setzte sich zu irgendwem an den Tisch und sang. Um die alte Zeit und ihren toten Mann lebendig zu halten. Sie summte leise und war schon wieder in weiter Ferne, die schöne alte Frau.

Wir mochten nicht fragen. Wir saßen ihr gegenüber und sagten kein Wort. Jede Frage hätte einen Schmerz aus ihr herausgekitzelt in dieser sternenklaren Nacht in Paris, hätte Wunden aufgerissen, über die sie Lieder hatte wachsen lassen. Und sie erzählte weiter, zwischen den Liedern und dem Kuss und dem Flirt mit dir, als erzähle sie ein Märchen von einem Prinzen und einer Prinzessin, die zueinander nicht kommen konnten: Dann habe sie ihn zum Zug gebracht. Er war ja Jude. Mit eigenen Händen und Füßen und Blicken zum Zug begleitet, der gen Osten fuhr. Nie wieder eine Nachricht. Sie sang ein Lied, wie sie es vielleicht damals nicht gesungen hat, auf dem Bahnsteig, am Zug, der durch Deutschland fuhr und weiter nach Polen. Sie sang ein Lied, wir weinten tränenlos. Sie lachte und freute sich über die weiße Blume, die sie errungen hatte.

Der neue Mann

Zwei Minuten zu spät. Mehrfach sah er von der Uhr auf dem Bahnsteig auf seine Armbanduhr und wieder zurück – nichts zu machen, der Zug war weg. In zwei Stunden fuhr der nächste, das wusste Ludwig mittlerweile auswendig. Also: Gaby anrufen. Sich entschuldigen, alles erklären, sich dabei vor allem ganz fest vornehmen, nicht die langsame Ampelschaltung in Kombination mit der unerwarteten Umleitung in der Yorckstraße als Grund vorzuschieben, sich auch sonst nicht herauszureden, wie sie es immer nannte, wenn er zu spät kam und seine Gründe dafür hatte. Zu haben glaubte, wie sie stets konterte: Schieb nicht immer die anderen vor, wenn was nicht klappt, trag selbst die Verantwortung. Also: Gaby anrufen, Verantwortung tragen, schon am Telefon, sagen, tut mir leid, ich hab mal wieder den Zug verpasst, meine Schuld. Der neue Mann sein, es wenigstens versuchen und auf diese Weise die blödsinnigen Diskussionen umschiffen, die seit Jahren durch Ludwigs Zuspätkommen ausgelöst wurden, zum Beispiel:

Hättest du nicht früher losfahren können – bin ich ja – offenbar nicht – da war diese dumme Umleitung / Baustelle/ das Auto sprang nicht an / ein dringender Anruf von M., du weißt doch, der findet immer kein Ende – natürlich, jetzt sind wieder mal die anderen Schuld – was kann ich denn dafür, wenn – vielleicht willst du in Wirklichkeit gar nicht kommen?, und dein Unbewusstes ist die ominöse Umleitung, an der du immer wieder scheiterst? – die mich aber trotz allem immer wieder zu dir führt … – jetzt bloß kein Gesülze – lieber eine Rose? – Blödmann! – sag das noch mal – nein! – auch ich liebe dich heiß und innig …

Oder, die unangenehmere Variante:

Das machst du mit Absicht! – wie kommst du denn auf die Idee? – damit du nicht ins Theater musst – hast du etwa schon wieder Karten? – hab ich's doch gesagt! – was hast du gesagt? – dass du keine Lust hast, ins Theater zu gehen – aber ich gehe doch immer mit – ja, ab der Pause, weil du den Zug versäumst – mir macht es wirklich nichts aus, nur die Hälfte zu sehen – aber mir!!! – wieso, du siehst die Stücke doch von Anfang bis Ende – aber ohne dich – siehst du dann etwa weniger? – du weißt genau, was ich meine – weiß ich nicht – du nimmst mich nicht ernst!!

Oder, schlimmstenfalls:

Das ist jetzt das dreiundneunzigste Mal – hast du dich da nicht verzählt? – und wenn schon! – der Zug ist leider weg, was soll ich machen? – frag mich nicht immer, was du machen sollst! – na gut, dann mache ich mir jetzt ein Wochenende ohne dich – dann kannst du gleich bleiben, wo der Pfeffer wächst! – aber der wächst hier doch gar nicht …

In dem Stil weiter.

Meistens kaufte er ihr in den verbleibenden knapp zwei Stunden bis zur Abfahrt des Zuges im Blumenladen im Bahnhof eine rote Beschwichtigungsrose, die leider unterwegs oft schlapp machte, aber dafür konnte er nun wirklich nichts, das lag in der Verantwortung von Zugfahrt und Treibhauszüchtung, obwohl Gaby in ihrer zuweilen gnadenlosen Art zu argumentieren in der Lage war, ihn auch hierfür verantwortlich zu machen, zumindest sein Unbewusstes, das seine Ambivalenzen auf die Rose übertrage, rot und wohlriechend und dornig, aber zugleich schlapp und welk … Je nach Stimmung konnte sie sich der schlaffen Rose dann aber liebevoll annehmen und sie das ganze Wochenende über in der Badewanne hochpäppeln. Bei Gaby wusste man nie so genau.

Er erwischte nur ihren Anrufbeantworter und auf dem Handy die Mailbox. Hoffentlich hörte sie eine der Nachrichten ab, bevor sie zum Bahnhof fuhr, sonst würde sie umsonst dort warten und frieren, und die blödsinnige Zuspätkommdiskussion würde nach seiner Ankunft in ihre zweite Phase eintreten, nämlich *live* statt fernmündlich, was bedeutete, dass die durchaus versöhnlich stimmenden Schweigeminuten am Telefon von zorngespickten, rehkitzverletzten Blicken ersetzt, ja zersetzt würden, denn eine Stimme *ohne* Blick ging einem zwar nahe, aber eine Stimme *mit* Blick konnte einem so nahe gehen, dass man sich regelrecht an die Wand genagelt fühlte. Und das war, auch wenn man wie er als gebürtiger Allgäuer den Festgenagelten aller Festgenagelten jahrelang in Kirche wie Schule vor Augen gehabt hatte, beileibe kein angenehmes Gefühl, bei dem oft kein anderer Ausweg blieb, als fluchtartig das Zimmer oder die Wohnung zu verlassen. Andererseits rückte die *live*-Auseinandersetzung versöhnende Umarmungen in greifbare Nähe. Die gemeinsamen Wochenenden waren überdies viel zu kurz für ausdauerndes Nachtragen von was auch immer.

Bald würde sich das alles sowieso ändern. In Kürze würde es keine verpassten Züge mehr geben und keine schlappen Rosen, keine verkorksten Telefongespräche und zugigen Wartezeiten. Stattdessen: vollständige Theaterstücke, Filme, Vorträge, Lesungen. Der Countdown lief, Ludwig hatte Verantwortung übernommen. Er hatte, ohne Gaby zu fragen, sämtliche Vorbereitungen getroffen, alle Vor- und Nachteile gründlich abgewogen. Der neue Mann – es gab kein Zurück.

In der Bahnhofshalle trank er im Stehen einen Multivitaminsaft, nicht ohne neidvollen Blick auf das frisch gezapfte Bier seines Tresennachbarn, aber mit Bier konnte er jetzt noch nicht beginnen, sonst wüsste er später im Zug nicht mehr, was er bestellen sollte. Zwei Pils waren für die Strecke genau richtig bemessen, dazu die halbe ZEIT lesen und ab und zu einen Blick in die Landschaft werfen – erprobtes Vorbereitungsprogramm für das gemeinsame Wochenende, nach dem verpassten

Zug und dem mindestens halbverpassten freitäglichen Kulturprogramm konnte er es sich heute Abend nicht leisten, auch noch die Alkoholvorwurfskarte zu riskieren.

Der Blumenladen war geschlossen: *Urlaub bis 1. April.*

Musste denn heute alles schiefgehen? Ausgerechnet heute? War das womöglich ein schlechtes Omen?

Blödsinn. Seit wann glaubte ausgerechnet *er* als eingefleischter Anhänger von Aufklärung, Erkenntnistheorie und Skeptizismus an so Ominöses wie Omina. Bis er Gaby kennenlernte, hatte er ja noch nicht einmal gewusst, ob schwarze Katzen einem das Unglück nun von rechts oder von links antrugen. Natürlich nicht Katze, sondern Kater!, hatte Gaby ihn bei der ersten gemeinsamen Reise nach Rom aufgeklärt.

Woran aber wollte ein abergläubischer Mensch mit Gewissheit erkennen, ob es sich um eine Katze handelte oder um einen Kater, bei der Geschwindigkeit, mit der diese Tiere über den Weg flitzten, noch dazu im Halbdunkel der Nacht?

Gaby hatte rätselhaft gelächelt: Man weiß es eben nicht. Man schwebt im Ungewissen. Das ist doch gerade das Spannende!

Aber auch Gaby spielte nur mit dem Aberglauben, wie er später herausfand, sie spielte überhaupt gern mit Widersprüchen. Liebe zum Beispiel sei keine Tatsache, sondern eine innere Bereitschaft, wie der Glaube und der Aberglaube. Es gehe darum, wie man die Welt deute: Man glaubt einfach dran. Genau wie an Gott und an Freitag den Dreizehnten.

Daraufhin er, nach durchlittener, in der Pubertät abgelegter niederbayerisch-katholischer Grundausbildung: Er glaube weder an Gott noch an Freitag den Dreizehnten!

Daraufhin sie, triumphierend: In Italien sei es übrigens der Siebzehnte …

Ludwig erinnerte sich im übrigen gern an die endlosen Diskussionen bei der ersten gemeinsamen Reise. Frisch verliebt konnten sie zwischen allen noch so scharfkantigen Gegensätzen und unerreichbaren Ufern Brücken bauen, die sanft zu schwingen begannen, sobald sie auch nur den Fuß daraufsetzten. Schließlich waren sie dabei sich kennenzulernen, was die eine mochte und der andere nicht.

Gaby zuliebe hatte er gleich an seinem ersten Abend in Rom *tripa* bestellt, ohne zu ahnen, was das Wort verbarg. Es klang ein bisschen anrüchig, wie auch die *cozze*, aber während Gaby ihre Miesmuscheln mit Begeisterung verspeiste, musste er jeden Bissen Kutteln mit einem Glas Wein runterspülen und war am Ende im Dreiviertelvollrausch aus dem Lokal gewankt. In jener Nacht war er als Liebhaber definitiv nicht zu gebrauchen. Umgekehrt war Gaby ausschließlich Ludwig zuliebe – das wusste er heute noch zu schätzen – in sämtliche großen und etliche der kleineren Kirchen gefolgt. Geduldig hatte sie seine stockende Übersetzung der lateinischen Inschriften auf Grabmälern und die Deutung der Symbole auf den Familienwappen über sich ergehen lassen. Als es ihr zu viel wurde, hatte sie – als klitzekleine Rache und damit er mit seinem Latein schneller am Ende war – den Sprachwahlschalter verstellt, während er an den Erklärautomaten den Erläuterungen zu Apsis und Mittelschiff lauschte.

Einigkeit verheiße Langeweile, hatte Gaby gleich am ersten Abend ihrer Bekanntschaft behauptet, und da Ludwig in dieser Hinsicht ihrer Meinung war, hatte er gekontert: ständiger Widerspruch sei auf Dauer zermürbend. Aber lustig, fanden sie wiederum beide. So ging es von da an häufiger hin und her. Auch was ihr Zusammensein betraf. Denn sie hatten keine gemeinsame Wohnung, lebten nicht einmal in der gleichen Stadt. Er in Berlin, sie in Hamburg. Wochenendbeziehung: zweieinviertel Tage pro Woche Gemeinsamkeit, das kam beiden zugute, vor allem ihrer Liebe, der es weder an Tatsachen noch an innerer Bereitschaft fehlte. Und bis auf sein chronisches Zuspätkommen und ihr ebenso chronisches Unverständnis dafür gab es an sich keinen Grund, an dieser gemeinsamen Basis zu rütteln.

Doch genau das hatte er getan.

Wo zum Teufel fand er jetzt eine Rose? Es blieb über eine Stunde Zeit, um ein anderes Blumengeschäft zu suchen, und das hieß: Pflastertreten rund um den Bahnhof, vollgepisste Ecken, herumlungernde Halbwüchsige, Dönerbuden, Shops für Handys und Videos und gebrauchte elektronische Geräte, außerdem jede Menge Ramschläden, die ungewollt zum Ausdruck brachten, was man garantiert nicht brauchte im Leben. Ödnisse.

Das Angebot an Sexshops stand in proportional umgekehrtem Verhältnis zur Floristik, so dass sich der Gedanke einschlich, Gaby statt der üblichen roten Besänftigungsrose einen roten, spitzenverzierten Besänftigungs-BH mitzubringen. Die Farbe würde stimmen, auch über den roten Muff zu Weihnachten hatte sie sich gefreut. Keine schlechte Idee, eigentlich, einmal etwas ganz anderes. Und ein BH hatte den Vorteil, dass er im Zug nicht schlappmachte.

Wie sich zeigte, kannte er sich mit der Größe nicht aus, was ihn mehr beschämte als die Verkäuferin, wie er überhaupt schlagartig das Gefühl hatte, dass der Boden unter seinen Füßen dünn wurde wie Seidenpapier. Immerhin sah er aus dem Augenwinkel, dass der Verkäuferinnenbusen um mindestens zwei Nummern größer war als der von Gaby und der Riesenplastikpenis unter der gläsernen Verkaufsplatte um mindestens drei Nummern größer als sein eigener. Ihm brach der Schweiß aus, er verfluchte sowohl die Umleitung, die sein Zuspätkommen eingeleitet hatte, als auch die Besitzer des Bahnhofblumenladens, die sich irgendwo die Sonne auf den Pelz brennen ließen, statt ihn durch den Kauf von Besänftigungsrosen davon abzuhalten, in Sexshops ins Schwitzen zu geraten.

Später im Zug versuchte er vergeblich, sich auf den Leitartikel der Wissenschaftsseite zu konzentrieren. Die Buchstaben verschwammen vor seinen Augen, und das lag nicht am nun doch dritten Bier an diesem Freitagabend und auch nicht an der Tatsache, dass die Landschaft hinter seinem Spiegelbild verschwand, weil es draußen längst dunkel geworden war. Klar und deutlich, ja aufdringlich stand ihm hingegen das an diesem Abend Erlebte vor Augen, umzingelt von Rudeln flüchtiger Gedanken, darin von Zeit zu Zeit aufblitzend der Satz: Was würde Gaby sagen?

Aber er musste es ihr ja nicht erzählen. Jedenfalls nicht alles. Dass die Frau mit dem zwei Nummern größeren Busen, als er das Geld auf den Verkaufstresen legte, unter dessen gläsernem Schutz alle möglichen teuren Lustobjekte auf kaufkräftige Subjekte warteten, nach seiner Hand gegriffen, sie blitzschnell umgedreht und begonnen hatte, darin zu lesen, als wäre sie ein Buch. Wie sein Impuls, die Hand zurückzuziehen und den Laden augenblicklich zu verlassen, im Handumdrehen unter diesen Fingerkuppen zerstäubt war, die seine Handlinien berührten und nachzeichneten – Herzlinie, Lebenslinie, Liebeslinie –, und einen Reiz aussandten, der unverzüglich die Konturen seines Gliedes veränderte, Konturen und Ausmaße, weshalb er ganz dicht an den Tresen herangetreten war, um den Blickwinkel auf die Auswölbung seiner Hose abzuschneiden, einerseits, und um den Widerstand des Verkaufstisches zu spüren, was ihn nur noch mehr erregt hatte.

So etwas erzählte man doch nicht.

Jede Beziehung lebte von ihren Geheimnissen.

In deinem Leben wird es Kinder geben, hatte die Frau gesagt, was ebenso banal war wie alles andere, was sie ihm geweissagt hatte, schließlich glaubte er an Hellseherei ebenso wenig wie an schwarze Kater von links (oder doch von rechts?), und die Parallelen, die sich mit etwas gutem Willen ziehen ließen – von der überwundenen schweren Krankheit zu dem Leistenbruch, den er sich beim Schleppen des Klaviers von Gabys Großmutter zugezogen hatte, vom sogenannten beruflichen Erfolg zu seinem bevorstehenden Jobwechsel nach Hamburg –, trafen bei mindestens sechzig Prozent aller Beweissagten zu. Und dennoch hatte er, während die Frau weiterhin ihre Fingerkuppen über die Innenfläche seiner Hand wandern ließ, zugleich eine tief sitzende Angst verspürt, sie könnte ihm etwas Schreckliches prophezeien, eine tödliche Krankheit, einen Unfall, und dass er, obwohl er nach wie vor standhaft nicht an Weissagungen glaubte, von nun an täglich daran würde denken müssen, so wie man bestimmte Melodien manchmal nicht mehr aus dem Kopf bekam. Er würde nicht daran glauben, aber daran denken müssen, irrational und zwanghaft.

Doch nichts davon war geschehen. Keine schwarzen Wolken am Horizont seiner Zukunft, statt dessen verborgen vom gläsernen Tresen mit den Dildos ein Samenerguss, und seine Hand, in der die Frau noch immer zu lesen vorgab, hatte sich im selben Moment zusammengekrampft und ihren Finger umschlossen, wie um ihn festzuhalten, weshalb die Frau schnell aufgeblickt hatte, in seine sich selbst hingegebenen Augen, ein wenig amüsiert, wie ihm schien, als habe sie seinen Orgasmus bemerkt, ja kommen sehen, ja bewusst hervorgekitzelt, und in vertrautem und leicht anzüglichem Du die Lebensvorhersage mit folgenden Worten abgerundet: *Dir steht eine große Prüfung bevor. Du brauchst viel Kraft, und du wirst viel Liebe bekommen.*

Ende der Geschichte: Ihm war, wenn auch wieder nur um wenige Minuten, auch der nächste Zug vor der Nase weggefahren, er war vom Multivitaminsaft zum Bier übergegangen und hatte wieder nur Gabys Anrufbeantworter sowie die Mailbox zu fassen bekommen.

Viel Liebe bekommen ... Der Zug, in dem er jetzt saß und sich von der Unordnung seiner Gedanken umspülen ließ, würde erst vier Stunden später als ursprünglich geplant, nämlich kurz vor elf in Hamburg eintreffen. Ludwig hegte keinen Zweifel daran, dass Gaby ihn zu so später Stunde nicht mehr abholen würde, denn ungünstigstenfalls war sie zweimal vergeblich zum Hauptbahnhof gefahren, für eine Frau wie sie zweimal zu viel.

Auf der Mailbox schlug er ein Rendezvous zu später Stunde vor, halb zwölf im *Makeba*, ein Zugeständnis seinerseits. Er mochte den Club in der Nähe der Reeperbahn nicht besonders, im Gegensatz zu Gaby. Auf jeden Fall war es das richtige Ambiente für Enthüllungen jeglicher Art und ein Ort, an dem Gaby ihm keine Beziehungsszene machen würde. Ludwig könnte also seine große Neuigkeit zusammen mit dem roten Dessous aus der Tasche ziehen …

Du brauchst viel Kraft …

Nein, gar keine gute Idee! Gaby war eine hochbegabte Gedankenverknüpferin, was in ihrem Beruf sehr hilfreich war, sich aber privat fallträchtig auswirken konnte, wenn sie nämlich an Fallen webte, in die mindestens einer von ihnen hineinfiel: Findest du unser Liebesleben so langweilig, dass du mir neuerdings Reizwäsche schenken musst? – Rot steht dir – anscheinend bist du es, dem dabei was steht – aber Gaby, ich dachte nur – öfter mal was Neues? – warum eigentlich nicht – woher hast du das Zeug überhaupt? – … – ach soooo ist das … – neiiiin! es ist ganz anders, als du denkst – was denke ich denn?

… eine große Prüfung …

Am besten, er ließ das Ding auf der Toilette verschwinden. Oder er machte dem Kellner eine Freude und ließ die neutral weiße Plastiktüte einfach im Speisewagen liegen. Eine einzige Überraschung tat es doch auch: Übrigens … rate mal – keine Ahnung – du hast dir ein neues Auto gekauft – kalt – wir fliegen nächstes Wochenende nach Paris – kalt – ein Geschenk für mich? – schon wärmer – kann man es anziehen? – heiß – ein heißes Dessous? einen Spitzen-BH? – äh, also – ach, wie schade, was denn dann? – tatatatam!! Wir müssen nicht mehr pendeln, ich habe eine Wohnung gefunden, ich ziehe nach Hamburg!

Und dann? Bei diesen Worten setzte Ludwigs Vorstellungskraft, was Gabys mögliche Reaktion betraf, komplett aus. Nebel. Watte. Undurchdringlich. Keine sprechenden Augen in Sicht, kein Phantasiedialog in petto. Er versuchte sich zu konzentrieren, sich auszumalen, was sie sagen würde, *falls* sie sich freute und was sie sagen würde, *falls* sie eher skeptisch war. Oder gar entsetzt.

Gaby hatte von seinen Plänen ja keinen blassen Schimmer. Als Ludwig kurz nach Neujahr die firmeninterne Stellenausschreibung für den Wechsel nach Hamburg entdeckte, hatte er sich einfach beworben. Wie um sein Schicksal herauszufordern, auch wenn er, wie gesagt, eigentlich nicht an so etwas glaubte. Eigentlich war er mit seinem Job mehr als zufrieden, alles passte und war im besten Sinne geregelt, die Aufgaben, das Betriebsklima, die Kollegen, das Gehalt – vielleicht war es gerade deshalb höchste Zeit für Veränderungen, hatte er sich gesagt. Aber als es mit dem Job in Hamburg tatsächlich klappte, war Ludwig sich gar nicht mehr so sicher gewesen. Er hatte mehrere Nächte nicht schlafen können, die Argumente gedreht und gewendet. Woher sollte er wissen, ob das die richtige Entscheidung war, für sein Leben, für ihr Leben? Gaby hatte er bisher immer noch nicht eingeweiht.

Die Wohnungssuche hatte Ludwig im Stillen vorangetrieben, mit wachsender Lust am Geheimnis, das jede Beziehung braucht, hatte er sich gesagt. Dieses Geheimnis wollte er heute Abend nach dem Theater oder was auch immer Gaby geplant hatte, endlich enthüllen: Schluss mit der Wochenendbeziehung! Schluss mit dem Verpassen von Zügen und dem Warten auf Züge! Na, was sagst du nun?

Statt Gaby sah er einen Jungen vor sich, der zu seinem zwölften Geburtstag endlich das ersehnte Fahrrad bekommen würde, das die meisten aus seiner Klasse längst besaßen. Es stand, verhüllt von einem ausrangierten Bettlaken, in der Wohnzimmerecke gleich neben dem Gummibaum, die Räder waren nicht zu sehen, aber zu erahnen, vor allem jedoch Lenker und Sattel, doch am deutlichsten erspürte der Junge namens Ludwig die ungebremste Freude, die die Eltern schon beim Kauf dieses Rades durchlebt hatten und gleich in seinen Augen suchen würden als klitzekleine, nebenbei abfallende Entlohnung für ihre Mühen und Kosten, und er, der sich in Gedanken schon über das kalte, blinkende Chrom des Lenkers streichen und jede einzelne Speiche des Sechsundzwanzigerrades polieren sah, mit dem er endlich bei allen Wettrennen über Stock und Stein mithalten könnte, würde ihnen diese klitzekleine Freude natürlich mühelos und gern bereiten, und als das Geburtstagsständchen beendet, alle Kerzen ausgepustet und der immergleiche trockene Napfkuchen gebührend bewundert worden war, durfte er endlich das Laken wegziehen wie von einem zu enthüllenden Denkmal, alle hielten den Atem an, dann hörte er den Vater leise sagen: Na, was sagst du nun?, und gleich darauf die Mutter, ein wenig hysterisch frohlockend: … das ist der allerletzte Schrei, und so praktisch, man kann es auseinanderschrauben und in den Kofferraum legen … Er selbst hatte stumm auf das dunkelgrüne Klapprad gestarrt, das da in der Wohnzimmerecke stand, Reifengröße sechzehn, also praktisch für Sechsjährige, nur nach oben verlängert für in die Höhe geschossene größere Jungs wie ihn, und es war ihm vorgekommen, als müsse er von nun an wieder in den karierten Latzhosen aus Kindergartenzeiten herumlaufen, mit inzwischen viel zu kurzen Hosenbeinen, und um nicht den allerletzten Schrei auszustoßen oder gar loszuheulen, hatte er nur leise gesagt: Aber wir haben doch gar kein Auto …

Vielleicht wäre Gaby genauso verstört, wie er es damals gewesen war – geballte Enttäuschung in der Kehle, kurz vor dem

Erstickungstod, und dann irgendein zwanghaft vernünftiger Satz wie etwa: Aber du gehst doch gar nicht gern ins Theater …

Sie fuhren durch einen Bahnhof. Rahlstedt, las er im Vorbeifahren, und spürte seine wachsende innere Unruhe. Die Ungeduld, das Geheimnis endlich mit ihr teilen zu können. Schnell trank er das dritte Bier leer.

Der Speisewagenkellner trat mit der Rechnung an seinen Tisch. Als Ludwig nach dem Portemonnaie in der Innentasche seines Jacketts griff, stieß er gegen den Schlüssel zur neuen Wohnung, der ihm vorgestern per UPS überbracht worden war. Dreieinhalb Zimmer, Balkon, Bad, ruhige Seitenstraße, nicht weit zur U-Bahn, jedenfalls laut Informationen der Maklerin, die ihm den Vertrag und den Grundriss der Wohnung zugefaxt hatte, großzügig für einen allein, aber durchaus groß genug für zwei – und plötzlich musste er, auch zwecks notwendiger innerer Entspannung lächeln:

In deinem Leben wird es Kinder geben, hatte die Wahrsagerin prophezeit. Warum eigentlich nicht? So ganz allgemein betrachtet, irgendwann einmal, wozu gab es das halbe Zimmer, schließlich ging er auf die Vierzig zu und Gaby wurde im April vierunddreißig. Zeit für Veränderungen, alles fügte sich von selbst. In sich hineinlächelnd griff er nach der Mitropa-Rechnung, um sie wie gewohnt für die Steuererklärung einzustecken, dabei fiel sein Blick auf das Datum, und einen Moment lang flackerte Panik in ihm hoch: Freitag, der siebzehnte März. Immerhin nicht der dreizehnte, sagte er sich augenblicklich, und als würde er eine Beruhigungstablette einwerfen, gleich eine zweite hinterher: außerdem sind wir nicht in Italien. Hasselbrook, Landwehr, Berliner Tor – kurz vor elf Einfahrt in die Hallen des Hamburger Hauptbahnhofs.

Wie zu erwarten stand Gaby nach der doppelten Verspätung und um diese Uhrzeit nicht auf dem Bahnsteig. Trotzdem gestattete Ludwig sich einen Augenaufschlag lang Enttäuschung, denn wenn schon alles anders werden würde in seinem Leben, hätte das gut und gerne hier und jetzt beginnen können – in diesem Fall wäre Gaby gekommen, um ihn abzuholen, trotz Theaterbesuch, trotz der späten Stunde, trotz verpasster Züge, und sie hätten sich angesehen wie früher und sich geküsst wie früher, als sie es beide kaum erwarten konnten, bis endlich wieder Freitag war, und wenn Ludwig sich nicht schon vorher vorgenommen hätte, nie wieder zu spät zu kommen, hätte er es in dem Moment garantiert geschworen, hoch und heilig sogar.

Aber Gaby war nicht da.

Er wartete trotzdem noch eine Weile. Während der Bahnsteig sich leerte, umkreiste er einmal die Litfaßsäule mit den aktuellen Veranstaltungen. Das Programm der Hamburger Theater hing ziemlich weit oben, neben dem Aushang für einen Vortrag der Rosenkreuzer. Ludwig reckte sich. Was hatte er heute Abend verpasst? Goldoni im Thalia, Ibsen in den Kammerspielen oder die Dreigroschenoper im Schauspielhaus? Der Moment vorgetäuschten Bedauerns fand sofort ein Ende, als Ludwig das Plakat mit der Konzertreihe klassischer Musik entdeckte und augenblicklich wusste, dass er, sobald er dauerhaft in Hamburg wohnte, nicht jeden Freitag mit Gaby ins Theater gehen würde, sondern zu einem Kammerkonzert oder einem Auftritt des Symphonieorchesters, mit oder ohne Gaby, vermutlich eher ohne, weil sie, gelinde ausgedrückt, kein Ohr hatte für klassische Musik. Sämtliche Wochenendtermine waren, seit er Gaby kannte, tabu gewesen. Ludwig lächelte. All das würde in Zukunft kein Konfliktstoff mehr sein, weil er dauerhaft da wäre. So könnte auch am Wochenende jeder von ihnen ab und zu eigenen Wege gehen. Die Aussicht darauf hob seine unter anderem vom Bier gedämpfte Stimmung beträchtlich.

Um zwanzig nach elf betrat er das *Makeba*. Es war schon ziemlich voll. Er schob sich zwischen den Leuten hindurch, suchte das ganze Lokal ab, konnte Gaby aber nirgends entdecken.

Denkbar, dass die Vorstellung heute länger dauerte, manche Inszenierungen zogen sich gern drei bis vier Stunden hin. In einem Anflug von Aufregung und Vorfreude bestellte Ludwig eine Flasche Mumm, dabei mochte er gar keinen Sekt, bei Theaterpremieren drückte ihm meistens irgendwer ungefragt ein Glas mit diesem pissefarbenen Sprudelzeug in die Hand. Er kapierte nicht, was alle Welt daran fand, er jedenfalls bekam Sodbrennen davon, aber heute, zur Feier der großen Neuigkeit, musste einfach Sekt her, außerdem wäre Sekt ein weiterer Beweis für seinen guten Willen.

Gaby ließ auf sich warten. Um Viertel vor zwölf nahm Ludwig die Flasche aus dem Eiskübel und schenkte sich das erste Glas ein. Während er es mit hastigen Schlucken leerte, überlegte er, ob sie seine Nachricht überhaupt erhalten hatte. Vielleicht sollte er noch einmal anrufen. Vielleicht war irgendetwas ganz anderes in der Aufregung an ihm vorbeigegangen, irgendeine Mitteilung Gabys, den Geburtstag einer Freundin betreffend, bei der sie heute Abend eingeladen waren, denn manchmal, das gab Ludwig vor sich selbst unumwunden zu, hörte er nur mit halbem Ohr hin, wenn sie etwas erzählte, was sie fuchsteufelswild machte, wenn sie es merkte, aber sie merkte es eben nicht immer, oft ja nicht einmal er selbst.

Als er sein Handy aus der Tasche zog, stellte er fest, dass es offenbar stumm geschaltet hatte. Aber Gaby hatte auch keine Nachricht auf der Mailbox hinterlassen, keine Kurznachricht geschickt, nichts, und Ludwig dachte nur, dass es auch im Zeitalter der Mobiltelefone nicht einfacher wurde zu kommunizieren. Beim zweiten Glas Sekt um kurz nach Mitternacht (der Siebzehnte des Monats war somit gefahrlos umschifft!) begann das Warten und Zur-Tür-Schauen in Ärger umzuschlagen. Von wegen spritziges Getränk, spritzige Stimmung – seine Enttäuschung stieg nicht in luftigen Bläschen an die Oberfläche und löste sich dort auch nicht auf, sondern sackte im Gegenteil immer tiefer, wurde zu einer Grundstimmung, die sich minütlich verdichtete. Während er Glas für Glas die Flasche leerte, dachte er, dass er genau deswegen das Sekttrinken verabscheute: weil es ihn nämlich wütend machte, und wenn er wütend war, pflegte er zu schweigen, konsequent und undurchdringlich zu schweigen, was wiederum Gaby bis zur Weißglut reizte, eine Situation, in der Zauberwort und verschlossener Sesam nicht zusammenpassten, keine Chance – und definitiv kein guter Start in die Art von Zweisamkeit, die sie bisher vermieden hatten.

Um halb eins war die Flasche endlich leer. Ludwig ließ sich ein Taxi bestellen. Gewohnheitsgemäß und gedankenlos gab er Gabys Adresse an, doch als der Taxifahrer zwanzig Minuten später vor ihrem Haus hielt, überlegte Ludwig es sich anders. Er hatte zwar einen Schlüssel zu Gabys Wohnung, aber ihre Fenster waren, soweit er es von der Straße aus sehen konnte, dunkel, und trotz Suff regte sich in ihm Stolz. Hatte er das nötig? Hatte er nicht lange genug auf sie gewartet? Er hatte jetzt seine eigene Wohnung in Hamburg, für die er überdies seit zwei Tagen Miete zahlte.

Als er am Samstagvormittag neben seiner Reisetasche in der ihm unbekannten Wohnung aufwachte, dauerte es eine Weile, bis Ludwig wusste, wo er sich befand und was geschehen oder eher nicht geschehen war. Er fror, trotz des Mantels, der ihm als Decke gedient hatte, ihm tat alles weh, in erster Linie der Kopf, aber auch der Rücken, letztlich sämtliche Glieder, denn er hatte auf dem Fußboden geschlafen, der mit kratzigem Sisal ausgelegt war, wofür der Vormieter wie auch für die Einbauküche ein ansehnliches Sümmchen kassiert hatte. Die Wohnung war hell, immerhin. Nachts war Ludwig gegen Türen und Wände geprallt, er war zu betrunken gewesen, um zielgerichtet nach dem Sicherungskasten zu suchen, und jetzt sah er, dass natürlich in keinem der Zimmer eine Glühbirne an der Decke hing. Außerdem würde er streichen müssen. Der Fußboden musste raus, die Einbauküche war farblich erträglich, aber die Kacheln im Bad pissgelb wie der Sekt am Abend zuvor. Beim Gedanken daran wurde Ludwig übel, zugleich verspürte er Hunger, schließlich hatte er am Abend nur flüssige Nahrung zu sich genommen ... Er wusch sich das Gesicht mit kaltem Wasser und bedauerte, nie eine Zahnbürste oder ein Handtuch im Wochenendgepäck zu haben, auch keinen Wegwerfrasierer, all das wartete wie selbstverständlich bei Gaby auf ihn.

Er drehte die Heizung an und beschloss, irgendwo in der Nähe frühstücken zu gehen. Im Treppenhaus kam ihm ein mit Einkäufen beladener Mann seines Alters mit drei lärmenden kleinen Kindern entgegen. Draußen blühten im Schutz einiger Häuser schon die Osterglocken, obwohl ein scharfer Wind um die Ecke pfiff. Ludwig fühlte sich hellwach und schläfrig zugleich, niedergeschlagen und doch froh. Er verstand das alles nicht. Nichts passte mehr zusammen. Vielleicht lag es am Frühling, dieses Durcheinander. Oder am Schicksal.

Auch damals, als ihre Liebe ihren Anfang nahm, war es Frühling gewesen, allerdings im Schnee, im Skigebiet von Saalbach-Hinterglemm – Gaby zum zweiten Mal auf Skiern, er als gewesener Allgäuer Jugendmeister auch im mittleren Alter noch könnerhaft. Das war jetzt ziemlich genau sieben Jahre her – die berühmten sieben Jahre, sinnierte Ludwig, während er in einer Szenekneipe um die Ecke ein englisches Frühstück bestellte. In der ganzen langen Zeit hatten sie kaum ein Wochenende ausgelassen, um sich zu treffen. Kaum zu fassen, dachte er: *jedes* Wochenende. Sieben Jahre lang. Mal bei ihm, mal bei ihr. Freunden gegenüber hatten sie diese Form der Begegnung als optimalen Hintergrund für eine Beziehung dargestellt, als Luxus gewissermaßen: zu Gast zu sein. Gäste wurden, wenn sie nicht zu lange blieben und sich gewissermaßen einheimelten, höflich behandelt, zuvorkommend. Erst wenn der Besuchszustand in den Dauerzustand überging, hielt der Alltag Einzug, und was das bedeutete, wusste doch jeder aus der Erfahrung diverser Beziehungskisten, nämlich ein schwindelerregendes Schwinden des gesunden Menschenverstands mit gleichzeitiger Zunahme aufreibender Scherereien, angefangen beim Paradeklischee des Streits ums Müllruntertragen, hochvirulent und weitverbreitet, bis zu einem gesteigerten Mitteilungsbedürfnis bezüglich spannender Themen wie Wer-kümmert-sich-um-die-Autoreparatur, Was-kochen-wir-heute, Wann-kommst-du-nach-Hause, Soundso-hat-übrigens-angerufen. Das lasse sich doch alles umgehen, pflegten Gaby und er anzupreisen: Der Gast sei König oder Königin, und wenn die entsprechende Hoheit am Sonntagabend oder spätestens Montag in der Früh wieder weggefahren ist, kann der zurückbleibende Untertan sich königlich freuen: endlich wieder allein ...

Diese Schilderung hatte selbst gestressten Paare meistens ein kurzes Lächeln abgerungen, bevor sie sich zu wehren begannen: Ob Gaby und er denn nicht manchmal die Sehnsucht danach verspürten zusammenzuziehen. Zumindest in derselben Stadt zu wohnen. Manchmal hatten Gaby und er dann nur zum Spaß überlegt, was wohl wäre, wenn sie tatsächlich zusammenziehen würden: Dann hätten sie zwei Fernseher, zwei Videorecorder, zwei Tiefkühltruhen, zwei Stereoanlagen, zwei Bügeleisen, alles doppelt beziehungsweise vielfach, was die Platzfrage auf die Tagesordnung bringen würde, und natürlich auch die Geschmacksfrage: der schwere, dunkle Esstisch von Gabys Oma, obgleich praktisch, weil ausziehbar, würde nur über seine Leiche in einer gemeinsamen Wohnung Platz finden, hatte Ludwig einmal gesagt, er brauche zum Leben Helligkeit und Platz und vor allem keinen Klimbim, damit meinte er die Palmen und Hängepflanzen, die Gaby in ihrer Wohnung kultivierte. Woraufhin sie seine Ordnungsliebe als steril beschimpfte, als zwanghaft, dieses sofortige Wegwischen der Tropfen aus der Wanne nach dem Duschen, was sie in einer gemeinsamen

Wohnung um keinen Preis zu ertragen bereit wäre … Ähnliche Diskussionen waren um diverse andere Gegenstände und Verhaltensweisen entbrannt. Es war nur ein winziger Schritt vom amüsanten Gedankenspiel namens Was-Wäre-Wenn hin zu erbitterten Wortgefechten über die Nützlichkeit von Tisch-Sets, die Notwendigkeit von Kabelfernsehen, darüber, ob die Schuhe im Flur stehen dürften oder nicht – Streit um alles, Streit um nichts. Enge. Einengung. Das typische Paarwesen. Das ständige Zurechtweisen und Beschneiden der eigenen Wünsche zwecks Passform, bis man so dachte und träumte wie der andere und am Ende sogar ähnlich aussah und dann alle Leute sagten, ihr passt so gut zusammen …

Wieso hatte er all das vergessen, geradezu ausgeblendet? Und wieso fiel es ihm ausgerechnet jetzt wieder ein? Immerhin fühlte Ludwig sich nach drei Bechern Milchkaffee gestärkt genug, um das Notwendigste einkaufen zu gehen, ohne sich vor Supermarktregalen zu verzetteln. Gaby, die regelmäßig ausflippte, wenn er schon wieder zehn Rollen Klopapier mitbrachte, das sich in ihrem Bad bis unter die Decke stapelte, dafür aber den Kaffee vergessen hatte. Nun, heute fehlte es gewissermaßen an allem, von Rasiercreme über Klopapier bis zu Toastbrot, Teefiltern, Glühbirnen, die Wohnung war komplett leer und entsprechend aufnahmebereit – und überdies gabyfrei. Er konnte also ungehemmt zuschlagen – und das tat er. Außer Lebensmitteln für eine Großfamilie erstand er einen Toaster, wie die Klemmlampe und die Gästehandtücher bei Tchibo im Angebot, im Outdoorshop kaufte er eine Campingmatte, in einem Designladen für Inneneinrichtungen eine karminrote Wolldecke und zwei farblich passende Kissen, dann schaffte er es gerade noch vor Ladenschluss in den Buchladen. Schon seit Jahren wollte er den *Mann ohne Eigenschaften* lesen, aber trotz der regelmäßigen Zugfahrten hatte er nie die Zeit dafür gefunden. Als er den Buchladen verließ, war sein Schritt, obwohl er schwer bepackt war, diebisch beschwingt.

In der Wohnung war es mittlerweile angenehm warm. Ludwig schaltete den Kühlschrank an, packte die Einkäufe und seine Wochenendreisetasche aus. Er breitete sich genüsslich in der leeren Wohnung aus und verstreute seine Kleidungsstücke überall auf dem Boden, was er sonst nie zu tun pflegte. Den roten Besänftigungs-BH hängte er über zwei Nägel, die exakt im richtigen Abstand in den Wänden steckten. Dann rollte er die Isomatte aus und kroch unter die neu erstandene Decke. Bevor er das Buch öffnete, wählte er Gabys Nummer. Wie am Tag zuvor schaltete sich nach dem dritten Läuten der Anrufbeantworter ein. Ludwig hörte ihre Ansage und überlegte, was er eigentlich sagen sollte, vielmehr sagen wollte – wo zum Teufel warst du gestern? oder: ich habe unter einer Brücke übernachtet, oder: komm doch mal in der Schwenckestraße sechzehn vorbei, dritter Stock rechts?

Dir steht eine große Prüfung bevor. Du brauchst viel Kraft und du wirst viel Liebe bekommen, dachte er und schaltete das Handy aus. Heute Abend könnte er in ein Klavierkonzert gehen, Grieg und Schumann. Wunderbar. Dann öffnete er das Buch.

Er musste schnell eingeschlafen sein, denn als er aufwachte, war Seite dreizehn verknittert und die Sonne schon hinter den Häusern verschwunden. Kurz vor fünf, Zeit für einen Tee – leider musste Ludwig feststellen, dass er eben doch nicht an alles gedacht hatte, zwar an Tee und Teefilter, aber nicht an einen Wasserkocher, geschweige denn an ein Gefäß, in dem der Tee zubereitet und aus dem er getrunken werden konnte. Geschirr hatte er insgesamt komplett vergessen. Ein praktischer Anlass, sich gleich bei den Nachbarn vorzustellen.

In der Wohnung gegenüber war offenbar niemand zu Hause. Ein Stockwerk höher ging die Tür einen Spalt breit auf, gerade so lange, wie die ältere Frau brauchte, um zu sagen, sie kaufe nichts und brauche nichts. Vor der anderen Tür standen mindestens sechs Paar schmutzige Gummistiefel, Ludwig hörte

Kinderstimmen. Ein kleines Mädchen öffnete, und als er ihr sein Anliegen erklärte, schrie sie nach hinten in den Flur: Heini, da will einer mit dir Tee trinken!! Bevor Ludwig das Missverständnis aufklären konnte, saß er schon mit dem Mann, der ihm mittags im Treppenhaus begegnet war, am Küchentisch vor einem Bier und sah sich in der Glotze ein Pokalspiel an, HSV gegen die Bayern. In der Halbzeit tauschten die beiden Männer sich in der gebotenen Kürze über Bill und Unbill ihres Lebens aus, Ludwig erzählte sogar, allerdings ebenfalls gekürzt, von seinem Intermezzo im Sexshop.

Der neue Mann, dachte er mit unverhohlener Genugtuung, als er etliche Stunden und Biere später, auf jeden Fall zu spät für einen Konzertbesuch, wieder in seiner Wohnung stand: Ich habe mich entschieden, ich habe Verantwortung übernommen, ich habe eine neue Wohnung gefunden, ich habe einen neuen Job, ich habe einen neuen Freund. In dem Moment klingelte es. Eine Abordnung von drei Kindern stand vor seiner Tür, die ihm wie Trophäen einen Wasserkessel, eine Glaskanne und einen henkellosen Marienkäfer-Becher entgegenreckten. *Du wirst Kinder haben …*

Ich bin bereit, dachte Ludwig.

Ein Platz an der Sonne, oder: Pazienza!

Die Wohnung lag in der Altstadt, mitten im Gewirr enger Gassen. Es war nicht ihre Traumwohnung, nein, das wirklich nicht, aber wann bekam man schon, was sich im Handumdrehen erträumen ließ, beispielsweise eine Dachterrasse über den Dächern der Stadt, die sich so dicht aneinanderschoben, dass man hätte hinüberhüpfen mögen, auf den Wäscheleinen über Abgründen balancierend, stets mit Blick auf den Golf von Neapel, blau, so blau - dachte Klara, nur um noch einmal das Gros der Idealvorstellungen vor dem inneren Auge abzuspulen, bevor sie sich mit der Wirklichkeit abfand. Keine Dachterrasse also. Auch kein Blick aufs Meer. Vom Fenster aus gerade einmal eine Handbreit Himmel. Kein Telefon.

Das erste Möbelstück, das sie sich zulegte, nachdem sie genau die Summe heruntergehandelt hatte, die der Händler zuvor aufgeschlagen hatte, war ein mobiler Gasofen. Anfang März konnte es auch hierzulande unverfroren kalt sein, Kälte und Feuchtigkeit hatten sich über den Winter im dicken Mauerwerk eingenistet. Ende März kaufte Klara einen Tisch und einen Stuhl und eine gebrauchte Waschmaschine, und im April kam über eine Annonce auch ein Kühlschrank ins Haus, ein deutsches Fabrikat, angerostet, mit klemmender Tür und fehlendem Gemüsefach. Die Vorbesitzer hatten fünfzehn Jahre im Ruhrgebiet gelebt und von Deutschland geschwärmt, es war daher geradezu Ehrensache gewesen, dass der Kühlschrank für einen viel zu hohen Preis in Klaras Besitz überging, und die Zugabe, ein weißes Schleiflackgewürzregal, wäre zu Hause sofort auf den Sperrmüll gewandert. Aber Zuhause? Wo war das?

Einmal in Italien leben, nicht nur davon träumen und reden und mit dem Reden die Träume erschlagen. Täglich Seite an Seite mit der Fremde leben, nicht nur im Urlaub den großen Zeh hineinstippen und ein paar gefällige Fotos schießen. Alle reden vom Weggehen – wir nehmen unsere Träume in die Hand. Alle reden von Italien, wir machen unser Gerede wahr. Alle Selbstverständlichkeiten aufgeben, alles abschütteln, alle Maßstäbe über Bord werfen. Verrostete Kühlschränke kaufen, als wären sie ein Bundesadler. Das Auto im Hof dem Taubenkot überlassen, weil man mit dem Gefährt nicht um die Ecken kommt. Auf die Vespa umsteigen. Post mit wochenlanger Verspätung erhalten und sich trotzdem unbändig freuen. Kein Telefon haben! An der eigenen Geduld arbeiten. Sich Zeit nehmen.

Es würde mindestens zwei Jahre dauern, bis sie ein Telefon bekäme, weissagte die Nachbarin, die sich in solchen Dingen auskannte, zumal Klara als Fremde keinen Onkel in der Kommunalpolitik und keinen Schwager bei der Telefongesellschaft hatte – *pazienza*! Zwei Jahre Warten auf ein Telefon – was waren dagegen zwanzig, dreißig, vierzig, fünfzig Minuten Warten auf den Bus. Kommt er heute nicht, kommt er morgen. Eine gute Übung gegen die Hast. Schließlich kamen alle zu spät, immer. Es gab einen Spielraum, der jedermann zur Verfügung stand und sich wie ein großzügiges Lächeln in den Tagesablauf schob, der die Stunden dehnte, Termine verschob, Druck lockerte, Unmögliches möglich machte und Mögliches unmöglich. Auf mindestens eine Überraschung pro Tag konnte man sich gefasst machen. Aber ganz so fremd hatte Klara sich die Sache nicht vorgestellt.

Anfang Juni fand sie im Briefkasten die Rechnung der Wassergesellschaft, für das erste Quartal. Sie war zwar erst im März eingezogen, aber sie wollte nicht kleinlich sein. Die geforderte Summe allerdings entsprach eher einer Vorauszahlung für die nächsten fünf Jahre. Die Rechnung glich ohnehin einem Rätsel aus Zahlen und Abkürzungen, das sich mit Hilfe der Nachbarin jedoch nach und nach entschlüsseln ließ. Die Lösung war simpel: der zugrunde gelegte Wasserverbrauch entsprach dem einer achtköpfigen Familie – den Vormietern. Klara musste also nur den Vertrag ändern lassen, das dürfte kein Problem sein. In Deutschland regelte man so etwas telefonisch. Jeden Vormittag versuchte Klara vom Münztelefon im Tabakladen aus bei der Wassergesellschaft ihr Glück. Die Nummer war entweder besetzt oder es nahm niemand ab. Als Ende Juni eine zweite Rechnung fürs zweite Quartal ins Haus flatterte, mit derselben exorbitanten Summe, blieb ihr keine andere Wahl, als die Angelegenheit an Ort und Stelle zu regeln.

Drei Schritte, und die Kleider klebten auf der Haut. So ging es seit Wochen: Der sonnige Süden war eine Sehnsucht, deren Erfüllung sich in der Nähe des Wassers vollzog, an den Stränden von Ischia, Procida, Bacoli, auf den Felsen von Capri, Sorrento. Und vorzugsweise im Schatten. In den kühlen Innenräumen der Häuser. In den Klostergärten. In einer Kirche. Nicht aber in den Straßen. Die waren voller Abgase, aufgeplatzter Müllsäcke, Gehupe, Gequäke, Gedrängel, Geschiebe, Gestank, voll Fülle und Enge, und von oben brannte die unerbittliche Sonne, die all das miteinander verschmolz und gären ließ.

Als Klara in den schattigen Innenhof des Palazzo kam, in dem die Wassergesellschaft residierte, war sie schweißgebadet. Der Pförtner schickte sie die Steintreppe hoch: hinter der kopflosen Statue nach links.

Sie atmete auf. Der Raum, den sie im ersten Stock betrat, war geräumig und leer. Rechts ein langer Holztresen, in der Mitte eine Art Glaskasten. Bis auf einen Angestellten, der eine rosafarbene Zeitung las, die er vor sich ausgebreitet hatte, die *Gazzetta dello Sport*, war keine Menschenseele zu sehen. Vielleicht hatten die Kollegen eine Espressopause eingelegt. Klara fragte den Angestellten, wo sie den Vertrag ändern könne. Der sah kurz von seiner Lektüre auf, schien zu überlegen, wedelte dann mit seiner Rechten ungehalten in Richtung eines sich anschließenden zweiten Raumes und schickte zur Verdeutlichung ein Kopfnicken hinterher.

Im zweiten Raum, ohne Glaskasten, aber mit Holztresen, gab es zwei Schreibtische, an denen jedoch niemand saß. An der gegenüberliegenden Wand stand eine lange Bank, die bis auf den letzten Platz besetzt war. Das ließ nichts Gutes ahnen. Klara stellte sich neben die Bank. Eins der Telefone auf den Schreibtischen begann zu klingen. Irgendwann hörte es wieder auf, ohne dass jemand gekommen wäre. Klara wunderte sich nun schon weniger, dass ihre telefonischen Versuche jedes Mal erfolglos gewesen waren.

Die wartenden Neapolitaner auf der Holzbank wirkten erschöpft. Niemand sagte ein Wort. Das war für diese Stadt so ungewöhnlich, dass Klara, beeindruckt, ebenfalls schwieg. Erst nach dem dritten endlosen Aufschrei des Telefons wandte sie sich an den Mann ganz am Rand der Bank. Ob er vielleicht wisse … Eine Vertragsänderung? Er zuckte mit den Schultern. Eine ältere, schwarzgekleidete Frau übernahm und schickte Klara weiter in einen dritten Raum.

Dort erneut die bereits bekannte Ausstattung, Holztresen, diesmal aber fünf Schreibtische und zwei Wartebänke – jedoch eine völlig veränderte, verdichtete Szenerie. Vor dem Tresen hing eine Traube drängelnder, rufender, schwatzender Menschen, die alle möglichen Papiere durch die Luft schwenkten wie Taschentücher am Bahnhof. Waren das diejenigen, die sich wie Klara durch den ersten und zweiten Raum hindurchgefragt hatten und hier an eine Art natürlicher Grenze gestoßen waren, die aus richtigen Menschen bestand, deren Haarschöpfe dann und wann hinter dem Holztresen aufblitzten? Klara stellte sich hinten an, doch was hieß schon anstellen, die Wartetraube war keine Warteschlange, Neapel nicht München, beim Einkaufen hatte sie sich immer noch nicht daran gewöhnt, ihre Wünsche unaufgefordert herauszuschreien. Sie wartete also. Schließlich war die Wassergesellschaft so etwas wie ein öffentliches Amt. Und somit für alle da.

Die Luft wurde zunehmend drückender vom Schwitzen, Rauchen, Schimpfen, Warten, die Menschentraube schien sich kaum zu lichten. Irgendwann – es konnte ebenso gut eine Stunde vergangen sein wie zwei oder drei – rief einer der beiden Angestellten: Schluss für heute! Der Mann zählte vier Leute in der vordersten Reihe ab, deren Anliegen er noch erhören würde, alle anderen konnten gehen. Kurzer Protest aus Murren und ein paar Beschimpfungen legte sich schnell, wie Staub, den man vergeblich von einer Lampe, einem Fenstersims aufgewirbelt hatte. Was sollte man machen.

Am anderen Morgen war Klara früher dran. Schon um kurz nach neun betrat sie den bereits bekannten Innenhof. Sie bog hinter der kopflosen Statue links ab, ging die Treppe hoch, durchquerte den ersten Raum, ließ die beiden zeitunglesenden Angestellten rechts liegen, durchquerte zielstrebig auch den zweiten Raum, stellte dabei aus dem Augenwinkel fest, dass immerhin einer der Schreibtische besetzt war, das Telefon auf dem freien Schreibtisch klingelte, die Wartebank noch freie Plätze aufwies, und das alles ließ doch wirklich hoffen, die Relationen hatten sich zu ihren Gunsten verschoben. Tatsächlich warteten vor dem Holztresen im dritten Raum nur vier Menschen vor fünf Schreibtischen, alles in allem überschaubare Zahlen, an denen niemand scheitern würde. Der Gang zur Wassergesellschaft hatte sich insofern bereits gelohnt: eine Übung in Bescheidenheit, die Freude an unerwarteten Kleinigkeiten ließ mutig werden.

Klara stellte sich nicht hinten an, sondern neben den anderen, stand also quasi in der ersten Reihe, und als einer der beiden Angestellten sich ausnehmend höflich nach ihrem Anliegen erkundigte, war der Tag gerettet. Nichts, was noch kommen sollte, würde ihn mehr verderben können. Auch nicht der schnell in Aussicht gestellte, zu absolvierende Gang in einen vierten Raum: keine Vertragsänderung ohne Vertrag. Den aber erhielt man nicht hier, sondern hinter einer weiteren Glastür. Dort war das Grüppchen der Wartenden bereits wesentlich größer, stellte Klara fest und wurde von einem Augenblick zum nächsten von Entmutigung übermannt.

Eigentlich, dachte sie verdrossen, sollte man das Gegenteil erwarten: am Anfang die Menschenmenge, und dann Raum für Raum eine Art Filter, bis es zum Schluss immer weniger Antragsteller wurden. Hier jedoch glänzten die ersten Räume durch Leere und Abwesenheit und permanentes Telefonklingeln, die Angestellten waren entweder nicht zuständig oder gar nicht erst da. Doch je weiter sie in das Innenleben der Wassergesellschaft vordrang, desto lebendiger und voller wurde es, als wartete irgendwo tief im Innern dieses Gebäudes eine Sensation, ein Popstar, der eine Signierstunde gab, ein Fußballkönig, der seine Trikots in Fetzen riss und die Meute damit fütterte, vielleicht der Direktor der Wassergesellschaft, der mit seiner Spucke das brüchig gewordene Aquädukt reparierte.

Verkehrte Welten. Doch welche Welt war verkehrt, richtig und falsch waren hier nicht nur vertauscht, sondern aufgehoben, seit jeher, seit Menschengedenken, so wie rechts und links und oben und unten. Und was machte man, wenn einem so plötzlich die Perspektiven abhandenkamen?

Alle im vierten Raum Versammelten blickten erwartungsvoll auf eine offenstehende Tür, die in einen fünften Raum führte. Soeben tauchte ein schmächtiges Männlein mit Brille in der Tür auf, händigte einem ganz vorne wartenden Mann wortlos mehrere Din-A-4-Blätter aus – der Vertrag mit der Wassergesellschaft, der mindestens so freudig in Empfang genommen wurde wie das Autogramm des imaginären Popstars. Schon war der kleine Mann erneut im fünften Raum verschwunden, und schon tauchte er mit einem weiteren Autogramm auf. Er sagte dabei kein einziges Wort, wirkte aber weder schlecht gelaunt noch mürrisch, eher geduldig dem Lauf der Dinge ergeben. Auch die Menschen warteten geduldig an der Schwelle zu diesem fünften Raum, friedfertig, widerspruchslos. Kein Drängeln, kein Wedeln. Durch das Fenster schien die Sonne herein, und da die Räume der Wassergesellschaft u-förmig um den Innenhof mit der kopflosen Statue gelegen waren, konnte Klara vom vierten in den leeren ersten Raum hinüberblicken, in dem sich jetzt zwei Angestellte unterhielten, gestikulierten, lachten. Klaras Zuversicht wuchs. Sie ließ sich nicht mehr abdrängen, schob sich dicht an die Körper der Umstehenden, machte es, wie alle es machten – wer Angst vor Körperkontakt hatte, kam hier nie ans Ziel. Bald stand sie selbst ganz vorn und konnte sehen, was im geheimnisvollen fünften Raum passierte. Rechts und links von einem Mittelgang standen Regalwände, in denen vom Boden bis zur Decke Papiere lagerten, nicht etwa in Aktenordnern verstaut, sondern zu Pappmappen gebündelt, von denen jede einzelne wie ein Postpäckchen mit einem Bindfaden verschnürt war – das Archiv der Wassergesellschaft.

Das schmächtige Männlein drückte soeben auf einen Knopf, woraufhin sich die Regale ineinander verschoben und neue, bis dahin in der zweiten Reihe versteckte Regale mit weiteren gebündelten und gestapelten Pappmappen zum Vorschein kamen. Das Männlein verschwand in dem schmalen Gang, der sich zwischen den Regalen geöffnet hatte, und Klara durchfuhr der Gedanke, die Technik könnte versagen oder irgendwer unbefugt den Knopf betätigen, während der kleine Mann sich im Innern dieses staubigen Archivs befand, Klara hielt die Luft an – doch schon kam der kleine Mann wohlbehalten und von derlei finsteren Phantasien unberührt aus den Spalten und Falten des Archivs zurück und händigte der Frau neben Klara ihren Vertrag aus.

Und dann explodierte er ganz unvermittelt. Schrie mit staubiger Stimme: Sie stehen hier alle im Weg, Sie rücken mir auf den Pelz, glauben Sie ja nicht, dass es so schneller geht, können Sie sich nicht gefälligst hinsetzen, dazu sind die Stühle schließlich da – noch ein paar deftige, befreiende Flüche, eine imperiale Geste mit dem Arm –, und ebenso plötzlich, wie er zu schreien begonnen hatte, war der kleine Mann wieder verstummt. Er wandte sich nun Klara zu, nahm ihr den Wartezettel aus der Hand und konzentrierte sich wieder voll und ganz auf seine Wanderungen durch das Archiv. Vielleicht würde er für den Rest des Tages kein Wort mehr von sich geben.

Die Wartenden waren bei seinem Gebrüll schuldbewusst zusammengezuckt und gehorsam fünf Zentimeter zurückgewichen, doch jetzt rückten sie wieder auf: von der Schwelle zum fünften Raum, bis zu dem sie es endlich geschafft hatten, würde sie heute nichts und niemand mehr vertreiben. Eine ältere Frau sagte achselzuckend zu einer Nachbarin: Freitagvormittag, der Ärmste hat eine lange Arbeitswoche hinter sich und wartet aufs wohlverdiente Wochenende, wer kann ihm das schon verübeln, verständnisinniges Gemurmel, *pazienza*!, gleichzeitig wieder ein Zentimeter Land erobert. Der schmächtige Mann gab mit keiner Regung zu verstehen, ob er das erneute Aufrücken der Menge bemerkt hatte. Er drückte Klara eine dünne Mappe in die Hand, schickte sie zurück in den dritten Raum und nahm schicksalsergeben den nächsten Zettel entgegen.

Es war inzwischen kurz nach halb elf. Der dritte Raum bot dasselbe verdichtete Bild wie am Tag zuvor. Eine beträchtliche Menschentraube hing vor dem Holztresen, die Leute drängelten und wedelten mit ihren Verträgen. Klara blieb gar nichts anderes übrig – sie wurde ein Teil der Traube und begann gleichermaßen zu drängeln und mit dem Vertrag zu wedeln. Nur zu rufen traute sie sich noch nicht.

Sie ging auf die Zehenspitzen: Von den fünf Arbeitsplätzen hinter dem Holztresen waren nur zwei besetzt. Einer der beiden Angestellten hatte nur noch wenige, weiße Haarbüschel auf dem Kopf, die von hier hinten wie Wattebäusche aussahen. Sein Kollege, der Klara vor anderthalb Stunden in den vierten Raum weitergeschickt hatte, rauchte unentwegt und lief nach wie vor wie ein Tiger hinter Gittern hinter dem Holztresen auf und ab. Die beiden Männer brachten es fertig, sich gleichzeitig miteinander zu unterhalten sowie mit den Kunden zu reden und sogar auf die Zwischenrufe und Anfragen der weiter hinten Stehenden zu reagieren – als würden sie mühelos zwischen verschiedenen Tonspuren hin- und herschalten, ohne je etwas durcheinanderzubringen. Vielleicht lebten sie in einer großen Familie und fügten von morgens bis abends nahtlos die verschiedenen Frequenzen von jung und alt und zwanzig Fernsehprogrammen zusammen. Vielleicht wurde dabei aber auch manchmal etwas verwechselt. Verträge für Acht- und Einpersonenhaushalte zum Beispiel.

Gerade schien es Bandsalat zu geben, irgendein Rädchen hatte sich verhakt, der Raucher verlor die Fassung und fuhr die ihn belagernde Menge an, ob sie in dieser verkommenen Stadt noch nicht gelernt hätten, dass es sehr wohl so etwas wie Ordnung gibt? Er riss den vorne Stehenden die Verträge aus der Hand, fuchtelte wild damit herum, knallte einen nach dem anderen auf den Holztresen, der die Meute von den Angestellten trennte, und begann, die Verträge zu stapeln: Hier einer und darauf der nächste und darauf wieder einer und noch einer, warum nicht gleich so, das wäre doch gelacht, soll mal einer sagen, wir Neapolitaner kennen keine Ordnung, ha! Eine große Geste, ein triumphaler Blick, die nächste Zigarette – und der nächste bitte.

Der Kollege mit den Wattehaaren hatte in seiner Arbeit innegehalten, einen kurzen Blick auf den wachsenden Stapel auf dem Holztresen geworfen, schüttelte nun unmerklich den Kopf und wandte sich wieder dem vor ihm Stehenden zu. Aus der

Menschentraube entwich eine Mischung aus Protest, Zustimmung, Gelächter, der Geräuschpegel stieg, die Lage entspannte sich. Auch Klara begann eine Unterhaltung mit zwei Frauen aus den Vororten, es war nicht mehr nötig, die gesammelte Aufmerksamkeit dem Drängeln und dem Wedeln zu widmen – alle kamen an die Reihe, es war nur eine Frage der Zeit – und der Geduld: *pazienza* eben.

Als es soweit war, geriet Klara wieder an den Raucher, der, wie sich herausstellte, Verwandte in Deutschland hatte und wenige Brocken Deutsch hervorholte. Umständlich erläuterte sie ihm die notwendige Vertragsänderung, die Begriffe hatte sie sich zu Hause mit Hilfe der Nachbarin und des Wörterbuchs zurechtgelegt. Der Raucher sah sie stumm an, rauchte, nickte, rauchte, sagte irgendetwas zu seinem Kollegen, warf einen Blick auf ihren Vertrag und sah sofort ein, dass ihr Grundwasserverbrauch zu hoch angesetzt war. Ein Einpersonenhaushalt? Kein Ehemann?

Er zwinkerte ihr zu, bot ihr eine Zigarette an. Sie müsse den Vertrag schleunigst ändern lassen. Zumal die Wassergesellschaft einmal gezahlte Beträge, selbst wenn sie falsch berechnet waren, nicht erstattete. Sie benötige nur ihren Personalausweis sowie den des Vermieters sowie eine Vollmacht für die Vertragsänderung. Er werde ihr jetzt einen Termin geben.

Schon hatte Klara Visionen von sechsten und siebten Räumen, in denen weitere Angestellte saßen, die Vertragsänderungen bearbeiteten, von immer mehr Menschen, die sich in diesen Räumen versammelten, sodass sie nie ans Ziel käme und sich vielleicht lieber gleich damit abfand, den Wasserverbrauch einer achtköpfigen Familie zu zahlen … Der Raucher schob ihr einen vorgedruckten Zettel hin und erklärte mit erhobenem Zeigefinger: Sie solle sich die verlangten Papiere besorgen und wiederkommen. Aber auf keinen Fall vor dem fünfzehnten September. Es könne durchaus Oktober, November, Dezember werden, kein Problem, aber vorher auf gar keinen Fall. Sie fragte nicht, warum das so war. Alles würde seine Richtigkeit haben. Vermutlich hatte die Wassergesellschaft zu viele Fälle zu bearbeiten.

Und nun, fügte der Raucher zuguterletzt hinzu, müsse sie nur noch an der Kasse tausend Lire bezahlen. An der Kasse? Er wedelte mit der Hand – zurück in den ersten Raum – und hatte schon den nächsten Vertrag vom Stapel genommen und sich dem nächsten Kunden zugewandt. Somit war endlich das Geheimnis des leeren ersten Raumes enthüllt: Der Mann hinter der rosaroten Sportzeitung war der Kassierer, das Bezahlen eine Sache von Sekunden. Wofür sie die tausend Lire eigentlich bezahle, wollte sie dann noch wissen. Für den Termin natürlich. Im Übrigen werde das Geld nach der Vertragsänderung erstattet. Ach so, ja, natürlich. Und was waren schon tausend Lire im Vergleich zu der sechsstelligen Summe auf ihrer vierteljährlichen Wasserrechnung.

Als Klara auf die Straße trat, schlug ihr die Mittagshitze entgegen, im Nu war sie wieder wie aus dem Wasser gezogen. Dass Worte so wenig mit der Wirklichkeit gemein hatten. Dennoch war sie froh, froh und erleichtert und befriedigt: Sie hatte das Geheimnis des ersten und das des fünften Raumes enthüllt. Sie hatte ihre Mutlosigkeit überwunden, hatte mitgedrängelt und gewedelt, sie war mit zwei Frauen aus den Vororten ins Gespräch gekommen, hatte ihre Angelegenheit überzeugend vorgetragen, einen neuen Termin erhalten, die Geringfügigkeit von tausend Lire bezahlt – und obendrein Aufschub bis zum Herbst!

Zu Hause duschte sie kalt und schätzte es sehr, sich zur Siesta in ihre sonnenlose, kühle Wohnung mit Blick auf eine Handbreit Himmel zurückziehen zu können. Ab und zu träumte sie von einer Fahrradtour entlang der Isar, von Biergärten, von Ausflügen an die Seen des Voralpenlands, sogar das früher verschmähte Freibadgetümmel schien verlockend.

Anfang September, als Klara nach einem verregneten August im Norden in den erträumten Süden zurückkehrte, stach die Sonne noch greller und unerbittlicher vom Himmel als vor der Abreise. Die Stadt röchelte nur noch vor Staub und Auspuffgasen, das Licht fegte über die glutheißen Häuserdächer. Tag der Ankunft duschte Klara sich viermal kalt ab. Aber als sie am nächsten Tag den Wasserhahn aufdrehte, kam aus der Leitung nur ein Gurgeln. Die Nachbarin wusste wie immer Bescheid: Wasserrationierung. In den Quartieri Spagnoli gebe es nur dienstags, donnerstags und samstags Wasser. Wer in der Nähe der Krankenhäuser wohne, habe Glück, natürlich seien die Hotels und die Inseln ausgenommen, wegen der Touristen. Schwer zu schätzen, wie lange das so gehen werde. Achselzucken. Bis Weihnachten ungefähr. Was soll man machen.

Sollte das ein Witz sein? Klara war entwöhnt oder verwöhnt, je nach Begriffslage und Standpunkt. Im Norden hatte der Himmel Wasser in Hülle und Fülle ausgespuckt. Dafür mit Sonne gegeizt. Arrangieren musste man sich letztlich überall. Sie kaufte einen Stapel Plastikeimer, füllte dienstags, donnerstags, samstags alle nur verfügbaren Töpfe, Kannen, Eimer, Wannen und fuhr so oft wie möglich ans Meer und auf die Inseln.

Anfang Oktober fand sie beim Aufräumen den Terminzettel der Wassergesellschaft, den sie völlig vergessen hatte, und eine Woche später machte sie sich erneut auf den nun schon altbekannten Weg. Alles wie immer. Nur der Pförtner schien einen schlechten Tag erwischt zu haben, und der Palme im Innenhof waren Staub und Wassermangel nun deutlich anzusehen. Klara betrat das Gebäude mit einer Selbstverständlichkeit, als wäre es ihr täglicher Weg zur Arbeit, durchquerte zielstrebig den ersten und den zweiten und den dritten Raum, um sich im vierten Raum anzustellen und ihren Vertrag aushändigen zu lassen. Der schmächtige Archivverwalter sah braungebrannt und erholt aus, ließ sich den einen oder anderen Kommentar entlocken und den Anflug eines Lächelns sehen.

Eine Stunde später kehrte Klara in den dritten Raum zurück, hielt Ausschau nach einem Papierstapel auf dem Holztresen, drängelte sich durch die Wartenden hindurch, rief ungeniert etwas von Ordnung und Reihenfolge, knallte ihren Vertrag auf den Tresen, erntete Protest, Beifall, ein Augenzwinkern des Rauchers. Sie wartete ein, zwei Stunden, mischte sich in die Gespräche ein, ließ die Zeit wie im Flug vergehen, geriet dann wieder an den Raucher, dem sie erneut ihre Geschichte vortrug, der wieder sofort ihrer Meinung war und ihr einen Terminzettel aushändigen wollte – das war der Moment für ihren zweiten Auftritt, Klara konnte triumphierend mit dem Terminzettel wedeln und fand, die tausend Lire seien bestens angelegt. Der Raucher musste sich geschlagen geben. Er studierte brummend die Vollmacht des Vermieters, blätterte in den Personalausweisen, schickte einen dritten Kollegen los – erweiterte Besetzung nach der Sommerpause –, um Fotokopien anzufertigen, bearbeitete in der Zwischenzeit den nächsten Fall, wandte sich dann wieder Klara zu und fragte unwirsch, weshalb sie die erforderlichen Papiere nicht dabei habe – in dem Moment legte der Kollege die Ausweise samt Fotokopien schon auf seinen Tisch.

Er zwinkerte ihr zu. Na bitte, nur nicht aufregen, klärt sich alles von selbst – *pazienza*. Er holte wieder die paar Brocken Deutsch hervor, die er konnte, und Klara sagte erneut, wie gut er Deutsch spreche, schwierige Sprache, da waren sie sich einig. Schließlich kam er zur Sache, als sei es nun genug der Kinderei und Zeit für den Ernst des Lebens: Bevor der Vertrag geändert werden könne, müsse sie selbstverständlich erst die jetzt fällige Wasserrechnung bezahlen. Fürs dritte Quartal. Die alte Summe, leider, Achselzucken, ich habe mir das auch nicht ausgedacht, was soll man machen.

Dieses neuerliche Hindernis brachte das Fass dann beinahe doch zum Überlaufen – Anpassung, Fortschritte in der Kunst des Arrangierens und beste Absichten hin oder her, Klara spürte, wie eine ohnmächtige Wut in ihr aufstieg, die sie von Grund auf erschütterte und die das ganze Gebäude der Wassergesellschaft erschüttern würde, wenn jetzt nicht etwas voranging. Sie sah sich inmitten von Wassereimern und gurgelnden Leitungen monatelang auf die postalische Zustellung der neuen Wasserrechnung warten, dann erneut erste, zweite, dritte, vierte Räume durchschreiten, sah kleine, bebrillte, mittlerweile weniger erholte Männer in staubigen Archiven nach Verträgen kramen, die unter Papierstapeln verschwanden, um unbearbeitet zurück ins Archiv zu wandern, sah die Angestellten, wie sie nach Beendigung des Publikumsverkehrs in zehnten, vierzehnten, zwanzigsten Räumen zusammenhockten, Pizza in sich hineinstopften, rosarote Zeitungen lasen, Rotwein tranken und sich schlapp lachten über die Leute, die immer wieder neue Anläufe unternahmen, um ihre Verträge ändern zu lassen und schließlich auf der Wartebank im zweiten Raum endeten, der in Wirklichkeit das Vorzimmer zu einem Sanatorium in den unterirdischen Aquädukten war. Sie starrte den Mann an und umklammerte den Holztresen, der unmerklich zu zittern begann. Da beugte der Raucher sich vor und sagte leise: Die Kopien der Wasserrechnungen würden im Erdgeschoss aufbewahrt und könnten dort jederzeit abgeholt und unverzüglich an der Kasse im ersten Raum bezahlt werden. Sie müsse sich nicht mal neu anstellen. Er zwinkerte ihr zu. So einfach ist das.

Klara musste sich erst einmal auf die Wartebank setzen. Dann aber ging sie, noch ungläubig ob dieser unglaublichen Vereinfachung der Dinge, zurück durch den zweiten und den ersten Raum, die Steintreppe hinunter, an der verdorrten Palme vorbei, über den Innenhof durch eine riesige Glastür in einen weiteren Raum, wo zu ihrer Überraschung kein Mensch wartete und die Zeitung bereitwillig zur Seite gelegt wurde, denn man wusste, die Störung würde von kurzer Dauer sein. Zurück im ersten Stock, bezahlte sie an der Kasse nun bereits zum dritten Mal die exorbitante Rechnung für den Wasserverbrauch eines Achtpersonenhaushalts, nahm den Beleg an sich, schritt siegesgewiss weiter in den dritten Raum und drängelte sich unbekümmert bis zum Holztresen durch, als habe sie nie in ihrem Leben etwas anderes getan. Der Raucher nahm unverzüglich die Bearbeitung ihres Anliegens wieder auf und erkundigte sich arglos, wie viele Liter Wasser pro Jahr sie zu verbrauchen gedenke. Klara starrte ihn an. Ihr brach der Schweiß aus. Diese Frage war der Tropfen, der den Plastikeimer zum Überlaufen brachte, war die Hürde, die sie nicht würde überwinden können. Sie stand nun endgültig vor dem Aus. Wie viele Liter Wasser verbrauchte man bei einer durchschnittlichen Morgendusche, wie viele beim Händewaschen, beim Abwaschen, beim Wäschewaschen, wie oft betätigte man pro Tag durchschnittlich die Toilettenspülung, wieviel Wasser fasste eine Espressokanne, wieviel ein mittelgroßer Topf zum Zubereiten der Pasta, selbst wenn sie die Zehnlitereimer zusammenzählte, die sie jeden zweiten Tag füllte und fast immer bis auf den letzten Tropfen leerte? Sie würde es niemals schaffen, all das zusammenzuzählen. Sie würde die hohe Wasserrechnung in Kauf nehmen und nie mehr wiederkommen. Der Raucher taxierte sie. Immer noch Einpersonenhaushalt, richtig? Er zwinkerte, schnalzte bedauernd mit der Zunge und setzte einfach eine Summe fest. Dann drückte er ihr alle Papiere in die Hand und schickte sie zurück in den zweiten Raum.

So kurz vor dem Ziel und so kurz vor dem Scheitern – ihr war ganz schwindelig. Dabei hätte sie sich von Anfang an denken können, dass ein im fünften Raum begonnenes Unternehmen nicht im dritten Raum enden konnte. Im zweiten Raum war, wie bei allen ihrer bisherigen Besuche, kein einziger Angestellter zu sehen, das Telefon klingelte. Klara schob ihre Papiere unter den Haufen auf dem Holztresen und stellte sich neben die Wartebank, die auch heute voll besetzt war. Sie verspürte jetzt nicht einmal mehr Wut noch Ohnmacht oder Erleichterung, hatte aber auch keine Lust auf irgendeine belanglose Unterhaltung, ließ nur den Blick wandern vom Fußballkalender an der Wand zum klingelnden Telefon zum Aktenschrank, an dessen Tür ein kleines Madonnenbild klebte, das an der Ecke eingerissen war, von dort zu den vielen verblichenen Pappmappen, die sich auf den Schreibtischen stapelten, zum Papierstapel auf dem Holztresen, zu den Gesichtern der Menschen neben ihr auf der Holzbank, die ebenso gleichgültig und erschöpft warteten und schicksalsergeben vor sich hinblickten.

In ihr regte sich der Verdacht, dass man beim Betreten dieses Raumes immer wieder in irgendeine Wirklichkeitsfalte hineingeriet, die das Immergleiche darstellte, und in dem Fall wäre es das Beste, schnell, solange wenigstens dieser Gedanke noch möglich war, hinauszulaufen und vorsichtshalber an der Kasse tausend Lire zu bezahlen. Gewissermaßen als Austrittsgeld. Doch nun kam Bewegung auf, denn aus einem Hinterzimmer war ein Angestellter herbeigeeilt, schüttelte einem der Wartenden, der aufgesprungen war, hektisch die Hand, nahm ohne einen einzigen Blick für den Stapel auf dem Holztresen dessen Papiere an sich, verschwand, ohne das klingelnde Telefon zu registrieren, erneut im Hinterzimmer, kehrte eilig zurück, schüttelte dem Mann erneut die Hand. Der musste nun nicht mehr warten, sondern konnte gehen. Der kennt hier wen, murmelte die Frau neben Klara. *Un cugino*, sagte ein älterer Mann, ein Cousin. Und reckte wissend das Kinn vor.

Bis Klara aufgerufen wurde, verging noch eine weitere Stunde, in der die anderen Wartenden nach und nach bedient wurden. Immerhin musste Klara nun nicht mehr befürchten, für immer und ewig auf dem Abstellgleis zu sitzen. Sie hatte einen trockenen Mund, hätte zwar gerne etwas Wasser getrunken, traute sich aber nicht, ihren Platz zu verlassen. Als sie schließlich an der Reihe war, fehlten ihr die Worte. Vielleicht waren sie heimlich davongelaufen, zurück in den fünften Raum, waren zwischen den Füßen des schmächtigen Mannes hindurch in die Spalten des Archivs geschlüpft, um sich dort zu verstecken, und dann hatte der kleine Mann auf den Knopf gedrückt, die Reihen hatten sich automatisch geschlossen, und nun musste man warten, bis jemand mit der Vertragsnummer kam, die genau diese Spalte wieder öffnete und ihr die Sprache zurückgab. Aber Klara müsse gar nichts mehr erklären, erklärte ihr der Angestellte, sie müsse nur noch ihre Unterschrift unter den in der Zwischenzeit geänderten Vertrag setzen, der danach im Archiv aufbewahrt würde. Wenn es weiter nichts war. Zwei Stunden Warten für eine Unterschrift – aber sie war zufrieden damit, war zufrieden mit allem, mit dem Tag und der Holzbank und dem klingelnden Telefon und den längst altvertrauten Räumen der Wassergesellschaft, sie war auch zufrieden mit der fünfstelligen Summe, die die Vertragsänderung kostete, denn natürlich war auch hier nichts umsonst und zahlbar an den Mann an der Kasse im ersten Raum, der wie gehabt unwillig die rosafarbene Zeitung zur Seite legte.

Befreit hüpfte sie die Steintreppe hinunter, an der vertrockneten Palme vorbei, hinaus auf die Straße. In der Zwischenzeit waren dunkle Wolken aufgezogen. Und tatsächlich, kurz darauf begann es zu regnen. Welch köstliche Belohnung! Wie sie diesen Geruch liebte, warmen Regen auf staubigem Pflaster. Zu Hause fiel ihr ein, dass sie vergessen hatte, sich die tausend Lire Termingeld erstatten zu lassen. Ob sich überhaupt irgendjemand nach dieser Strapaze jemals an so eine Lappalie erinnerte?

Es regnete eine ganze Woche lang. Das Wasser spülte den Staub, den Rest des Sommers und den Müll die abschüssigen Gassen hinunter. Die Leute spießten sich im Gedrängel auf der

Straße gegenseitig mit den Regenschirmen auf. Die Wasserrationierung wurde offiziell für beendet erklärt.

Ende November fand Klara eine Rechnung der Wassergesellschaft in ihrem Briefkasten. Erstaunt stellte sie fest, dass sie identisch war mit der Rechnung, die sie bereits vor einem Monat bezahlt hatte. Am liebsten hätte sie die Doppelgängerrechnung sofort zerrissen, doch die Nachbarin riet, die Angelegenheit an Ort und Stelle zu klären, sonst würde man ihr womöglich eines Tages das Wasser abstellen. Gleich am nächsten Morgen schritt Klara zur Tat, bewaffnet mit der Quittung für die bereits bezahlte und auch mit der neu zugestellten Rechnung, schon hielt sie Einzug in den ersten, zweiten, dritten Raum, drängelte sich vor, wedelte dem Raucher mit den Papieren Luft zu, redete zielstrebig auf ihn ein. Unwilliges Stirnrunzeln: Zuerst brauchen Sie den Vertrag. Klara hob jetzt die Stimme, hob an zu einem überzeugenden Plädoyer in eigener Sache, die Umstehenden ließen unterstützende Kommentare hören. Der Raucher warf nun doch einen ersten flüchtigen Blick auf Quittung und Rechnung: Natürlich müsse sie die Rechnung bezahlen. Dann einen zweiten, gründlichen: Was, die ist schon bezahlt? Warum haben Sie das nicht gleich gesagt? Er nahm ihr die Rechnung aus der Hand und zerriss sie mit derselben, über jeden Zweifel erhabenen Miene, mit der er Klara zwei Minuten vorher zum Bezahlen aufgefordert hatte. Sie bedankte sich, lachte, wünschte ihm eine frohe Vorweihnachtszeit. So einfach konnte es sein, das Leben.

Mein Leben mit Betten

Das allererste Bett meines Lebens war von Gitterstäben umringt. Weil ich sehr klein war, geradezu winzig, und der Worte noch nicht mächtig, lag die Assoziation *aufgewachsen hinter Gittern* natürlich fern. Eine Art Gefängnis? Eingesperrt? Das erfinderische Kleinkind findet Vorteile: Es kann sich an den Gitterstäben hochziehen, den Kopf zwischen den Stäben hindurchstecken – pass nur auf, wenn du feststeckst, müssen wir dir die Ohren abschneiden!, sagte eine Nenntante, vermeintlich scherzhaft. Mich konnte sie damit nicht erschrecken und auch nicht abschrecken, denn in meinem weißlackierten Gitterbett gab es ein Türchen: die mittleren Stäbe ließen sich herausnehmen, so dass ein Schlupfloch entstand. Stolz war ich auf diesen privaten Ein- und Ausgang, den niemand außer mir benutzen durfte – und konnte! Vor allem die Nenntante mit ihrer auftoupierten Dauerwelle wäre garantiert steckengeblieben. Außer mir durften nur die Kuscheltiere diesen Eingang benutzen: der Teddybär namens Cozy Orsi, ein Geschenk vom Lieblingsonkel aus San Francisco, die Steiftierkatze und das weiche Schaf. Zum Bett gehörte auch ein flaches Kissen, das mir ganz allein gehörte und aus der Sprachfamilie der vornehmen Rosshaars stammte – für mich war und blieb es die ganze Kindheit hindurch das *Rosserkissen*. Auch die *Fieters* hielten sich hartnäckig – sie gehörten zur Großsippschaft der Fliegen. *Bett* war leichter auszusprechen. Einfach Bett. Immerhin ein Begleiter für etwa ein Drittel eines jeden Lebens. Das Gitter und damit auch das Schlupfloch waren längst verschwunden. Mit zweieinhalb erbte ich eines der Betten meiner Eltern und kam mir mächtig erwachsen vor. Wachsen musste ich zwar noch, um mit den Füßen an die hintere Bettkante zu stoßen, aber das ging ja von ganz allein. Dass ich allerdings abends gerne ins Bett ging, wäre geschwindelt, wurde die Welt um mich herum doch täglich größer und spannender. Mein Entdeckerdurst war selten gestillt, aber das abendliche Gebet war hilfreich, zumindest in den ersten Lebensjahren, um zurückzufinden zu mir, in den Schlaf und die Träume.

Mit dem Umzug aus der Wohnung mit Ofenheizung in die Zentralheizungswohnung blieb nicht nur das Kohlenschleppen zurück. Meine Mutter freute sich, doch wie ich betrauerte sie den Verlust der Freundschaften in der Nachbarschaft. Aber es waren die Jahre der Anschaffungen, die kargen Nachkriegsjahre vorbei, mein Vater bekam eine kleine Gehaltserhöhung, die den ersten Fernseher ermöglichte – und Bett Nummer drei, eine sogenannte Anschaffung fürs Leben: ein Möbelstück für alle Lebenslagen oder fast alle, denn natürlich war das Bett nur für eine einzige Person gedacht. Es bestand aus massivem Teakholz, die Matratze hatte einen weinroten Bezug mit vielen kleinen Quadraten in verschiedenen Rottönen, und als Krönung thronte am Kopfende: der Bettkasten. Eine Zauberkiste, in der morgens das Bettzeug verschwand und in der ich alles Mögliche aufbewahren konnte: die jeweils aktuellen Lieblingsbücher, die Taschenlampe, die Tafel Schokolade, von der jeden Abend als Betthupferl ein Stück abgebrochen wurde, das beim Hinüberreisen in den Schlaf auf der Zunge zerschmolz. Meine Mutter hatte quaderförmige Polster aus dem Haushalt ihrer Mutter mit weinrotem Stoff überzogen und auf diese Weise ein Mehrfachmöbel geschaffen: nachts Bett, tagsüber Sofa. Lesesofa.

Wie stolz ich auf dieses Sofa war! Wie gemütlich es war! Und wie wenig ich die Näharbeit meiner Mutter – fünf Stich für Stich mit der Hand genähte Polster – damals zu schätzen wusste! Tagsüber lümmelte ich mich nach huschhusch erledigten Hausaufgaben auf meinem Sofabett und las die Öffentliche Bücherhalle leer. Außerdem diente das Bett als Hüpfburg, als

Schiff, als Höhle sowie als Auslaufwiese für die drei aufeinander folgenden Hamster Mucki, Mecki und Micki. Im Verlauf meiner Jugend erlebte das Bett diverse Umzüge innerhalb meines Einzelkindzimmers, es durfte Jahre, bevor Feng Shui im Abendland bekannt wurde, alle vier Himmelsrichtungen und Positionen ausprobieren. Am Ende seiner Laufbahn stand das Bettkastenbett am Fenster, ich hatte Ausblick auf die Linde im Hinterhof. Dort gefiel es ihm und mir am allerbesten.

Vermutlich habe ich dieses Bett geliebt, aber genau weiß ich es nicht mehr. Ich habe es belegt. Es hat mir gelegen, vielleicht genau aus dem Grund: weil ich es liebte und erst nach und nach beginnen würde, auch die Dinge und Menschen zu begutachten und einzuschätzen. Ich war da, sie waren da, so war es. Außerdem lagen zwei der größten Abgründe meines Daseins längst hinter mir – das wochenlange Fristen desselben im Brutkasten, im Grunde mein Bett Numero Null, sowie ein langer Krankenhausaufenthalt als Kleinkind – was sollte mir also noch passieren.

Eines Tages aber wurde auch dieses Bett mir zu klein. Nein, es schrumpfte nicht, es hatte ganz normale Ausmaße von einem mal zwei Metern, meine Füße stießen nie an die hintere Bettkante an. Sehr wohl aber meine Flügel, wenn ich sie nachts ausbreitete, der linke stieß gegen die mit Fotos vollgeklebte Wand, der rechte gegen den Schreibtisch: keine optimalen Flugbedingungen.

Auch aus dem Grund beschloss ich, zu Hause auszuziehen. Das Lesesofa und Jugendbett ließ ich ohne jede Träne zurück. Angebrochen war viererlei, nun auch für mich: die Zeit der Flokatis, der französischen Betten, der Wohngemeinschaften und der Kleinanzeigen. Auf diese Zwei-, Drei-, Vierzeiler stürzte ich mich wie in eine neue Welt. Neu kaufen war für mich und meine Freundinnen out. Angesagt war *gebraucht* oder Sperrmüll. Als erstes erstand ich – von dem durch Nachhilfestunden verdienten Geld – ein dunkelgrünes Jugendstilsofa aus Samt mit einem eingearbeiteten Rosenmuster. Die Sitzfläche war ein wenig brüchig, sprich: ziemlich durchgesessen, besser gesagt: kaputt, der Stoff aufgerissen mit an einigen Stellen herausquellendem Füllmaterial. Ich aber sah nur das Wunderschöne an diesem meinem ureigenen Sofa, nicht die Mottenlarven, die, wie mein verstimmter Vater richtig vermutete, in den Sofaeingeweiden ein Schlaraffenleben führten. Zweitens kaufte ich ein ebenfalls verstimmtes Klavier, das mich vor allem durch seinen antiken Stil und die beiden angeschraubten Kerzenhalter bestach, sich leider aber auch nach dem Besuch eines Fachmanns nicht dazu umstimmen ließ, unverstimmte Töne von sich zu geben.

Und drittens, denn darum geht es hier, kaufte ich natürlich ein neues, sprich gebrauchtes Bett: eins zwanzig breit, französisch also, und ausgestattet mit einem Klappmechanismus, der dafür sorgte, dass die Matratze schräg nach oben klappte und somit der Bettkasten darunter sich öffnete. Das Französische wurde mit dem ausnahmsweise neu gekauften Flokati geschmückt und erlebte, weich gepolstert, während der ersten Wohngemeinschaftszeit erstes Liebesglück und erste Liebesdramen.

Ein kleiner Exkurs: Bei einem Wanderurlaub in den Vogesen fanden wir kürzlich ein freies Zimmer in einem liebenswerten, einfachen Hotel. Das französische Bett maß gerade einmal einen Meter fünfzehn in der Breite und eins achtzig in der Länge – genau richtig also für frisch Verliebte bis, sagen wir, Ende zwanzig. Wir hatten das halbe Jahrhundert schon überschritten. Als Ergebnis nächtigte einer von uns auf der Yogamatte neben dem Bett, damit der andere im Bett quer schlafen konnte.

In meiner zweiten Wohngemeinschaft, ebenfalls in einem Altbau, wanderte mein französisches Bett in das Gemeinschafts-und-Gästezimmer, in dem sich sämtliche aussortierten

Möbel selbst der seit Jahren ausgezogenen Mitbewohnerinnen und Mitbewohner ansammelten. Ich brauchte mein Bett nicht mehr, denn eins der beiden kleinen Zimmer, in die ich zog, wurde bereits von einem anderen Bett beherrscht, einer Art Konkurrenzbett, vom Vorgänger eingebaut und zu jener Zeit der Gipfel der Glückseligkeit: das Hochbett! Keine WG ohne anständiges Hochbett, selbst gebaut natürlich, aus Fichtenholz mit einer Matratze aus Schaumstoff. Von oben gab es eine gute Aussicht, ich war der altbauhohen Zimmerdecke eindeutig näher. Nach studentischem Kneipenbesuch mitten in der Nacht, sprich unter Alkoholeinfluss, war das Hochbett nicht leicht zu erklimmen. Beinahe noch schwieriger aber war es, schlaftrunken über die Sprossen der steilen Leiter in die Niederungen herabzusteigen, entweder auf dem Weg zur Toilette oder aber in die Küche, weil die beiden WG-Katzen viel früher als die Bewohner aufwachten und Hunger hatten und sich nicht darum scherten, wer wann ins Bett gegangen war. Umgekehrt besaßen sie ein feines Gespür dafür, wer der WG-Mitglieder sich die Decke über den Kopf zog und weiterschlief, wenn sie an den Zimmertüren kratzten, und wer – wie ich – fauchend dennoch aufstand, um ihnen das morgens um sechs besonders intensiv riechende Katzenfutter in den Fressnapf zu löffeln.

Unter diesem Hochbett befand sich übrigens die Dunkelkammer der Wohngemeinschaft, ein weiteres Erbstück unbekannter Vorvormieter. Mehrmals im Monat entwickelte irgendwer in hochgiftigen Flüssigkeiten seine Negative und Fotos, während ich ein Stockwerk drüber arglos zu träumen versuchte – vielleicht sogar von einem ganz normalen Bett.

In der nächsten WG, in einem Hutzelhäuschen (inzwischen stehen dort sogenannte hochpreisige Appartements), nur einen Steinwurf von der Universität entfernt, baute ich mir mein Bett selbst: ein Halbhochbett, in einem Achtzehnquadratmeterzimmer eine unglaublich praktische, platzsparende, schnell auf-

und abbaubare Konstruktion aus aktenordnerhohen Sperrholzwürfeln rundherum und einem die Schaumstoffmatratze stützenden Holzgestell in der Mitte. Fortan schlief ich nicht mehr über einer Dunkelkammer, sondern über: Koffern, Tüten mit Wolle, ausgedienten Tennisschlägern, Skistiefeln, Fotoalben, Kisten mit Dias, Langspielplatten, dazu kamen die Bücher und Hefte meiner gesamten Schulzeit sowie sämtliche Unterlagen aus den bisher besuchten Uniseminaren. Wie schön und ebenfalls praktisch es doch gewesen wäre, wenn aufgrund dieser günstigen Ausgangslage das gesammelte Wissen nachts im Schlaf auf leisen Sohlen aus den Aktenordnern in meinen Kopf gewandert wäre! Wahrscheinlich glaubte ich im Zuge der Beschäftigung mit Aufklärung und Abschieden von der Kindheit nur nicht intensiv genug daran, dass man sich ein Lehrbuch nur abends unters Kopfkissen zu legen brauchte, um buchstäblich im Schlaf zu lernen. In der Schule hatten sie vergessen, uns das passende Zauberwort beizubringen.

Und was ist mit den fremden Betten? Natürlich gab es in jenen Jahren immer wieder Exkursionen in andere Bettenhochburgen.

Stichwort Ferien. Stichwort Ritzen und Rückenschmerzen durch Nächtigen auf dreiteiligen Matratzen in billigen alten Landgasthöfen, vorwiegend ausgeblichenes Blau mit in verblichenem Weiß rankendem Blättermuster.

Stichwort Stockbetten in Jugendherbergen. Die Matratzen tausendfach erprobt und durchgelegen, mit ungezählten Alpträumen und Sehnsüchten getränkt – einmal auch mit unliebsamen Parasiten, die Vorschläferinnen dort hinterlassen hatten.

Stichwort Zelten. Wie du dich nach einer harten Nacht freust, morgens aus dem Zelt zu kriechen und die Glieder strecken zu können und zugleich weißt, dass du dich nach spätestens sieben Nächten allmählich daran gewöhnen wirst. Zelten, was für wunderbare Zeiten! Das Zeltdach zwischen dir und der

Welt, das Prasseln des Regens auf der halbwegs imprägnierten Stoffbahn und darunter, geschützt, verliebt, auf einer immer undichter werdenden Luftmatratze: du!

Stichwort Übernachten in Zügen: in Liegewagen und Schlafwagen, sonor untermalt von Fahrtwind, unverständlichen Durchsagen auf fremden Bahnhöfen, Schwellengeratter, Waggongeklapper und dem Schnarchen der Mitreisenden. Getoppt nur vom Übernachten auf alten Zeitungen auf dem Abteilfußboden, wegen Überfüllung der Züge oder wegen eines Streiks in Italien.

Stichwort Im-Auto-Übernachten. Nie ist die Rückbank lang genug, immer musst du dich klein machen, wachst mit verdrehten, schmerzenden Gliedern auf. Das einzige, das verlässlich einschlief, waren ein Arm oder ein Bein. In Südfrankreich versuchte einmal jemand, in das auf einem großen, beleuchteten Parkplatz abgestellte Auto, in dem ich nächtigte, einzubrechen. Das Seitenfenster hatte ich, um frische Luft zu bekommen, einen Spalt aufgelassen – offenbar breit genug, dass acht Finger hindurchpassten, die irgendwann in der Nacht die Scheibe herunterzudrücken versuchten. Aus dem Minutenschlaf gerissen, muss ich ein unkontrolliertes Brüllen hervorgestoßen haben, das den Einbrecher augenblicklich in die Flucht trieb. Wieder einzuschlafen, gelang mir nicht, und nie wieder übernachtete ich allein in einem Auto.

Stichwort Im-Freien-Schlafen. Gemeint ist nicht das Bett im Kornfeld, sondern in den Weinhängen irgendwo in Südfrankreich, eine Nacht, die den Käfern und Zikaden gehört, den Würmern und Ameisen und Schnecken, all den kriechenden, krabbelnden, surrenden, fliegenden Ungeheuern eines Gemäldes von Hieronymus Bosch, allen voran die Mückenschwärme. Das Übernachten auf der Isomatte in zehn Metern Entfernung vom Autobahnparkplatz, nah genug und zugleich weit genug weg, ausgewählt wegen Einbruch der Dunkelheit, denn die Mitfahrgelegenheit bei einem spanischen, italienischen, marokkanischen Lastwagenfahrer hatte ich ohne zu zögern ausgeschlagen.

In guter Erinnerung hingegen: die Nächte am Strand. Das Meer rauscht und schwappt und plätschert mich in den Schlaf. Die aus Deutschland mitgebrachten, zusammengerollt auf dem Dach des R5 transportierten Schaumstoffmatten sind weich und komfortabel. Der Sand ist überall – was soll man auch anderes erwarten? Irgendwann in der Nacht macht sich ein Igel über die Reste in den Müslischalen her. Irgendwann in der Nacht ziehen Wolken auf, es beginnt zu regnen, und zum Schutz lässt du dich im Schlaf in den Sand rollen und deckst dich mit den Schaumstoffmatten zu, die sich mit Wasser vollsaugen und tagelang nicht trocknen werden. Am nächsten Morgen hast du Sand in den Ohren, auf den Lippen, in den Augen – aber das Meer, es ist da, ganz nah, und du bist wie verzaubert.

Was in meinem Leben mit Betten noch fehlt, ist die Phase Futon. Meinen allerersten Futon entrollte ich auf dem Terrazzoboden in meiner Wohnung in Neapel, und er war mir, wie vieles Erste, der liebste. Auch wenn er zu dick war, um geschmeidig zu sein und ständig hätte gerollt werden müssen und auf die Dauer verhärtete, habe ich ihn doch geehrt und geachtet: mein geheimer neapolitanischer Untergrund, mit vier Jahren meines dortigen Lebens belegt. Denn alles, was um ein Bett, um eine Matratze herum geschieht, setzt sich in ihr fest, sinkt in sie ein wie die Körper bei Nacht – alle Gesänge, Geräusche, Gedanken, jedes Weinen und Stöhnen und Lachen, das Klappen einer Haustür, das Klappern von Geschirr, das Aufjaulen eines Mopeds, der Schuss einer Fehlzündung oder aus einer Pistole, wer weiß das so genau. Irgendwann hatte dieser Futon keinen Platz mehr für weitere Orte und Jahre.

Sein Nachfolger war flacher, größer dimensioniert, gesellig und strapazierfähig, sozusagen die Familienausgabe. Er wurde Zeuge einer Hausgeburt und vieler unterbrochener Nächte, nahm jede Situation und Belegung geduldig auf, zwei Erwachsene und zwei Kinder plus die zugelaufene Katze plus ab und zu einen der Zwerghasen plus die liebsten Kuscheltiere plus unzählige Feen und Frösche und Könige und Drachen und Einhörner und Zauberer und Elfen aus tausendundzwei Geschichten – alle in einem einzigen Bett!

Die Überlegung, ob wir nicht gleich ein ganzes Zimmer zum Bett ausbauen sollten, brachte Futon Nummer drei ins Haus, noch größer und schwerer und, wie sich zeigte, anfälliger wie viele Überzüchtungen: Sein Dasein bei uns endete bald mit dem Stichwort Staubmilbe bzw. dem nicht mehr enden wollenden Niesen und Zuschwellen der Schleimhäute. Erst nachdem Futon drei gewissermaßen gefällt worden war, stellte sich heraus: schuld waren weder der Begriff noch die Staubmilben, sondern die gelben Staubsamen der libanesischen Zeder im Garten – und die wiederum war einfach zu mächtig, um gefällt zu werden, und viel zu schön. Ein Allergieschutz vor dem Fenster half.

So folgte auf Futon drei ein Exkurs in die Welt der Kaltschaummatratzen und Taschenfederkernmatratzen, und damit begann die Suche nach der idealen Matratze. Stichwort: Probeliegen ist nicht gleich Schlafen. Und aus irgendeinem Grund passt seitdem nichts mehr so wie früher: Jedes Bett ist entweder zu hart oder zu weich. Oder sind wir es, die nicht mehr passen? Was ist passiert? Sind wir schlichtweg nur älter geworden und unsere Körper anspruchsvoller, schwerer zufriedenzustellen beziehungsweise zu legen? Haben wir das richtige Bett noch nicht gefunden? Muss es erst für uns erfunden werden, gar erträumt, wie die Aborigines dies nennen würden? Für die Traumpfade bei Nacht?

Eines haben wir noch nicht ausprobiert: das Wasserbett. Ob wir dann baden gehen würden – in den Wellen des Meeres, im

Rauschen des Ozeans, auf der Haut das Salz der Freiheit und in den Haaren den Tang der Träume? Eins jedenfalls steht nach wie vor fest – wie man sich bettet, so liegt man.

Inge drei

inspiriert von:
Oskar Moll, Inge III mit Zigarette und Rohrstuhl (1930)

Sie fällt ins Auge, diese Frau. Sitzt in einem Café an einem Tisch, zieht Blicke auf sich. Die Umgebung gibt sich vital: Gelb, Orange bis Rot, im Hintergrund ein Grün, und selbst das Grau mischt munter mit. Alles ist an seinem Platz: das Kleid, der Stuhl, der Tisch, die Wand, das Fenster, dazu Accessoires wie Tasse, Kragen, Zigarette – nur ihr Gesicht, es fehlt. Kein Gesicht, das spricht, schweigt, schaut und sich betrachten lässt. Ein weißer Fleck auf der Landkarte, zu der ein Gemälde sich entfalten kann. Eine gesichtslose Frau – eine geschichtslose Frau? Wo ist es hin, dieses Gesicht, warum hat der Maler es ihr genommen oder gar nicht erst gegeben? Was ist geschehen?

Dabei hatte doch alles so vielversprechend begonnen: das Leben insgesamt, die Nachkriegszeit, dann, nach vielen flüchtigen Bekanntschaften, die Begegnung mit dem Einen: Kuss unter einer blühenden Kastanie, Hochzeit im kleinen Rahmen. Ihr kam das Kinderlied in den Sinn, Ringlein, Ringlein, du musst wandern, von der einen Hand zur andern. Aus der Hand der Hebamme in die Hand der Mutter, auf der Flucht aus Ostpreußen die Hand des kleinen Bruders, und dann viele Hände beim Wiederaufbau; die neue Heimat, der erste Verehrer, der zweite Verehrer, Hand in Hand, irgendwann über die vielbeschworene Türschwelle in die eigene Wohnung. Und auf immer in festen Händen. Der Gedanke brannte wie der Weinbrand, der vor ihr auf dem Tisch stand – die billigste Sorte auf der Speisekarte.

Es war das erste Mal, dass sie sich den Luxus gönnte: in einem großen Kaffeehaus an einem Tisch zu sitzen, ganz allein. Allein der Gang zum Buffet, das Innehalten vor der Vitrine mit der verwirrenden Vielzahl an Torten, eine verlockender als die andere. Sie hatte die Creme-, Obst-, Schokoladen-, Sahne- und Nusstorten sowie das Kleingebäck mit Blicken abgetastet, und als die Kellnerin unfreundlich nach ihren Wünschen fragte, stumm und ohne lange zu überlegen auf den Apfelkuchen gedeutet. Erst als sie wieder an ihrem Tisch saß, war ihr eingefallen, dass Apfelkuchen ja eigentlich *ihr* Kuchen war, den sie sonntags oder bei feierlichen Anlässen zu backen pflegte, für ihren Apfelkuchen war sie berühmt, gedeckter Apfelkuchen mit Puderzucker, oder wenn der Teig nicht ganz reichte, ein Gitter als Decke. Als der Kuchen gebracht wurde und dazu gleich ein ganzes Kännchen Kaffee, denn Tassen wurden hier nicht serviert, ärgerte sie sie über ihre Phantasielosigkeit, traute sich aber nicht, den Teller wieder zurückgehen zu lassen und ein anderes Stück Torte auszuwählen, Sachertorte zum Beispiel, die ihr nie so richtig gelingen wollte. Sie sah ihn vor sich, ihren Mann, wie er zu Hause am Tisch saß, den Mund spitzte, und mit dem ersten Bissen der selbstfabrizierten Sachertorte – ihr allererster Versuch, zugegebenermaßen ein wenig klitschig – die ganze gute Sonntagslaune gleich mit verschluckte. Fast hätte sie damals gelacht, wenn es ihm nicht so ernst gewesen wäre. Wie auch bei der unzulässigen Bügelfalte im Ärmel des Oberhemds, wie bei den Steaks, die nicht richtig durch waren, dabei hatten sie sich das Fleisch eine Woche lang vom Munde abgespart.

Sie nippte an ihrem Kaffee, warf einen Blick durch die blankgewienerten Fensterscheiben auf die Straße und bemaß in Gedanken den Inhalt ihres Portemonnaies, als zähle sie die Passanten. Es war sowieso schon egal. Sie bestellte nun doch noch ein Stück Sachertorte. Vielleicht könnte sie die Zutaten herausschmecken.

Wie so oft hatte sie am Bügelbrett gestanden und geplättet, und nach zwei Stunden, nach zwei Bettlaken, einem Stapel Oberhemden, zehn Stofftaschentüchern und dem sechsten Geschirrhandtuch, dem mit dem aufgedruckten, farbechten Kalender vom Vorjahr – das Weihnachtsgeschenk ihres Mannes – hatte sie die Wohnung verlassen, ohne Absicht, ohne Ziel. Ihre Schritte hatten sie wie ferngesteuert zur U-Bahn-Station gelenkt, sie war in die Innenstadt gefahren, herumgeschlendert. Sie hatte zahllose Schaufenster bewundert, sich unter die Menschen gemischt, die anscheinend alle hier etwas zu erledigen hatten, von hier nach dort unterwegs, Frauen, die sich bei einer Freundin unterhakten, Frauen mit großen Einkaufstüten. Auch sie hatte einfach eins der Geschäfte betreten, und so war sie zu diesem wundervollen Kleid gekommen oder das Kleid zu ihr. Hellgelber Leinenstoff, diese herrliche Farbe von Lebenslust und ersten Sommertagen, ihr geradezu auf den Leib geschneidert wie ein Versprechen guter Laune. Am Hals war es nicht zu hoch geschlossen, der Rock reichte nur knapp über die Knie, darunter gab es freie Aussicht auf die Beine.

Sie hatte es gleich anbehalten, die Alltagskleidung einpacken lassen, war in der Umkleidekabine einmal hastig mit Spucke und Taschentuch über ihre Schuhe gefahren, damit es auch alles zusammenpasste. Draußen auf der Straße aber hatte sie plötzlich der Mut verlassen – das ganze Haushaltsgeld war futsch. Beim Weitergehen ein prüfender Seitenblick in das Schaufenster eines Schuhgeschäfts, das ihre Silhouette spiegelte. Notfalls könnte sie das Kleid am nächsten Tag zurückgeben, wie sie es schon einmal gemacht hatte, mit dem Silvesterkleid: einen Abend getragen, zwei Tage gelüftet, am dritten Januar dann umgetauscht, mit zerknirschtem Blick – meinem Mann gefällt es leider nicht. Nein, hatte sie dann gedacht, es spielt keine Rolle mehr. Ob es ihm gefällt oder nicht gefällt, ob es ihm schmeckt oder nicht schmeckt und dass das Haushaltsgeld mal wieder nicht reicht.

Später kam es ihr vor, als hätte sie in genau diesem Moment beschlossen, nie mehr mit dem Bügeleisen die Tage auf einem Kalenderhandtuch zu glätten. Sie hatte gleich noch ein Paar Pumps erstanden, mit hohem Absatz, sie konnte viel leichter darin gehen als befürchtet. Übermütig und beschwingten Schrittes betrat sie wenig später eine dieser vornehmen Drehtüren, die in das noble Kaffeehaus an der Alster führten. Das Glück hielt an, ein Tisch am Fenster war gerade frei geworden. Nur noch eine Stunde gerade sein lassen, hatte sie gedacht – und inzwischen war diese Zeit längst abgelaufen.

Es war schon vier. Sie ließ sich noch einen Weinbrand bringen, ja, den dritten von oben auf der Karte, nur einen noch, dachte sie, dann müsste sie los, um fünf käme er nach Haus. Sie hörte ihn bereits im Schloss der Wohnungstür stochern, *eins, zwei,* bei *drei* fiel die Tür zu, bei *fünf* knarrte ein Garderobenbügel, bei *sieben* klappte der Schuhschrank auf und bei *zehn* wieder zu, danach die Schritte des Feierabendmanns auf knarrenden Dielen, *vierzehn, fünfzehn,* ein Kuss auf die Wange: Tag, Schatz, sei so gut, bring mir ein Bier. Bei *zwanzig* schlug er die Zeitung auf. Sie könnte in der Küche sitzen und warten und zählen, bei etwa *dreitausendzweihundertelf* würde er aufstehen, auf die Taste des kürzlich erstandenen, gebrauchten Fernsehers drücken und nach ihr rufen. Dann müsste sie den eigenen Atem nicht mehr hören.

Zuhause, dachte sie und zündete sich noch eine Zigarette an. Zuhause, wo die Nachbarn auf Zehenspitzen hinter graulackierten Wohnungstüren horchten, wo die U-Bahn direkt vor dem Wohnzimmerfenster vorbeifuhr, und manchmal stand sie am Fenster und schaute hinaus, stundenlang, bis sie nach vielen Stunden inmitten der vielen Feierabendgesichter auch sein Gesicht vorbeifahren sah, und sie dachte dann, so ist mein Leben.

Sie sah den Menschen nach, die auf der Straße vorbeigingen, sah das eigene Gesicht aufblitzen in der Fensterscheibe, durchkreuzt von all den Menschenkörpern, und doch beständig. Es schaute hinaus, fast fest entschlossen, ihr fremd und doch ihr eigen. Drinnen saß sie im neuen hellgelben Kleid, draußen wartete das hellgelbe Leben, das sie sich Schritt für Schritt auf den Leib zu dichten begann, orangerote Nächte, grüne, rote, auch graue Tage, alles dabei.

Als die Kellnerin an ihren Tisch kam, um zu kassieren, denn es war Schichtwechsel, entnahm sie dem Haushaltsportemonnaie den allerletzten Schein. Sie würde nicht vor ihrem Mann zu Hause sein und auch nicht nach ihm. Sie würde nichts erklären. Heute hatte sie eine unsichtbare Grenze überschritten, die Türschwelle vielleicht, aber diesmal in umgekehrter Richtung, und ohne auf Händen getragen, von Händen gehalten zu werden. Dann verschwand sie aus dem Bild. Alles Weitere würde sich zeigen.

O Tannenbaum

Pünktlich zu Weihnachten wird unser Vater eigensinnig. Und unsere Mutter die Ruhe selbst. Vielleicht sind sie es auch während der restlichen elf Monate des Jahres und können es einfach gut verbergen. Oder wir achten im Normalfall nicht darauf.

Die Vorweihnachtszeit aber ist kein Normalfall, sondern eine ganz besondere Zeit. Die Leute sind gereizt, aufgeregt, sentimental. Die Tränen sitzen besonders locker, das Glitzerpapier glitzert besonders bunt und die Kerzen verbreiten einen besonders anheimelnden Schein. Nichts ist normal. Alle reagieren über, vom Radiomoderator bis zum Weihnachtsmann. Meine beiden Brüder und ich vermutlich auch. Macht nichts. Das gehört dazu. Wie das Plätzchenbacken und der Streit um den Weihnachtsbaum.

Wahrscheinlich liegt es daran, dass Weihnachten das Fest der Geschichten ist. Nicht nur der einen Weihnachtsgeschichte, nein, vieler Geschichten, die in den Familien erzählt werden. Alte Geschichten von vor dem Krieg und nach dem Krieg. Von Missgeschicken und Glückseligkeit, Beinahekatastrophen und Lichtmomenten. Jedes Jahr im Dezember tauchen diese Weihnachtsgeschichten aus dem See der Erinnerungen auf, um an Land zu gehen. Auf die Erde zu kommen. Pünktlich zum großen Fest. Da stehen sie dann, ein wenig außer Atem, klopfen sich den Staub des Vergessens aus den Kleidern, bürsten einander Spinnweben des Wartens aus den Haaren. Manche frieren und brauchen neue Kleider, einige sind ein wenig aus der Form geraten, andere haben rote Bäckchen wie vom Punschkochen in der warmen Winterküche. So stelle ich mir das jedenfalls vor. Die Geschichten nicken sich kurz zu – *bis dann, nächstes Jahr* –, schwärmen aus und mischen sich unter die Leute. Um neu erzählt zu werden. Wieder und wieder.

„Wieso denn Baum? Wir brauchen keinen Baum", verkündet unser Vater am dritten Advent, als wir zu fünft gemeinsam in der Küche um den großen Tisch sitzen, auf dem immer mehr Kerzen angezündet werden.

Endlich! Wir haben schon darauf gewartet. Dachten schon, dieses Jahr würde diese Geschichte ausfallen. Aber nein, Vater ist verlässlich. Das jährliche Ritual. Nicht nur die Kerzen, die Plätzchen, die Geheimnistuerei um die Geschenke, sondern auch der Vortrag, den unser Vater uns mit geringfügigen Varianten Jahr für Jahr aufs Neue hält. Worum es geht, ist schnell erzählt: Er mag keine Weihnachtsbäume. Er hat gar nichts gegen Tannen im Allgemeinen oder Fichten im Besonderen – solange sie dort bleiben, wo die Natur sie hingepflanzt hat, nämlich in den Wald. Massenbaumhaltung, so beginnt er zumeist, könne er nicht unterstützen. Es folgt der Vergleich mit Legebatterien: wie im Eiltempo in riesigen Lagerhallen hochgezüchtete Hühner würden ihm diese Bäume vorkommen, rund um die Uhr infrarotbeleuchtet, mit Fischmehldünger verseucht, wie küchenfertige Rollbraten in Netze gezwängt, speziell nadelfreie, immergrüne Züchtungen, nicht entflammbar – Vater läuft langsam warm, und zu unserem Vergnügen steigert er sich immer weiter hinein in seine flammende Antiweihnachtsbaumrede: mit eingebautem Kerzenanzünder und Fernbedienung für ausfahrbaren Kugelschmuck, erhältlich in allen erdenklichen Duftvariationen, Kiefer, Fichte, Pinie, Zimt, Koriander, Erdbeere, Waldmeister, wie es euch gefällt …

Er sieht uns triumphierend an, der Eigensinn funkelt in seinen Augen – oder ist es das Kerzenlicht? Nein, so ein Baum kommt ihm nicht ins Haus! Und zum Nachschlag tischt er auch die abschreckenden Weihnachtsbaumgeschichten auf: wie in seiner Kindheit eine strohtrockene Fichte lichterloh in Flammen aufging und alle Weihnachtsgeschenke gleich mit verbrannt waren … Wie er früher, als er in unserem Alter war, vor und nach Weihnachten stundenlang Lametta sortieren und bügeln und Kugeln polieren musste …

Das alles kann uns nicht schrecken. Im Gegenteil. Wir drei Brüder werfen uns vielsagende Blicke zu. Unsere Geschichte kann ihren Lauf nehmen.

„Alle haben einen Baum", erhebt einer von uns Einspruch.

„Wir sind nicht *alle.*" Altbekanntes Argument. Weiter im Text:

„Aber letztes Jahr hatten wir einen", begehrt nun mein jüngerer Bruder auf. Oder mein älterer.

Das sei eine Ausnahme gewesen, entgegnet unser Vater mürrisch. Ausnahmen …

„… bestätigen die Regel", wir alle im Chor.

„Vorletztes Jahr", beginnt daraufhin mein älterer Bruder, oder ist es mein jüngerer?, „vorletztes Jahr hatten wir auch einen Weihnachtsbaum."

Unser Vater macht schmale Lippen.

„Den Baum hatte die alte Frau Eisenhut von nebenan uns geschenkt", flötet unsere Mutter. „Wisst ihr noch, sie hatte eine Tanne gekauft und ihr Sohn hatte ihr ebenfalls eine Tanne gekauft, was sollte sie mit zwei Tannen …"

Vater nickt. „Das konnten wir nicht ablehnen. Aber dieses Jahr …" Er braucht den Satz nicht zu beenden. Die alte Frau Eisenhut ist Ende Oktober gestorben. Aus ihrer Richtung ist keine Hilfe zu erwarten.

Wir blicken zu unserer Mutter, um deren Mundwinkel es zuckt, aber sie schaltet sich nicht ein. Sie wartet ab, mit einer Seelenruhe, die uns verrät, dass sie noch einen Trumpf im Ärmel hat, vielleicht sogar das As.

„Und vorvorletztes Jahr", setze ich also nach.

„… hat eure Mutter einen Baum auf dem Grünmüll gefunden! Eine Betriebstanne!" Vater schreit jetzt beinahe. „Nicht gekauft, sondern gefunden!"

„… und was man findet, darf man behalten", werfe ich ein.

Aber das letzte Wort hat vorerst unser Vater: „Dieses Jahr gibt es keinen Baum und damit basta."

Gesagt und den Mund mit einer Printe verschlossen, die bei uns zu Hause erst am ersten Advent auf den Tisch kommen, denn unsere Mutter ist der Ansicht, Printen esse man nicht Ende September, sondern erst, wenn Weihnachten in der Luft liegt, sonst könne man sich nicht mehr darüber freuen. Auch was dieses Thema angeht, sind unsere Eltern geteilter Meinung. Mein Vater freut sich, das wissen wir genau, auch Ende September schon über die heimlich gekaufte erste Tüte Printen, die er immer hinter den Kontoauszügen in seinem Schreibtisch versteckt und, wenn wir kommen, um unseren Schweigezoll einzufordern, nur unfreudig mit uns Kindern teilt, dabei ist doch erst geteilte Freude ganze Freude, speziell in der Weihnachtszeit, aber auch was Printen angeht, ist Vater eigensinnig.

Und damit zurück zum Baum, denn inzwischen hat Mutter ihren Trumpf gezogen.

„Dieses Jahr ist doch Omili bei uns", sagt sie mit engelsgleicher Stimme und zwinkert uns zu. „Hast du das etwa vergessen?"

Vater erstarrt. „Sind etwa schon wieder fünf Jahre rum?", murmelt er mit halbvollem Mund und tröstet sich sogleich mit einer weiteren Printe, der letzten auf dem Teller, wie wir drei Brüder bedauernd feststellen.

Omili ist unsere Urgroßmutter, Vaters Großmutter. Omili hat fünf Enkel, die sie reihum am Fest aller Feste besucht, und dieses Jahr sind wir wieder an der Reihe. Wenn Omili Weihnachten zu Gast ist, steht sehr wohl ein Weihnachtsbaum im Wohnzimmer, und es gibt Heiligabend eine Gans, nebenbei gesagt für uns Vegetarier etwas ganz Besonderes …

„Eine ganze Gans für Omili allein?", ruft mein jüngerer Bruder, der sich oft heimlich im Supermarkt eine Doppelpackung

Wiener Würstchen kauft, daher mit leuchtenden Augen, und auch mir läuft schon das Wasser im Munde zusammen.

„Muss das sein?", stöhnt unser Vater und meint sowohl den Baum als auch die Gans. Es ist ein letztes Aufbäumen, denn ihm ist klar, dass er verloren hat. Wenn Omili mit ihren fünfundneunzig Jahren am Weihnachtsfest zu Besuch kommt, gibt es keine Diskussion.

Die Nachricht von Omilis anstehendem Besuch hat den Kampf um den Baum dieses Jahr viel zu schnell beendet, finden wir. Schon am dritten Advent. Die Luft ist irgendwie raus. Die Vorfreude, die Spannung. In den vergangenen Jahren hatte sich das Warten auf das Christkind zunehmend auf das Warten auf den Weihnachtsbaum verlagert. Wir Brüder schlossen dann Wetten ab: Gibt es einen Baum? Gibt es keinen? Wie viele Tage vor Heiligabend, wie viele Stunden vor der Bescherung? Wie groß ist er, welche Nadelsorte? Ist er gekauft, geschenkt, gefunden, zugeflogen?

Heiligabend sehen wir unseren Vater am Vormittag die Axt aus dem Schuppen holen. Er trägt seine schweren Winterstiefel, dazu eine wattierte jägergrüne Jacke. Ich laufe ihm, noch im Schlafanzug, auf dem Weg zum Auto hinterher und bettele, er soll mich mitnehmen, aber er brummt nur, das sei Männersache, schlägt grimmig den Kofferraumdeckel zu und überlässt mich meiner Enttäuschung. Schließlich bin ich im Sommer zwölf geworden und bereit, alle möglichen Männersachen anzugehen, und so eine unerlaubt im Wald geschlagene Tanne wäre ein cooler Anfang gewesen, finde ich.

Und weil Weihnachten eine besondere Zeit ist, kommen wir beim Warten auf Omili und die Heiligabendgans und den geklauten Baum aus dem Wald auf eine besondere Idee: Wir beschließen, einen eigenen Weihnachtsbaum zu produzieren. Das ist wenigstens mal etwas Neues.

Mit den Fahrrädern statten wir zuerst dem Grünmüll am Bahngelände einen kurzen Besuch ab. Leider finden sich dort nur trockene Äste, entsorgte Adventskränze und jede Menge Herbstlaub. Hinter dem Einkaufszentrum haben wir schon mehr Glück, und die Sammelstelle bei den Sportplätzen erfüllte unsere kühnsten Träume. Mit sperriger Ladung kehren wir gegen Mittag nach Hause zurück.

Vaters Auto steht noch nicht vor der Tür. Aus der Küche zieht der verlockende Duft einer Weihnachtsgans durchs Haus. Ungesehen schleppen wir unsere Beute in den Keller. Dann wird gebohrt, gehämmert, gesägt, geschnitten und geklebt, was das Zeug hält. Und das Zeug hält! Wir sind begeistert, auch wenn unsere Gegentanne, wie wir sie getauft haben, eine gewisse Kahlheit nicht verleugnen kann.

Danach beginnt das Warten. Der Vater macht es dieses Jahr wirklich spannend. Wo er nur bleibt … Eigentlich hätte er unsere Urgroßmutter vom Bahnhof abholen sollen. Omili hat entschlusskräftig ein Taxi genommen und sitzt schon seit geraumer Zeit im Wohnzimmer.Sie trinkt eine Tasse Kaffee nach der anderen und verspeist seelenruhig unsere Weihnachtsplätzchen, was wir drei Brüder mit einer gewissen Unruhe verfolgen. Jede halbe Stunde fragt sie, ob wir denn keinen Baum haben, und wir versicheren ihr reihum, der Baum sei dieses Jahr die ganz besondere Überraschung. Jede Viertelstunde fragt sie, wo denn unser Vater bleibt, und wir wechseln uns reihum mit dem Satz ab, er müsse doch den Baum besorgen.

Gegen drei klingelt ein Nachbar, der drei Häusern weiter wohnt, und schenkt uns eine vier Meter hohe Tanne, die der Schwiegersohn aus Berlin in Verkennung der Größenverhältnisse mitgebracht hat. Um halb vier ruft die Freundin der Mutter an und fragt, ob wir noch einen Weihnachtsbaum gebrauchen können – wir müssen ihn nur bei ihr abholen. Also leiht sich unsere Mutter, nach wie vor die Seelenruhe in Person, von den Nachbarn ein Auto. Ich denke, vielleicht fährt sie gar nicht zu der Freundin, die zehn Kilometer außerhalb wohnt, sondern in den Wald, um nach dem Vater zu suchen.

Wo bleibt er nur? Es wird dunkel. Die Glocken beginnen zu läuten. In allen anderen Familien hat das Warten jetzt ein Ende. Werden Kerzen an Bäumen angezündet. Geschenke ausgepackt. Omili ist irgendwann über dem Warten aufs Christkind und den Baum und den Vater, den jüngsten ihrer fünf Enkel, friedlich im Lehnsessel eingeschlafen.

Wir sehen uns verschwörerisch an. Bühne frei für unsere Gegentanne, die wir unter Ächzen und Schwitzen vom Keller ins Wohnzimmer hochschleppen. Eigentlich besteht sie nur aus einem weitgehend kahlen Stamm, in den wir mittels Bohren und Kleben die Äste diverser anderer Nadelbäume eingefügt haben. Wir müssen zugeben, sie sieht ein bisschen aus wie … wie eine gerupfte Gans. Am dicksten aller Äste hängt unsere einzige Weihnachtskugel, die Omili uns vor fünf Jahren geschenkt hat, und glänzt mit unseren stolzen Augen um die Wette.

Wir hören ein Auto vorfahren. Dann noch eins. Dann hören wir es vor der Haustür rumpeln. Dann schleift etwas Schweres über den Holzfußboden. Es ist nicht der Weihnachtsmann mit dem dicken Sack voller Geschenke. Es ist unser Vater, der im finsteren Tann endlich den seiner Meinung nach geeigneten Baum gefunden hat. Er ist krumm und schief gewachsen und passt kaum durch die Tür.

Gleich nach ihm zieht unsere Mutter eine rollbratenverpackte Nordmanntanne in den Raum. Sie kehrt zum Auto zurück und schleppt noch einen dritten Baum herein, der sofort heftig zu nadeln beginnt.

„Wenn wir den Riesenbaum aus Berlin auf den Balkon verbannen, können wir zu alle im Wohnzimmer Platz finden“, sagt sie noch. Dann erblickt sie unsere Gegentanne und erblasst.

Omili öffnet wie auf Kommando die Augen und strahlt. „Frohe Weihnachten, meine Lieben“, ruft sie und breitet die Arme aus. „Und so viele Christbäume! Das wäre doch wirklich nicht nötig gewesen!“ Sie stimmt das altbekannte Lied an, und wir stimmen fröhlich ein. Alles ist so, wie es sein soll. Ein Familienfest. Eine ganz besondere Zeit.

Jahreskalender Regensburg

JANUAR

Neujahr – alle Jahre wieder, wie das Wort strahlt! Am ersten Januar ist auch das Licht über der Donau schon sichtlich neuer und lichter als nur einen Tag zuvor, als es dieses neugeborene Jahr noch gar nicht gab, nur das alte, das wir hinter uns ließen: kein Blick zurück, der Tag glänzt, alles ist neu, jede Sekunde, jede Minute, jeder Schritt, den wir zur Begrüßung gehen, über den Schnee von gestern auf altbekannten Wegen, über die im Stein geborgenen Jahrhunderte, entlang des Flusses, der aus dem Gestern kommt und in das Morgen fließt, anders kann es gar nicht sein. Und wir: befinden uns genau dazwischen, an dieser Schnittstelle namens Gegenwart, die sich unablässig verändert. Neu die gewohn...en Blicke, erneuert auch die alten Vorsätze, zumindest in neuem Gewand: aus alt mach neu. Etwas öffnet sich.

Am Horizont dieser Hauch von Eiszeit, den wir ersehnen: endlich wieder einen echten, einen wirklich wirklichen, grimmen ingrimmigen Winter mit Kälte und Schnee und Eis, und kaum ist der Wunsch ausgesprochen, gefriert schon der Fluss, von den Rändern her, Eiszapfen wachsen im Zeitraffer, wir wagen uns auf die Altwasser und schlittern unsicheren Tritts über eine durchsichtige Schicht vereister Wünsche. Unter unseren Füßen das Reich der Wassergeister, Herrscher über totes Laub, modrigen Grund, doch ihr Flüstern und Raunen wird überstimmt vom Sirren der Kufen, von den Rufen der Eisstockschützen, vom Knacken im Eis, das unter der Januarsonne schnell altert, zu Falten und Furchen und einer zunehmend dünnen Haut.

Tag für Tag öffnen wir im Lebenskalender ein neues Türchen, die Zeit der Lichter und Lebkuchenengel ist vorbei, zum Vorschein kommen nun auch wieder Bilder und Nachrichten aus nah und fern, die von Elend, Gewalt, Hunger künden, von Tod und Angst und Flucht – und ja, manchmal sogar von Frieden.

Aber alles in allem ist der Januar ein friedlicher Monat, zur Ruhe gekommen nach dem Weihnachtsgetöse, dem Geschleppe von Geschenktüten, dem Getorkel im Glühweinrausch – welch ein Glück, still durch die steinernen Gassen zu streifen und über die luftigen Brücken: Da ist wieder Raum für Eisblumenatem und Liebeserklärungen und alles Fremde, Offene, Unfertige, Helle, das hinter der Biegung des Lebensflusses, hinter all den Dächern und Türmchen und Giebeln und Erkern wartet.

FEBRUAR

Dieser Monat wie eine zu enge Jacke, eine Hochwasserhose, geschrumpft, eingelaufen – achtundzwanzig Tage zwischen tollem Treiben und Vertreiben des Winters, Fastentagen und Faschingsbällen, alle vier Jahre kommt ein weiterer Tag zu Besuch. Und genau in der Mitte, am Valentinstag, sind wir aufgerufen zu lieben, Herzen zu verschenken und Rosen, im Winter, am anderen Ende der Welt gezüchtet! Doch wir wollen uns nicht die Laune mit nachhaltigen Gedanken verderben, schnell zurück zum Liebesspiel und dem Spiel mit der Liebe: aber wer kann im Februar noch genau sagen, ob der Auftritt als Romeo und Julia echt ist oder nur eine Nummer und überhaupt: was wirklich ist und was Schein. Ach, diese Lust auf Enthüllungen, wenigstens ein klitzekleiner Skandal wird doch wohl machbar sein! Und die Provinz schöpft alle Möglichkeiten aus. Da kommen Geschichten ins Rollen, das Schaf wird zum Wolf, der Wolf wird zum König, der König macht sich zum Clown, der Clown darf den Politiker geben und dieser den einfachen Mann, den Schneider, der Siebene auf einen Streich ... Wie gern würden wir ein paar Blicke hinter die Kulissen werfen: was im Stadtrat gesagt wird und was beim Unter-Uns-Bier im Kneitinger, wie wer wann wo sein Geld verdient oder eben nicht verdient, wer hinter welcher Maskierung steckt, welches stadtpolitisches Spiel gerade gespielt wird. Die Gerüchteküche jedenfalls ist rund um die Uhr geöffnet. Am besten, man bucht eine Dauerkarte und sitzt alle Stürme aus – oder stürzt sich in dieser Zeit der gekürzten Krawatten und der entzähmten übermütigsten Phantasien auf Freigang mit hinein ins Gewimmel der Faschingsbälle, wo sich von jeher alle maskieren und verkleiden. Am Ende sind alle Fragen beseitigt, und es wird herzhaft gelacht, der Nockherberg macht es vor: Man muss das Leben, wie es wirklich ist, wirklich nicht so ernst nehmen! Und doch sind wir am Aschermittwoch beinahe erleichtert, wenn die Straßen kehrausgefegt sind und die Fastenzeit beginnt. Auch unter den Domtürmen und in den Wirtshäusern kehrt eine Maß Demut ein. Wir treten kürzer, der Februar hat es uns mal wieder gezeigt: Was für ein verrückter Monat, immer ein bisschen zu kurz gekommen und doch in voller Vielfalt zu sich selbst. A Hundling, Reschpekt!

MÄRZ

Die ersten wärmenden Sonnenstrahlen auf die unzähligen Steine, auf denen die Stadt ruht, sich ausruht, aus denen sie ihre Ruhmsuppe kocht, dazu Wasser aus vier Flüssen, mit mittelalterlichen Kräutern gewürzt, gesegnet und gebenedikt vom hohen Dom herab und aus dem fernen Rom herauf. Steine über

Steine, zu Brücken und Gotteshäusern und Gesandtschaften und Geschlechtertürmen verbaut, zum goldenen Turm, auch bei fallenden Aktien hoch im Kurs und immer wieder, wenn wir den Blick heben vom Pflaster, das unser Alltag ist: ein Augenschmaus. Nach dem langen Winter sind wir Sonnenanbeter gesprächig und verwandeln uns in Flaneure: mit Gott und der Welt im Einklang schlendern wir von Freisitz zu Freisitz, baden in Kaffeevarianten und einer Sintflut dialektaler Möglichkeiten, spazieren trockenen Fußes und noch immer palavernd durch unser Rengschburger Paradies aus Braukunst und Baukunst und lassen uns den ostbayerischen Himmel aufs Hirn scheinen. Manchmal bricht der Blick aus, findet in den Hinterlassenschaften der Stadtgeschichte seinen Weg zu den unscheinbaren Grabsteinen, vor fast fünfhundert Jahren nach der Vertreibung der Juden geschändet, geraubt und in Fassaden, Innenhöfen, Hausfluren verbaut, manchmal bricht sich ein unbotmäßiger Strahl auf den goldenen Pflastersteinen zu unseren Füßen, lädt uns ein zu stolpern: Dann bleibt die Zeit stehen. Die Steine schweigen nicht. Geschichte ist niemals vergangen, auch nicht im Monat März, wenngleich Frühling, wenngleich Josefitag. Denn wie könnten wir vergessen, dass just an einem 19. März im Jahr 1945 im Gasthaus „Colosseum“ in Stadtamhof rund vierhundert männliche KZ-Häftlinge aus Flossenbürg untergebracht wurden, im einstigen Tanzsaal im ersten Stock bei Brot und Suppe mit einer einzigen Toilette für alle und einem einzigen Wasserhahn, früh morgens wurden sie über die Steinerne Brücke zum Bahnhof getrieben, um die durch Luftangriffe entstandenen Schäden zu beseitigen und Blindgänger aufzuspüren, zwölf Stunden am Tag in dem versuch, am Leben zu bleiben – daran zu denken, mag uns die Laune verderben. Aber so ist es mit der Erinnerung, wir entkommen ihr nicht, sie ist Teil von uns, freunden wir uns also lieber mit ihr und mit dem Gedanken an ein Gedenken an.

APRIL

Im April legen sich Ahnungen von Liebe und Leichtigkeit auf die Dächer der Stadt. wir öffnen die Fenster und begaffen das Leben wie nie zuvor gesehen. im nächsten Moment bricht ein Schauer aus den Wolken, mit einer gehörigen Portion April versetzt, und verhagelt die schöne Aussicht – aber wir wissen: April, April, kann machen, was er will – nur was er will, weiß nicht einmal der Wettergott. Kaum haben wir uns und unsere über den Winter eingenisteten Wünsche frühjahrsgeputzt, die Betten gelüftet, Laub und Sorgen vom vergangenen Herbst aus den Ecken gefegt, wirbelt der Wind alles wieder durcheinander. Die letzten Kriegstage jähren sich und werfen ihre Schatten aus, wer gedenkt, kommt um ein Frösteln nicht herum: den Todesmarsch aus dem Colosseum in Stadtamhof bis an die Salzach überlebten von über vierhundert Gefangenen nicht einmal vierzig. Auf dem Dachauplatz forderten mehrere hundert Menschen die kampflose Übergabe der Stadt, der Domprediger trat als Fürsprecher vor, wurde verhaftet und hingerichtet. Der Bischof schwieg aus dem sicheren Luftschutzbunker heraus, eine Straße wurde nach ihm benannt. All das könnten wir nachlesen am dreiundzwanzigsten April, zugleich Welttag des Buchs, und falls auf einen Samstag fallend Tag der Autoschau, Tag des Biers, mit etwas Glück sogar Tag des Sieges der heimischen Fußballelf – was für ein Multitaskingtag. Im Hintergrund immer wieder auch Tag der Frage: Wie war das möglich? Wir alle wissen doch, was wirklich wichtig ist: „nicht mitzuhassen, mitzulieben sind wir da.“ (Domprediger Johann Maier)

Im Mai ziehen wir aus, nach Adlersberg und Tremmelhausen und Matting und Oberndorf, zur Walhalla und an die weidengesäumten Ufers der Flüsse und auf tausend anderen Wegen ins frische Grün, das nun wieder sprießt und wuchert und uns keine Ruh lässt mit seinem Geflüster von *leiden* und *schaften* und *machen* und *lieben*: Ja, da muss man sich doch, wie Brecht in jungen Dichterjahren, einfach hingeben, all dem Wallen und Hallen und Tremmeln und Adlern, dem Surren und Flirren und Saufen und Raufen, dem Schwimmen in Weihern und Flüssen – es ist eine Lust! Und wenn die Geister, die wir riefen, in der Morgendämmerung verstummen und verblassen, die ersten Vögel ihr Lied anstimmen, kehren wir barfüßig, beschwingt und bar jeder Vernunft zurück in unser wohnliches Nest inmitten der Steine der Stadt. Vom Schlaf erfrischt, schwingen wir uns erneut aufs Rad, nicht ohne einen Gedanken auszusenden an den Kunstradfahrer, Vater des Velodroms: Simon Oberdorfer – wie einen Brief, der ohnehin zu spät kommt und doch nach Jahrzehnten zur richtigen Zeit. Auch Simon Oberdorfer zog einst im Mai aus, die Welt zu erkunden, könnte man denken, bei seiner Atlantikquerung von Hamburg nach Havanna – an Bord eines Dampfers der Hoffnung mit über siebenhundert Passagieren, alle suchten einen sicheren Hafen für ihr Leben, ihr Überleben. Die rettende Küste war schon in Sicht, doch der Wind hatte gedreht, der weltpolitische Wind, und die mühsam erkämpften, zusammengesparten Visa kamen nicht dagegen an. Die Rückfahrt über das Meer war gratis und für die meisten Passagiere eine Fahrt in den Tod. Da ist es, wie so oft, nur ein winziger und für uns gefahrloser Gedankensprung von diesen Schutzsuchenden auf dem Schiff namens St. Louis zu den Flüchtenden heute: jetzt, hier, in unserem kleinen großen Europa!, die über das Meer kommen und Schutz suchen und brauchen. Der Mai jedenfalls, dieser fünfte Monat ist riesengroß, fünfunddreißig Tage hat er laut Erich Kästner – da bliebe doch genug Platz, um hinauszuziehen aus den eigenen vier Wänden im Kopf und das Herz zu öffnen für die Nöte der Welt, deren wir ein Teil sind.

JUNI

Juni, Zeit der Rosens und der Poesie, beide seit jeher Liebesleid und Lebenslied besingend, dicht an dicht, Gedicht an Gedicht, Stachel an Stachel, Verführung neben Enttäuschung: Es sind eben Zwillingstage, gefolgt vom Krebsgang, ambivalent und schräg und unternehmungslustig, denn im Juni dehnen sich die Tage die Landkarte hinauf bis zur Mitternachtssonne und auf dem Navi der Vorstellungskraft bis nach Italien. Alles ist möglich – in diesem Zeichen beginnt die Festsaison: Da strömen wir Bürger zu unser aller Namensfest aus allen nur denkbaren Wohnzimmern und Himmelsrichtungen hinein in die Stadt, wie sie wirklich ist, sie zu erobern für einen Tag zwischen Bratwurst und Bier, Regensburger Knacker und Selbstgebackenem; wir eilen herbei, um endlich wieder einmal unangefochten Sieger zu sein auf dem Schlachtfeld der Imbissbuden und der kulinarischen Kakophonie, Hauptfigur im Mahlstrom der hohlen Gassen zeitgenössischer Eventkultur, die alles spielt, was die Kassen zum Klingen bringt. Am lautesten aber sind wir selbst, auf Tour zum unablässigen Miteinanderreden und Gegeneinanderreden und Vorunshinreden und von Anderenzugeredetwerden, und wenn alles gesagt ist, unbedingt gleich noch einmal von vorn. An diesen Bürgerfesttagen münden hier sämtliche Mundarten, hiesig wie zugereist, unterfränkisch, oberpfälzisch, niederbayerisch, ostschwäbisch, voralpenländisch und hinterwäldlerisch und ostrussisch und südsyrisch und westindisch und nordnordisch – nicht nur dem Sprachforscher ist es eine Lust, sich hineinzuwerfen in dieses Menschliche Allzumenschliche, das die Stadt drei Tage lang besetzt hält, ohne andere Waffen als Augen, Ohren, Nase, Mund, vom ersten bis zum letzten Atemzug gefüllt, abgefüllt und immer wieder nachgefüllt, auf dass keine Leere entsteht. Und wenn Boden und Himmel längst schwanken und wir in unbändigem Gelächter dank Hopfen und Malz und Wein und Gesang spätabends zurückwanken ins heimische Heim und die Bürgerfesthüte ein letztes Mal schwenken, dann kehrt auch die Stadt zu sich zurück. Und in der nächtlichen Stille hört man die Rosen wachsen. Und vielleicht wächst sogar ein Gedicht.

JULI

Wenn der Juli nasse Füße bekommt, tagelang Wasser vom Himmel fällt, das Jazzweekend zu ertrinken droht und die Flüsse steigen und steigen, können wir direkt vor der Haustür baden gehen: Hochwasser regiert die Stadt, Busfahrer erhalten Sonderurlaub, die Ausfahrer bringen die Pizza per Boot, alle Schiffstouristen bleiben an Bord oder von vornherein fort. Selbst die üblichen Gaffer können es kaum fassen, dieses Sonderspektakel – wie flutend die Fluten, wie nass die Keller, wie schwer die Sandsäcke und wie aufbrausend die Natur, eigenmächtig und wütend, sie groß, wir klein, so sieht es doch aus. Brittings kleine Welt am Strom ist aus dem Lot: Der Fluss holt uns ab an den Fenstern im ersten, zweiten, dritten Stock, denn noch immer steigt das Wasser, strömt herbei aus dem Alpenvorland, bringt eine Menge Holz und viele Geschichten mit. Kaum zu glauben diese ewigen, uralten Balladen von betrogenen Ehemännern und feigen Liebhabern und der Frage, ob nicht die Frauen vielleicht doch die besseren Bootsleute sind, die mei-fähr-ladies der Nixenkähne eben, Nachgefährtinnen von Mama Donau, Sandra Paretti, Eva Demski, das Ruder in der einen Hand, in der anderen die Karte des Überlebens, die sie bestens zu lesen verstehen, um rechtzeitig das sinkende Schiff verlassen. Während zu viele Männer noch immer aufgerüstet in blechernen Rüstungen an Brüstungen und Fenstern in zu eng gewordenen Antagonismen und Denkmustern verharren, den Blick nicht lösen können vom Navi der Feindbilder, das nie zeigt, wohin die Reise geht. Doch auch das ist nur Hörensagen. Und wenn der Pegel wieder fällt, erinnern wir uns: Mit der Natur zu leben und nicht gegen sie, ist das eigentliche Ziel. Mit dem Fluss, der seine Kurven braucht wie der Fisch das Wasser. Mit liebenden Frauen und Männern und allen anderen auch. Mit Hundertwasser könnten wir es halten und friedensreich den geraden, gottlosen Linien entsagen: allen Begradigungen unserer Vorstellungskraft, ausgrenzenden Grenzzäunen, markigen Sprüchen wie Hier-sind-wir-daheim, Hier-sind-wir-Mensch, Hier-kaufen-wir-ein, Das-war-schon-immer-so und Konsorten. Sonst noch Wünsche? Auf jeden Fall endlich wieder einmal ein Fest im Fluss!, das sich gewaschen hat und uns alte neue Ufer zeigt.

AUGUST

Im August hat die Stadt Urlaub. Auch von all den Festen und Festivals: mindestens viereinhalb Wochen bei vollen Bezügen. Sie hält ihren jährlichen Schönheitsschlaf, um sich zu regenerieren, rundum: die strapazierte Haut, die Denkmalfurchen, Leib und Seele. Just relax! Sie muss nichts und darf alles: muss nicht unentwegt mit Mittelalter punkten, mit Kirchenschätzen prunken; muss nicht ihr Welterbegesicht aufmascheln; darf auch mal Fünfe gerade sein und sich treiben lassen. Die Zeit dehnt und streckt sich und schlägt ein niedertouriges Tempo an, die urbanen Räume scheinen sich zu weiten: Endlich können wir wieder ohne hundert Ausweichmanöver durch die Altstadt radeln, können verschwiegen beredte Ecken entdecken, stumm lauschen und sie hören: den Fluss, die Steine, den Brunnen, die Engel am Dom. Die eigenen Flügel können wir ausbreiten und uns unter dem Regensburger Sommerhimmel dem Cinema Paradiso hingeben, von Kopf bis Fuß und Open Air bis spät in die Nacht. Dieser wunderbare Monat der Leere und des Könnens – wie unausweichlich hängt doch beides zusammen! Nach und nach entspannen sich auch die strapazierten grauen Zellen, beginnen wieder zu schimmern und zu leuchten und laden ein, weiter zu sehen als bis zur nächsten Flussbiegung. Vielleicht sogar das, was nicht zu sehen ist: die Alpen und das Mittelmeer und die griechischen Tempel, in augustbereinigter, sommerlochtauglicher Version natürlich, ohne Untertitel, ohne sinkende Schiffe und schmelzende Gletscher und stahlbewehrte Grenzzäune. Jetzt nur keine Gratwanderungen, alle stirnkrausen Gedanken bleiben zu Haus. Auch das Ende des Sommers ist nicht in Sicht, nicht einmal von den Domtürmen aus. Im Sternschnuppenmonat August sind die unbezahlbaren Wünsche wieder zum Greifen nah.

SEPTEMBER

Regensburg reloaded, alles wieder von vorn, von Regen bis Sonne, noch ein bisschen Sommer und schon ein bisschen Herbst. Die Schülerinnen und Schüler kehren ebenso zurück wie die Lehrerinnen, Taxifahrerinnen, Polizistinnen, Stadträtinnen, Bäckereifachverkäuferinnen, die Straßenschildmalerinnen, Künstlerinnen, Lebenskünstlerinnen, Nörglerinnen und die Enthusiasten, selbstredend in allen Geschlechtszuschreibungen, mit und ohne Konfessionen. Ein paar neue Läden haben sich in der Altstadt platziert und hochpreisen an, was das Zeug hält und was keiner wirklich braucht, noch mehr Dirndl, noch mehr Mitgebringsel und Stehrümchens, noch mehr Design. Ende der Sommerpause heißt auch: eine Vernissage nach der anderen, die Theater füllen sich wieder, die politische Bühne geht neuen Stücken entgegen – Jahr für Jahr dasselbe Spiel, beinah wird's langweilig, wär's nicht so spannend. Über den Sommer und über das Meer sind von weither Menschen gekommen, viele, sehr viele – man hatte sie nie wirklich auf dem Bildschirm, höchstens akkumuliert, als Zahl der Opfer von Hungersnöten und Epidemien und fernen Kriegen in Krisengebieten am Rand unserer Weltsicht – nun sind sie da, sind hier, unter uns. Sie und ihre Schicksale und Geschichten erden und beehren auch unsere Stadt: Weltkulturerbe, diesen Titel kann sie nun wahrlich mit frischem Leben füllen, mit Gegenwart. In der kleinen Welt gleich um die Ecke beeilt sich ein freundlicher Postbote, all die exotisch gewürzten Namen der in Regensburg Gestrandeten zu entziffern und den Inhalt seiner Tasche, Amtspost und Lebenszeichen, auf die Briefkästen der Containersiedlung zu verteilen. Er wird schon erwartet. Halblaut spricht er all die ungewohnten Buchstabenkombinationen auf den Briefumschlägen nach und freut sich, mit Händen und Füßen kauderwelschen zu können. Und jeden Tag nimmt er eines der kleineren Kinder für zwei, drei Runden auf seiner Lenkstange mit, an diesem Nebenschauplatz der Stadt, wie sie auch und wirklich ist, bereichert von den Kulturen dieser Welt, leeren Händen, vollen Augen, großen Herzen, existentiellen Fragen.

OKTOBER

Längst spinnen und weben sie an ihren Netzen, fangen Fliegen und die aus schrägem Winkel einfallende Zeit. Oft laufen wir blindlings in diese klebrigen Kunstwerke hinein, beim Schwammerlsuchen im Wald – das muss man mögen ... Aber auch wir sind Experten im Spinnen und Weben, und diese Stadt ist ein riesiges Netz, per Hand geknüpft, von Herz zu Herz, Masche zu Masche, ob wir wollen oder nicht: Es fängt uns ein und fängt uns auf. Man kennt sich und diese und jene und auf jeden Fall welche, die wiederum andere zumindest vom Hörensagen kennen, und all dieses Kennen und Kennenlernen und Treffen und Wiedertreffen, dieses Sich-Mögen oder Nicht-Mögen wächst unaufhörlich, es verflechtet und verdichtet sich zu einem Netzwerk, darin eingefädelt bis verstrickt das Geflatter der Meinungen und Mutmaßungen und Gerüchte. Wie Weberschiffchen oder geflügelte Botschafter werden sie geschickt hin und hergeschickt zwischen Jakobstor und Ostentor, ja, quer über die Donau bis zum Dreifaltigkeitsberg und nach Brandlberg und die Winzerer Höhen entlang, dann über Großprüfening bis nach Pentling und Graß – hat sie dich erstmal gefangen, lässt diese Stadt dich nicht mehr los. Und wirst du gefragt: wie ist Regensburg nun eigentlich und wirklich?, dann hast du unweigerlich dieses luftig verfilzte Netz vor Augen, das auch dich trägt und in Bekanntem Allzubekanntem wiegt und auf Dauer ein wenig schläfrig macht und träge – bis du erschreckt aufschreckst, die Augen aufreißt und dich fragst: Wer bin ich? Wo sind die Ecken und Kanten, wo ist das Sperrige, das Querfeldeinige, das Querstadtuneinige? Sei beruhigt, du musst nicht lang suchen. Indes wird der Wein an den Hängen in Winzer noch ein wenig voller und reifer, die Nächte werden immer kälter in dieser so alten so jungen Stadt, die mit einem Auge nach vorn blickt und mit dem anderen zurück. Und während du dich im Ausprobieren der Antworten von Brücke zu Brücke hangelst, bürstet der erste Böhmische mit eisigem Atem die Donau gegen den Strich – und du weißt: Hier bin ich zuhaus und fremd zugleich. Passt scho. Was wirklich ist und wirklich kommt – wer weiß das schon so genau.

NOVEMBER

... fast gleichbedeutend mit Nebel, der müde macht und schwermütig durch die Gassen graulichtert und schwer trägt an seiner Rolle als Elfter in der Jahresfamilie. Was soll man nur anfangen mit solch einem Monat – außer vielleicht lesen, endlich wieder lesen!: auf dem Sofa, im Bett, im Café, im Kaffeesatz, lesen in all den Büchern, die geduldig in den Regalen der Buchhandlungen und Bücherregale auf uns warten, auf Erstlese oder Zweitlese oder Spätlese, Bücher, die es noch immer gibt, obwohl die Nationalsozialisten sie auszumerzen versuchten, Bücher von Schreibenden, die ihre Schrift, ihre Stimme zu Papier brachten und dank ihrer Worte nach wie vor unter uns sind. Lesen in Zeitungen, die wir zwischen Fingern und Daumen ertasten können, dieses dünne, leichte, rauhe, immer ein wenig überdimensionierte, raschelnde, leicht einreißende Papier mit dem Potpourri aus wirklich wichtigen und wirklich unwichtigen und unwirklich wichtigen Nachrichten aus der kleinen großen Welt, in der wir leben. Lesen, uns kurzsichtig oder weitsichtig durch die Nachrichten und Geschichten auf Pads und Phones und Readern blättern beziehungsweise wischen, ganz ohne etwas wegzuwischen, in diesem Monat des Hingehaltenwerdens, des Schwebens in einem Zwischenreich. Hinter uns liegen die goldenen Oktobersonnentage und vor uns die Rauhnächte, dunkel und kalt. Mittendrin reckt die Stadtfreiheit ihre gekreuzten Schlüssel hoch in die Luft, wenn der Nebel es zulässt, können wir sie sehen. Im November wird noch einmal alles aufgetischt, was die Geschwistermonate nicht haben wollten: all die Gedenktage an Tod und Teufel und Krieg und Verderben, an vermeintliche Sieger und Besiegte und Heilige und Allerheilige. Im November gräbt die Volkstrauer Jahr für Jahr mit eisernen Zahnstochern an ihrem Grab, und wer im abnehmenden Licht ganz genau hinschaut, kann vielleicht noch die Flugasche der heruntergebrannten Synagoge erkennen. Eine neue wurde gebaut, lang hat's gedauert, auch bis zu den Stolpersteinen. Der November ist die allerbeste Zeit, um mit den Toten zu reden, zu lachen, zu weinen, um im Leben zu blättern und zu lesen, um der Trauer ein wenig Licht zu gönnen.

DEZEMBER

Dieser unwirklichste aller Monate, wenn die Stadt sich in ihren eigenen Adventskalender verwandelt. Glitzermonat, mythischer Meister der Erwartungen – und der Enttäuschungen: Nie weiß man, wird es warm, wird es kalt, soll man hoffen, beten, granteln, fluchen und vor allem, was zum Teufel, schenken – eindeutig ein Heimspiel. Aus allen Himmelsrichtungen strömen Besucher herbei wie Botschafter von drauß' vom Walde. Sie mischen sich unter die Einheimischen, gemeinsam spielen sie zahlendes Fußvolk zu Füßen des fürstlichen Schlosses. Selbst bei Regen weihnachtet es eben sehr und niemand entkommt der Versuchung. Die ganze Stadt ist übermächtig belagert von Glühweinbuden und Bratwurstgeschwadern, Posaunenklängen und Musikgeschwalle, Lichterketten und Tannenbaumhügeln, Santa Clausen und frisch gekürten Christkindln. Wir wissen es lange vorher, da braucht es keine Hellseherei, darauf läuft es hinaus, alle Jahre wieder: *lllllluja!!!!* So muss es sein, und wäre es anders, würde uns etwas fehlen. Dennoch sind wir froh, wenn er sich endlich neigt, dieser Monat, wenn alle unerfüllten oder übererfüllten Wünsche, alle Täuschungen und Enttäuschungen, selbst die Weihnachtsgänse-mit-Blaukraut-oder-Rotkohl verdaut sind. Die Stadt darf sich wieder zurückverwandeln in einen ganz gewöhnlichen Ort mit stillen Ecken und gewöhnlichen Menschen an einem außergewöhnlich gewöhnlichen Fluss, der Flaschenpost bringt und mitnimmt. Und die vermeintliche Wirklichkeit? Die Stadt ist heute ebenso wirklich wie gestern und morgen und in zwanzig Jahren: immer in dem Maße, wie es ihr gerade ergeht, wie sie sich darstellt, wen sie beherbergt, wer an ihr herumdoktert, wer von ihr wie erzählt – eine Geschichte mit offenem Ende, Spiegel der Zeitläufte, gewürzt mit einer gehörigen Prise Eigensinn. Heute so, morgen so. Jeden Tag neu und anders und doch jeden Tag gleich und sich selbst treu. Ganz schön kompliziert? Ist das nicht unmöglich? Nun, es kommt vielleicht darauf an, wie wir sie lieben.

Kein Wässerchen trüben

Als Kind hatte ich die angenehme Vorstellung, man könne alles Unangenehme einfach im Klo wegspülen: Alpträume, Rosinen im Pudding, die Fünf in Mathe, Pickel im Gesicht, die Angst vor dem Dobermann von Hausmeister Zack, Harzer Käse, sogar den Hunger in der Welt und die klebrigen Küsse von Onkel Walter.

Natürlich waren die meisten Widerwärtigkeiten meiner Kindheit viel zu sperrig für die Toilettenschüssel, geschweige denn ein Abwasserrohr von zwölf Zentimetern Durchmesser – Onkel Walter oder der Dobermann oder der Mathelehrer hätten da nie und nimmer durchgepasst. Ebenso wenig Anna, als sie mir mit zehn oder elf zum mindestens zwölften Mal die Freundschaft aufkündigte. Hätte ich zaubern können, wäre Anna sofort spurlos entsorgt worden – ab durch die Kanalisation. Glücklicherweise besaß ich keine magischen Kräfte, sonst hätte sie es sich nicht ein paar Tage später zum dreizehnten Mal anders überlegen können. Die Runterspülphantasie war mein Weg gewesen, alles Unangenehme wenigstens in Gedanken loszuwerden. Katholische Kinder gingen zur Beichte, ich hockte mich aufs Klo und versenkte Abscheu, Ärger, Angst und Wut tief unter mir. Einmal die Spülung betätigt, schon rissen die reinigenden Wasserfälle mit, was über die Klinge meiner Tagträume sprang.

Später war ich dann alt genug, mir alles Unliebsame von vornherein vom Leib zu halten. Der Mathelehrer hatte sich nach dem Schulabschluss von selbst erledigt, Rosinen und Harzer Käse wurden für immer aus dem Speiseplan gestrichen, die wankelmütige Anna verschwand irgendwann spurlos aus meinem Leben. Und Onkel Walter? Der saß inzwischen im Rollstuhl.

Ein kleiner nächtlicher Alptraum von Zeit zu Zeit, da war nichts zu machen, das passierte uns allen. Aber manch eine Begegnung, vor allem mit Männern, hatte die ungute Tendenz, nach einem glückversprechenden Start plötzlich ins Unliebsame zu kippen: Absturz in die Katastrophe, Alptraumland. Jens Ending war in dieser Hinsicht Gipfel und Tiefpunkt zugleich. Im Urlaub kennengelernt, talentierter Liebhaber, nicht nur unter Palmen. Alles Lug und Trug. Der muss weg, hätte der durchgeknallte Typ aus dem Film Neue Vahr Süd dazu gesagt: Der muss weg!

Aber noch ist er da. Es ist Juli und in Neuseeland tiefster Winter. Keine Ahnung, warum Ending ausgerechnet im Winter nach Neuseeland reist. Vielleicht hat er es nicht gepeilt und gedacht, je weiter südlich, desto sommerlicher.

Ich jedenfalls sitze, in zwei Pullover und eine Fleecejacke gehüllt, in einem Café an der Hauptstraße von Kawakawa, einem Kaff im Norden der Nordinsel. Nicht viel los hier, nur ab und zu fährt ein Auto vorbei. Der Himmel ist grau, die Häuser sind fad, die Wiesen grün, die Straßen schlecht. Den Schafen macht das nichts aus. Dass in den Motels elektrische Wärmedecken unter den Laken liegen, habe ich erst gestern entdeckt.

Direkt gegenüber vom Café, auf der anderen Straßenseite, befindet sich die Hauptattraktion des Ortes: die öffentliche Toilette. Sie ist der einzige Grund, weshalb die Leute auf ihrer Fahrt von Auckland hoch zur Bay of Islands überhaupt einen Zwischenstopp in diesem Kaff einlegen. Hundertwasser hat hier in der Nähe gelebt und diesem Ort seinen Abort geschenkt. Eine irre Idee, andere Leute gründen ein Theater oder ein Museum oder sorgen dafür, dass man sie nach ihrem Ableben als Bronzebüste auf einen Sockel stellt – nicht so Hundertwasser, der Friedensreiche. Kein Sockel, keine Kunst, sondern ein urbedürftiger Ort, für Jung und Alt, Groß und Klein, Reich und Arm. Ein Ort, an dem man seinen Frieden findet. Vorübergehend oder für immer – sofern Ending, dieser Mistkerl, hier Halt macht.

Seit über zwei Wochen bin ich ihm schon auf den Fersen. Aufgespürt habe ich den Flüchtigen ziemlich schnell, nämlich in Thailand, was natürlich kein Zufall war, sondern die Ernte einer alten Liebe: Für meinen Sandkastenfreund Lars, inzwischen Computerking, war es ein Kinderspiel herauszufinden, wohin Ending, Jens, Mister Geldbetrüger, Kontoabräumer, Liebesschwindler, geflogen und geflohen war. Auch noch mit meinem nagelneuen Samsonite!

Am Strand bin ich testhalber direkt an seinem Liegestuhl vorbeigeschlendert. Er hat mir leise hinterher gepfiffen, alter Macho, mich aber nicht erkannt. Meine Haare sind jetzt kurz, aus blond mach schwarz, Sonnenbrille, neues Outfit, fünf Kilo weniger – Ending, ich komme! Nein, ich bin schon da, wie der Igel beim Wettlauf mit dem Hasen, und meine Stacheln sind tödlich.

Kaum zu glauben, aber wahr: Im Flieger von Bangkok nach Auckland, er Business, ich natürlich Economy, war schon ein neues Opfer mit ihm unterwegs, eine kleine Zierliche mit roten Haaren, die er umgurrt hat. Das Hotel in Auckland hat sie bezahlt, der blaue Toyota läuft ebenfalls auf ihren Namen. Einer wie Lars hatte das ruckzuck rausgefunden, und das sind offenbar nicht die einzigen Abbuchungen von ihrer Kreditkarte.

Er wird nach Kawakawa kommen, ich spüre es, ich weiß es. Einer wie Jens Ending lässt nichts aus. Keine Frau, kein Geld, keine Attraktion. Selbst wenn er kein dringliches Bedürfnis verspürt, wird er sich inmitten einer grau verhangenen Landschaft mit Hobbithügeln und miserablen, schlaglochgepflasterten Straßen die Hundertwassertoilette nicht entgehen lassen: dieses friedensreiche Wunder mit güldenen Kugeln über buntverzierten Keramiksäulen, mit Wänden aus lichtfilternden Glasflaschen und Mosaiken. Die am häufigsten fotografierte

Toilette der Welt, steht jedenfalls auf einem Schild im Café, das keine eigenen Toiletten hat und auch keine braucht.

Natürlich war es purer Leichtsinn, dem neuen Lover meine Wohnungsschlüssel zu überlassen, als ich wegen der Blinddarm-OP ins Krankenhaus musste. Zumal ich ihn gerade erst seit drei Wochen kannte. Er konnte so schön singen. Verliebt muss man sein, dann gibt man – nein, bleiben wir bei der Wahrheit, dann gebe *ich* – vertrauensselig das Passwort für den Computer weiter. Und die PIN für die Online-Überweisungen, wenn er doch so lieb und dringlich darum bittet, ich müsse ihn retten, eine dumme Geschichte, er warte auf Geld für seinen letzten großen Auftrag, das längst kommen sollte usw. – eine dieser typischen Geschichten aus dem Handbuch mit dem Titel „Von Leichtgläubigen, Verführbaren, Schwindlern und Betrügern". Als ich aus der Klinik entlassen wurde, habe ich stundenlang auf ihn gewartet. Mein Auto wurde am Flughafen gefunden.

Seit einer halben Stunde hat niemand die Toilette betreten. Vom Café aus konnte ich das genau beobachten. Als einen weiteren, viel zu wässerigen Kaffee später der blaue Toyota in der Ferne auftaucht, stehe ich auf und gehe schon mal vor. Auf zum friedlichen Wasserlassen.

Ein Riesenvorteil, wenn man im Winter reist, denn es sind kaum Touristen unterwegs. Nachteil: Eine Sitzheizung hat Hundertwasser nicht eingebaut. Kalt ist es. Kalt und schön. Licht sickert durch buntes Flaschenglas. Die Toilettenkabine ist wie auch der Fußboden weiß und schwarz gefliest, aus unregelmäßig geformten Bruchstücken, ich erkenne Hundertwassers Handschrift.

Während ich auf Ending warte, denke ich, dass die Toilette Sitz der Seele ist. Das muss ich schon als Kind unbewusst begriffen haben.

Dann höre ich, wie sich Schritte nähern, schwere Schritte. Jemand drückt die Klinke herunter, einmal, zweimal. Nein, mein Herr, hier sitze ich. Der Kerl gibt auf, geht weiter zum hundertwässerlichen Gemeinschaftspinkelbereich. Ich halte den Atem an: Reißverschlussratschen, Plätschern, Singen.

Ja, das ist Jens Ending, der Mann, der beim Pinkeln singt, als könne ihn kein Wässerchen trüben. Mister Unschuld, mit allen hundert Wassern gewaschen – nicht zu verkennen. Was singt er? *All you need is love!* Ausgerechnet!

Der spinnt ja wohl! In Gedanken bohre ich ihm das Messer in den Rücken, das ich in Auckland bei einem Chinesen gekauft habe. Ich höre ein kurzes Aufstöhnen, der Gesang bricht ab, irgend etwas knallt hart zu Boden.

Ich entriegele die Tür, schleiche vorsichtig um die Ecke. Ending liegt bäuchlings vor den drei Pinkelbecken der Herrentoilette, in seinem Rücken steckt ein Messer. Sieht ähnlich aus wie meins, könnte aus demselben Laden stammen, nur hat meins hat einen anderen Schaft.

Am Waschbecken steht eine Frau, die ich schon einmal gesehen habe: Sie ist zierlich und hat kurze, rote Haare. Sie dreht mir den Rücken zu, als wäre nichts geschehen. Ich denke, sie wäscht sich gerade alles Unangenehme von den Händen. Ohne sich zu mir umzudrehen, sagt sie: „Hast du etwa gedacht, du bist die einzige, die er gelinkt hat?"

In den Wandfliesen direkt unter dem Waschbecken schwimmt ein großer Hundertwasser-Wal. Sein winziges Auge sieht uns freundlich an. Keine Spur von Vorwurf. Er wird nichts ausplaudern. Nur schade eigentlich, dass Ending nicht in die Kloschüssel passt.

Auf den Hund gekommen

Im Sommer hatte der Schönbornpark sicherlich seine Vorzüge – plätschernder Springbrunnen, Bierbänke für ein Freiluftpicknick, Freisitze für Sonnenhungrige und Zeitungsleser. Es gab einen Spielplatz für kleine Kinder, einen zweiten für große Kinder und einen dritten – für Hunde. Der Auslauf für sämtliche Kläffer des achten Bezirks war eine Art eingezäunte Rennstrecke, die zugleich als Freitoilette diente.

Elfi schickte den Dobermann ihres Vaters in die Arena. Sie wusste nicht, weshalb sie sich das antat. Das Aufsammeln und Eintüten der Hundehaufen war ihr zuwider. Den Hund aufzunehmen, war reiner Reflex gewesen. Und über Reflexe dachte man nicht nach. Man folgte ihnen. Denn Horváth hatte treu neben seinem Herrchen ausgeharrt, und das würde Elfi ihm nie vergessen. Das hatte sie jetzt davon.

Auch der Frieden war laut. Manchmal sogar lauter als der Krieg. Speziell nachts, wenn die Stadt schlief und den Lärm des Alltags mit sich zog unter die schwere Decke der Nacht.

Wenn Slavenka nicht schlafen konnte, hielt sie sich die Ohren zu. In der Wohnung über ihr, ein kleines Kind, das weinte, fast jede Nacht. Schritte, ein Hämmern gegen die Wohnungstür, Stimmen, die lauter wurden, ein Hund, der bellte, und eine Tür fiel ins Schloss. Sie hörte Schreie, Schüsse, abrupte Stille. Die Stille steigerte den Lärm ins Unerträgliche. Was Slavenka wachhielt, kam von innen und war gellend, auch wenn ihre Brüder es nicht hören konnten oder wollten.

Erst wenn Goran früh am Morgen, eine Stunde, bevor ihr Wecker klingelte, von seiner Arbeit im Club 69 heimkam und ohne Rücksicht auf Verluste durch die Wohnung polterte, schlief sie ein.

Als sie zwei war, hatte Elfi den Pudel der Tante zu stürmisch umarmt, und der Pudel hatte sie umgehend ins Bein gezwickt. Das mochte eine Erklärung dafür sein, warum sie eigentlich keine Hunde mochte. Zum Glück das einzige annähernd traumatische Erlebnis ihrer Kindheit. Mit dieser Phobie ließ sich leben. Musste man Hunde mögen? Nein, man musste nicht. Man konnte ihnen aus dem Weg gehen, nichts leichter als das.

Sie warf den alten Tennisball, den sie in der Schale unter Vaters Garderobe gefunden hatte, so weit sie konnte. Horváth rannte los, was das Zeug hielt. Er war schnell wie der Blitz.

Der Vater hatte sich den Dobermann nach dem Tod der Mutter ins Haus geholt. Weil er gerade den Zauberkönig in Geschichten aus dem Wienerwald spielte, hatte er den Hund Horváth getauft. Vielleicht sollte sie ihn umbenennen. In Falco oder Freud. Oder Artmann. Aber würde er dann auf sie hören?

Schon hatte Horváth seiner neuen Herrin den Tennisball zu Füßen gelegt, hechelnd, bettelnd, bellend. Na gut. Zehn Mal werfe ich noch den Ball, dann gehen wir, abgemacht? Die Patienten warten.

Der Hund sah sie an, als wollte er sagen: Was gehen mich deine Patienten an?

„Du hörst Gespenster", schimpfte Bata, wenn sie zu erklären versuchte, weshalb sie nachts nicht schlafen konnte.

„Da ist nichts. Da oben wohnt niemand. Da ist der Dachboden. Das bildest du dir ein."

Bata war der gröbere der beiden Brüder. Und der größere, der ältere. Womit er sein Geld verdiente, wusste Slavenka nicht. Sie traute sich nicht zu fragen. Männersachen. Was er machte, mit wem er sich zusammentat, war Männersache. Das hatte er ihr deutlich zu verstehen gegeben.

Goran, der jüngere der beiden, riet zu Schlaftabletten. „Du sitzt doch direkt an der Quelle. Frag deine Frau Doktor." Dazu ein

Schlaftrunk, ein Wodka, ein Bier, gleich sei die Sache geritzt, und sie könne wieder schlafen. „Wo ist das Problem, Schwester?"

Es gab kein Problem, nicht für Goran, nicht für Bata. Nur sie konnte es nicht lassen, in der Vergangenheit zu wühlen. So ein Blödsinn. Weiberkram, wie Bata schnaubte.

Als ob das so einfach wäre, alles hinter sich zu lassen. So einfach wie ein Zimmer abzuschließen. Eine schalldichte Tür zuzuknallen, die alles fernhielt. Alle Einschusslöcher der Erinnerungen.

Seit sie den Hund hatte, reichte die Zeit mittags nicht einmal mehr für eine Melange. Zugegeben, das war jetzt nebensächlich, aber halfen nicht die kleinen Tragödien des Alltags wie der erzwungene Entzug von Kaffee, sich gegen die großen Tragödien des Lebens zur Wehr zu setzen? Jetzt eine Melange ... Das wäre wunderbar, tröstend, irgendwie. Aber es war schon kurz vor zwei. Elfi zerrte den Hund in Richtung Praxis. Horváth wollte nicht recht. Er ließ sich alle Zeit der Welt, blieb an jedem Laternenpfahl stehen.

Blitzschnell hatte es sich herumgesprochen, von der Florianigasse bis zur Lerchenfelder. Die Geschichte vom treuen Horváth.

Ein Unbekannter war aus der Haustür gekommen, eilig hatte er es gehabt, hatte die Hausbesorgerin ausgesagt. Das war ihr aufgefallen, und dass der Mann nicht in dieses Haus gehörte, nicht in dieses Viertel. Ein Ausländer, ganz eindeutig. Also hatte sie sich gedacht, ich gehe mal nachschauen. Ob alles in Ordnung ist im Haus. Und weil der Hund hinter der geschlossenen Wohnungstür im zweiten Stock nicht aufhören wollte zu kläffen, zu winseln, zu bellen, hatte die Hausbesorgerin schließlich nach dem Zweitschlüssel gegriffen.

Elfis Vater Alfred Jaretzky war Schauspieler am Theater in der Josefstadt. Er musste den Einbrecher überrascht haben. Nach der vormittäglichen Theaterprobe hatte Alfred wie gewohnt mit dem Hund eine Runde um den Block gedreht. Lange Gasse hin, Piaristengasse wieder zurück, mit dem obligaten Abstecher in den Schönbornpark. Er musste seinem Mörder bei der Rückkehr direkt ins Messer gelaufen sein.

Neben seiner Leiche saß sein treuer Hund, die Schnauze und die Pfoten voller Blut, als hätte man das alles auf der Bühne an der Josefstädter Straße in Szene gesetzt.

„Du siehst Gespenster", sagte Bata wie immer, rollte die Augen und verließ das Zimmer.

„Er war es. Ich bin ganz sicher. Ich habe ihn gesehen. Bei Billa, beim Einkaufen."

Slavenka starrte auf einen unsichtbaren Punkt an der Wand, die eine andere Wand verdeckte, die zu einem anderen Zimmer gehörte, das in einem anderen Land lag. Das Zimmer mit den Schreien, den Schüssen, der abrupten Stille, das Nacht für Nacht in ihrer Erinnerung lebendig wurde.

Sie waren zu dritt nach Wien gekommen, Bata, Goran und Slavenka. Der Onkel hatte den Brüdern den Auftrag gegeben, auf die Schwester aufzupassen. Sie in die Mitte zu nehmen, für sie zu sorgen und ein neues Leben zu beginnen.

Es war eng in dieser Mitte. Bata und Goran waren es gewohnt, sich auszubreiten. Sich allen Platz der Welt zu nehmen. Das fiel ihnen leicht. Das war Männersache. Die Brüder hatten das alte Leben abgeschüttelt und ein neues begonnen. Wo war das Problem? Um den Schlaf brachte die beiden nur selten etwas. Wenn überhaupt, dann völlig andere Dinge. Geschäfte. Frauen. Schlägereien.

„Ich habe seine Stimme gehört", wiederholte Slavenka. „Ich weiß es. Ich täusche mich nicht."

Bata schüttelte den Kopf. „Hör auf mit dem Zeug. Das bildest du dir ein. Wir haben jetzt Frieden. Es gibt Tausende dieser Typen. Du musst das alles vergessen, hörst du? Je schneller, desto besser. Für uns alle! Früher ist nicht mehr. Früher ist längst vorbei." Seine

Stimme war immer lauter geworden. Den letzten Satz hatte er fast geschrien. Er drehte das Radio an.

Tausende dieser Typen? Nein, nur einen. Für sie – nur diesen einen.

Ein wirklich netter Hund, dieser treue Hund, der seit dem Überfall auf sein Herrchen auf einer alten Decke im Anmeldezimmer lag und sich von Slavenka und den Patienten streicheln ließ. Während seine neue Herrin mit Beileidsbekundungen eingedeckt wurde. Und mit Geschichten, mit Tratschereien, Märchen und Mutmaßungen vom Hörensagen. Eher nebenbei wollten die Patienten ein neues Rezept für ihre Herztabletten abholen, und alle wollten sie der Frau Doktor brühwarm erzählen, was sie wussten und hörten, auch was sie nicht wussten und nicht gehört, aber schon immer geahnt hatten.

Schließlich strotzte die Welt nur so von hundsgemeinen Geschichten: Bei Bergbauers in der Strozzigasse zum Beispiel, da war vor drei Tagen eingebrochen worden. Und im Computerladen in der Laudongasse erst am letzten Wochenende. Und stellen Sie sich nur vor, die nette Enkelin von Frau Sperl-Steininger, die war neulich nachts überfallen worden, mitten in der Blindengasse. Das Verbrechen nahm überhand. Laut Zeitung waren es ohne jeden Zweifel Räuberbanden aus dem Osten. Wer denn sonst?

„Die nehmen sich in jedem Bezirk Straße für Straße vor, beobachten die Leute, schauen, wer wann aus dem Haus geht – und dann wird abgeräumt."

„Und was tut die Polizei? Schreibt uns beim Falschparken auf, wenn wir im Café Eiles einen kleinen Braunen trinken wollen, und wienert so die Erfolgsstatistik."

Eine Kollegin von Elfis Vater, die mit Schmerzen im Ellbogen in die Praxis kam, hatte sofort nach dem Mord an ihrem Kollegen den Einbau einer Alarmanlage in Auftrag gegeben.

„Was ich Ihnen ebenfalls empfehlen möchte, meine Liebe. So ein schreckliches Unglück, der eigene Vater, dramatisch wie im Theater. Noch im Oktober habe ich in zwei Inszenierungen an seiner Seite gespielt …"

Ein Diabetes-Patient schwärmte von der neuen Stahltür. Sie habe zwar ein hübsches Sümmchen gekostet, dafür fühle er sich jetzt so sicher wie in einem Safe.

Der alte Herr Geheimrat winkte ab: „Ich weiß gar nicht, was die Leute sich aufregen. Wien ging doch früher bis Sibiu und in die tiefste Walachei. Der Doppeladler hat immer schon nach Osten und Westen geschaut. Aber wie hat Horváth schon so schön gesagt: Nichts gibt so sehr das Gefühl der Unendlichkeit als wie die Dummheit." Er zwinkerte dem Hund zu. „Stimmt's oder hab ich recht?"

Jeden Tag zu Billa. Das war normal. Genau wie die Schlange an der Kasse zu dieser Tageszeit. Slavenka stand weiter hinten, Zeit für eine kleine Auszeit. Willkommener Leerlauf, bis man die Waren auf das Laufband legen konnte und das Leben weiterging … Wie froh sie war, dass sie nicht an so einer Kasse saß und den ganzen Tag das Gepiepe hören musste. Verrückt würde ich werden, dachte Slavenka. Und wie gern sie in die Praxis ging, und dass sie Hunde mochte. Sie dachte an die Hunde, die sie früher hatten. Bis sie eines Morgens nicht wiederkamen, auch das war normal. Es gab jede Menge streunende Hunde im Dorf, der Vater hatte einfach einen neuen mitgebracht, Zlavo, erinnerte sie sich an den letzten von ihnen, ein Mischling, kein so großer Kerl wie dieser Horváth. Zlavo hatte keine Chance gehabt.

Bei uns im Wohnblock bricht niemand ein, hatten die Brüder beschwichtigt, als sie ihnen von dem Überfall auf den alten Schauspieler erzählte, den Vater der Frau Doktor. Was gibt es hier schon zu klauen, hatte Bata gesagt, höchstens die Waffen aus dem Krieg – aber die hat eh jeder in der Wohnung, hatte Goran gelacht, mach dir keine Sorgen, Schwester, wir passen auf dich auf, und hör endlich auf mit dem Gefasel von früher. Der Krieg ist vorbei.

„Der brave Hund", sagte jeder zweite Patient in der Praxis. „Dass der Hund den Kerl verjagt hat ...", jeder dritte. „Ehrensache, als Dobermann."

„Laut Polizei muss er den Täter gebissen haben ..."

"Was Sie nicht sagen ... So ein braver Hund!"

Elfi nickte stumm, maß den Blutdruck, fühlte den Puls, schrieb Rezepte aus, redete gut zu, fragte nach, schenkte Zuversicht. Ihre Bühne war zwar nicht das Theater, sie erhielt keinen Applaus, trotzdem spielte sie ihre Rolle gut. Aber das Stück hatte sich verändert.

Zwischen einem Patienten und dem nächsten sah sie Horváth vor sich, wie er sein Herrchen verteidigte, sich auf den Dreckskerl zustürzte, ihn in den Oberschenkel biss, oder nein, in die Hand, den Unterarm, egal. Hauptsache gebissen. Sie verspürte Genugtuung dabei. Als hätte der Hund sie gerächt. Sie hatte den zuständigen Kommissar gelöchert, Blutgruppe Null negativ, eher selten, soviel konnte man der Ärztin verraten, als kleines Trostpflaster.

Nach der Praxis machte sie immer noch einen Umweg zum Theater in der Josefstadt. Wie oft sie hier gewesen war, um ihren Vater auf der Bühne zu erleben. Aber das war in einem anderen Leben gewesen. Sie sah die Schaukästen durch, suchte nach einem Foto, auf dem Alfred Jaretzky zu sehen war.

Ihr liefen die Tränen über die Wangen. Der Hund leckte ihr die Hand. „Ist ja gut, Horváth", murmelte sie. „Ist ja gut."

Von wegen Der-Krieg-ist-vorbei. Was waren Männer eigentlich für Leute, wo ließen sie das alles, den Schmerz, den Schrecken, den Tod, die Narben ... Ein verbotener, schrecklicher Gedanke blitzte auf: dass nämlich ihre Brüder vielleicht ganz ähnliche Männer waren wie die, die damals in ihr Haus gekommen waren. Dass ihre Brüder vielleicht ähnliche Häuser heimgesucht hatten. Mit ähnlichen Absichten …

Vor ihr wurden Stimmen laut. Slavenka reckte den Kopf, erschrak. Der Mann ganz vorn in der Schlange, beim Bezahlen an der Kasse. Seine Stimme riss etwas in ihr auf. Er sah anders aus als damals. Die Haare, die Kleidung, man war nicht mehr im Krieg. Man lebte in einem Land des Friedens. Aber diese Stimme – hatte sich in ihre Seele gefressen. Aus Millionen von Stimmen würde sie sie heraushören. Man konnte sich verkleiden, man konnte sich operieren lassen, die Augenfarbe wechseln, aber die Stimme blieb. Wie beim Entwickeln eines Fotos trat nun immer deutlicher das frühere Gesicht des Mannes hervor, der Mund, die Nase, die Augen, die Kälte, eine tiefschwarze Kälte, die auch Slavenka erfasste, aber sie rührte sich nicht vom Fleck, genau wie damals, sie lief nicht weg. Ihr Blick glitt zu seinen Händen. Das waren die Finger, die sich in ihre Haare gekrallt hatten, die das Gewehr geschwenkt und auf die Eltern gerichtet hatten, dann auf die Schwester. Die Finger, die sich gekrümmt hatten.

Ihre Finger krallten sich um die Griffstange des Einkaufswagens, der sie stützte, während seine Stimme gnadenlos die Kassiererin ins Visier nahm. Der Scanner verweigerte die Auskunft, sie wusste den Preis für den Rasierschaum nicht, er verließ fluchend den Laden, ohne zu zahlen.

„Sie, ist das nicht der Hund vom Herrn Jaretzky? Was für eine Tragödie! Sie sind die Tochter, nehm ich an, wie aus dem Gesicht geschnitten, Sinnhuber, habe die Ehre, ich wohne bloß zwei Häuser weiter als Ihr werter Herr Papa, mein Beileid, und das am hellichten Tag! Eine Schande, wie sich Wien verändert hat. Nein wirklich, so ein braver Hund."

In den elf Tagen seit dem Tod des Vaters hatte sich in der Tat etwas verändert. Dass Elfi Horváth übernommen hatte, obwohl sie keine Hunde mochte, war nicht das einzige Indiz dafür. Ihr kamen auf einmal so seltsame Gedanken. Mitten bei der Arbeit. Dass die Patienten ihr den Buckel runterrutschen könnten, beispielsweise. Dass sie ihren Beruf satt hatte. Am liebsten ein neues Leben beginnen würde. Aber wer wollte das nicht.

Für den Anfang dachte sie daran, wegzuziehen aus dem achten Bezirk, näher an die Donau, an den Stadtrand. Irgendwohin, wo ein Hund ohne Zaun laufen konnte. Wo auch sie selbst Auslauf hätte. Wo niemand sie kannte.

Sie ging mit Horváth im Schlepptau die Lange Gasse hinunter zur Josefstädter. Aus der entgegengesetzten Richtung kam Slavenka herbeigeeilt. Atemlos und kreidebleich. Sie wirkte gehetzt. Vielleicht war sie in der Mittagspause schnell einkaufen gegangen, hatte ein Essen gekocht für die Herren Brüder. Slavenka stammte aus irgendeinem Dorf in Exjugoslawien, dessen Namen Elfi sofort vergessen hatte. Sie arbeitete seit sechs Jahren in der Praxis. Sie war jung, jung und traurig und traumatisiert. Sie hatten das Thema nur einmal berührt, ganz am Anfang.

Slavenka streichelte den Hund. Ihre Hand zitterte. Horváths Wärme wirkte beruhigend, holte sie auf die Erde zurück.

Es wurde ein Nachmittag wie jeder andere. Keine Minute Zeit, um nachzudenken, und das war gut so. Dutzende Telefonate. Einige Briefe zu tippen. Mehrere EKGs. Grippeimpfungen. Eindeutige Zunahme an Bronchitis. Aus dem Wartezimmer drang Gehuste, Geröchel, die Luft war schlecht, aber als Slavenka das Fenster öffnen wollte, hatte eine Patientin sich beschwert.

Sie war gerade dabei, eine Überweisung zu tippen, als die Tür aufging. Zuallererst spürte sie die Kälte. Dann hörte sie die Stimme. Sie blickte auf. Von wegen Gespenster. Von wegen Der-Krieg-ist-vorbei. Sie zwang sich zur Ruhe. Es waren Friedenszeiten, sie waren in Wien, sie saß geschützt hinter dem Praxistresen, er konnte ihr nichts anhaben. Außerdem war Horváth da. Der jetzt leise zu knurren begann.

Der Mann hatte das Sakko ausgezogen. Er trug einen schlecht angelegten Verband um den Unterarm.

„Die Wunde eitert. Wann komme ich dran?“

Slavenka nahm ihren Mut zusammen. „Vor Ihnen sind noch vier andere Patienten an der Reihe ... “

„Geht das nicht schneller?“

Der Mann warf dem Hund einen flackernden Blick zu, griff in die Hosentasche, zog einen Geldschein hervor, schob ihn Slavenka unauffällig hin.

Sie hielt seinem Blick stand. Täter erkannten ihre Opfer nie. Vielleicht waren es zu viele.

Das Knurren aus Horváths Ecke war lauter geworden.

„Wie viele noch?”, fragte Elfi mit müder Stimme, als Slavenka das Sprechzimmer betrat, die Tür hinter sich schloss und sie einen Augenblick lang allein waren.

„Fünf“, sagte Slavenka tonlos. „Zwei davon bekommen nur Spritzen.“

„Alle angemeldet?“

„Der letzte hat keinen Termin.“

„Dann kommt er auch als letzter dran.“

„Er hat eine eiternde Wunde ...“

Slavenkas Stimme zitterte, ihr Gesicht war totenbleich. Sie machte keine Anstalten, das Sprechzimmer wieder zu verlassen. Stand da wie festgefroren und starrte die Ärztin an.

Elfi stutzte. „Ist Ihnen nicht gut? Was ist passiert?“

Slavenka bewegte die Lippen, aber es kam kein Ton heraus. Erst als Elfi erneut fragte, sagte sie sehr leise: „Er ist einer ... von denen. Die Stimme habe ich nie vergessen.“ Sie schwieg, holte Luft. „Horváth kann ihn auch nicht ausstehen.“

Elfi stand auf, ging um den Schreibtisch herum und auf Slavenka zu. Eine behutsame Umarmung. Im Sprechzimmer war es totenstill. Aber von draußen hörte man Horváths Knurren.

Elfi entfernte den Verband. Die Wunde eiterte stark. Sie sah sofort, dass es sich um eine Bisswunde handelte. Der Mann war bemüht, sich die Schmerzen nicht anmerken zu lassen.

„Dieser verfluchte Köter“, knurrte er. „Hat mich einfach angefallen. So was gehört erschossen“, fügte er nach kurzer Pause hinzu.

„Sind Sie gegen Tetanus geimpft?”, fragte Elfi sachlich.

„Keine Ahnung.“

Sie begann, die Wunde zu säubern, sah sie sich gründlich an. Der Mann stöhnte leise auf. Es musste ein großer Hund gewesen sein, der ihn gebissen hatte.

„Wie lange ist das her?“

„Paar Tage. Letzte Woche.“

Elfi versuchte, ihre wachsende Aufregung zu kontrollieren.

„Ist doch egal“, knurrte der Mann.

Nein, das ist es nicht, dachte Elfi. „Wissen Sie zufällig Ihre Blutgruppe?“

„Wieso?“

„Nur für den Fall einer Blutvergiftung”, erfand sie. „Sonst nehmen wir Ihnen gleich etwas Blut ab …“

„Null, Rhesus negativ“, kam schon die Antwort.

Den inneren Schrei konnte nur sie selbst hören. In extrasanftem Tonfall sagte sie: „Mit solchen Eiterwunden ist nicht zu spaßen. Sie brauchen in jedem Fall eine Spritze gegen Tetanus. Woher kommen Sie übrigens?”

„Warum? Hört man das nicht?“

„Ex-Jugoslawien? Aus welcher Stadt, wenn ich fragen darf?“

„Den Namen kennen Sie sowieso nicht. Den könnten Sie sich gar nicht merken.“

Elfi lächelte kalt. „Haben Sie eine Ahnung, was ich alles kann … Moment noch, ich hole nur kurz die Helferin …“

Irgendwo mussten sie ja geblieben sein, die Mörder aus all diesen namenlosen Städten und Dörfern, als der Frieden kam.

Sie konnten nicht mir nichts, dir nichts vom Erdboden verschwunden sein. Sie waren im eigenen Land geblieben oder in andere Länder gegangen, hatten Familien gegründet, Kinder gezeugt, Läden eröffnet, den Beruf gewechselt, Karriere gemacht, sich unauffällig in eine Ecke verdrückt, sich neuen Banden angeschlossen, neue Brutalitäten ausgeheckt …

Slavenka hielt die Spritze schon in der Hand. Die beiden Frauen verständigten sich wortlos. Dann gingen sie gemeinsam zurück ins Sprechzimmer.

„So, dann wollen wir mal …" Die Ärztin ließ den Mann eine Faust ballen, zog das Band am Oberarm stramm. Der Mann schloss die Augen. Im nächsten Moment spürte er den Einstich der Nadel. Er hörte, wie die Arzthelferin laut und deutlich den Namen eines Dorfes nannte, der ihm verdammt bekannt vorkam. Ja, auch dort waren sie durchgezogen, damals, in einem anderen Leben. Aber woher –? Er riss die Augen auf, starrte die Frau an, die sich halb über ihn beugte und die Spritze hielt und der dieser sperrige Name so leicht über die Lippen kam – eine Landsmännin. Da war etwas, woran er sich erinnern müsste, in ihm begann es fieberhaft zu arbeiten …

In dem Moment kam der riesige Köter aus dem Vorraum ins Behandlungszimmer gestürzt.

So rannte Horváth sonst immer im Schönbornpark, aber das wusste der Mann natürlich nicht. Diesmal ging es nicht um einen Tennisball.

Der Mann dachte noch träge: He, was soll der Mist? Wieso bin ich plötzlich so müde? Dann wurde ihm schwarz vor Augen.

Dass Horváth sich auf ihn stürzte, bekam er gar nicht mehr mit.

Goldener Oktober

ICH bin ein friedliebender Mensch! Vom großen Zeh bis unter die Kopfhaut, ja bis in meine noch immer natürlich blonden Haarspitzen hinein! Ich, Lorenz Ott, ledig, Turmherr und Kriminalschriftsteller, bin überzeugter Pazifist.

Meine Mutter hat mich so erzogen. Eine Wasserpistole war das höchste der Gefühle. Zugeständnis an den heißen Sommer in dem Jahr, als ich zwölf wurde. Ansonsten gab es von klein auf nur pazifistisches Spielzeug, also waren Pistolen, Gewehre, Tomahawks, Pfeil und Bogen, Plastikpanzer, Minisoldaten, Handschellen und dergleichen mehr tabu, auch im Fasching. Die Verwandten mütterlicherseits wurden zu Weihnachten und an den Geburtstagen entsprechend instruiert (die Verwandten väterlicherseits haben vermutlich nie ein Sterbenswörtchen von meiner Existenz erfahren).

Man muss nicht aus jedem Jungen einen potentiellen Mörder machen, pflegte meine Mutter zu sagen. Dabei ist meines Wissens niemand aus ihrer Familie jemals einem gewaltsamen Tod zum Opfer gefallen, auch nicht in einem der beiden Weltkriege. Insgeheim, so glaube ich, wollte sie mit ihrem verbissenen Kampf für den Pazifismus gegen meinen Erzeuger zu Werke gehen (beziehungsweise gegen seine Gene, die ja im Verborgenen zu wirken pflegen), ohne den ich aufwuchs und der, wie ich erst vor einigen Jahren herausfand, damals einen Schießbudenstand auf der Regensburger Dult betrieb, von einem Jahrmarkt zum nächsten zog und mehrfach die Nacht im Gefängnis verbrachte.

Ich bin ein friedliebender Mensch – aber ich bin ein Freund der Messer, das läßt sich nicht verhehlen und das will ich auch gar nicht verbergen. In meiner kleinen Küche hoch über den Dächern von Regensburg lagert ein wahrer Schatz an Messern, ein kleines Vermögen. Wenn ich zwei-, dreimal im Jahr meine Freunde zum Essen einlade, kommt jedes Messer frisch geschliffen zum Einsatz (so dass manche Zwiebel, manche Kartoffel von mehreren Messern zerteilt wird, damit es auch unter Messern gerecht zugeht). Denn Messer waren in meiner Jugend erlaubt: Ein richtiger Junge brauchte natürlich ein Taschenmesser, um im Wald einen Apfel zu schälen, fein säuberlich einen Steinpilz abzuschneiden, zum Wandern einen Stecken zu schnitzen – aber natürlich, Gott bewahre, keine Pfeile. Nichts, womit er jemanden bedrohen oder verletzen könnte. Nichts, womit er sich wehren könnte. Die Spitze des Taschenmessers, das ich von meinem Großvater zur Kommunion geschenkt bekam, wurde vor dem ersten Einsatz kurzentschlossen rund gefeilt, sprich: es wurde geköpft.

Dennoch war ich meinen Altersgenossen keineswegs hilflos ausgeliefert und konnte ich mich sehr wohl zur Wehr setzen. Nur eben: anders. Der Junge hat ein großes Maul, hieß es oft – meiner Meinung nach zu Unrecht. Denn wer ein großes Maul hat, reißt es bei jeder Gelegenheit auf, der ist ein Aufreißer, ein Aufschneider, ein Großmaul eben. Ich hingegen war eher schüchtern. Aus meinem Mund kamen ganz einfach nur: Worte. Nicht einmal Beschimpfungen, nichts Unflätiges. Worte waren meine Waffen und durch und durch pazifistisch. Beim Indianerspielen übernahm ich die Rolle des Medizinmanns, beim Fußball war ich Schiedsrichter und Radiokommentator in einem, bei anderen Spielen, in denen es um Bandenkriege ging, wurde ich oft als Botschafter eingesetzt.

Wahrscheinlich wäre das genau der richtige Start für eine spätere Karriere im Auswärtigen Amt gewesen – aber damals konnte oder wollte ich die Zeichen der Zeit nicht sehen. Ich verschlang Zeitungen, Zeitschriften, Bücher, lümmelte mich im Fernsehsessel, las von Jerry Cotton bis zu Agatha Christie sämtliche Krimis, die ich in die Finger bekommen konnte, wurde zum Tatort-Fan der ersten Stunde. Mit dreizehn beschloss ich, in meinem Leben entweder Detektiv oder Kriminalschriftsteller zu werden. Dass letzteres herauskam, habe ich meiner Halsstarrigkeit und meinem Pazifismus zu verdanken, also indirekt ebenfalls meiner Mutter.

Die im Übrigen schockiert sein wird, wenn sie sieht, dass dieser Bericht mit einem großen ICH beginnt. Denn auch das hat sie mir beigebracht: Zurückhaltung, Bescheidenheit, und dass man nie ein Schreiben mit dem ersten aller Personalpronomina beginnt. Aber meine Zurückhaltung hat spätestens heute ein Ende. Denn ich, Lorenz Ott, werde bedroht. Ich, ich, ICH und kein anderer!

ICH bin weder gläubig noch abergläubig, aber dass ich ausgerechnet am ersten Oktober diesen unfrankierten, nicht signierten, am Computer verfassten Drohbrief erhielt, hat mich dann doch ein wenig aus der Fassung gebracht: Denn der erste Oktober ist mein Geburtstag, in diesem Jahr noch dazu ein runder, nämlich der vierzigste. Ich bin nicht nur friedliebend, sondern auch ausgeglichen, Sternzeichen Waage eben. Dass mir am Tag meines Wiegenfestes mein baldiges Ableben angekündigt wird, ist allerdings nicht nur dreist, sondern leider auch beängstigend: Der goldene Oktober als letzter Monat meines Daseins? Wer auch immer diesen Brief geschrieben hat, muss mich kennen. Muss meinen Geburtstag kennen, meine Anschrift, ja meinen Nistplatz im Leben!

Selbstredend bin ich ein Meister der Verstellung, das hat mich die Bekanntschaft mit den vielen Romanfiguren gelehrt. Daher verhielt ich mich am Geburtstagsabend unauffällig, gab mich heiterer und entspannter denn je. Ich hatte Freunde zu einem Festessen eingeladen und sämtliche Messer gewetzt. Zu acht saßen wir um den ausklappbaren Tisch auf der Dachterrasse, hatten an diesem milden Altweibersommerabend besten

Blick auf die Sterne und die Dächer der Stadt und spachtelten uns bei Kerzenschein durch ein schmackhaftes Spanferkel!

Reiner Zufall, dass mein Sandkastenfreund Hubert (von klein auf ein begnadeter Zeichner, der gern in diesem Metier groß geworden wäre, stattdessen aber die elterliche Dachdeckerfirma übernehmen musste) irgendwann nach einem Stück Papier suchte, um die fröhliche Runde darauf zu porträtieren. Wir redeten, lachten, tranken, Hubert zeichnete – und als er sein Blatt hochhielt, um es allen in der Runde zu zeigen, hatte er auf der Rückseite besagten Drohbrief vor Augen …

„Wer war das?", fragte er mit funkelndem Blick in die Runde wie ein Studienrat, der soeben einen Dummenjungenstreich entdeckt hat. Und wie damals in der Schule hob sich kein einziger Finger … Dafür wurde ich nun von allen Seiten mit Fragen durchlöchert (wäre jede Frage eine Pistolenkugel, wäre ich längst mausetot), auf die ich keine Antworten wusste: Wem bist du ein Dorn im Auge? Wer will sich an dir rächen? Wem bist du im Weg? Hast du jemanden beleidigt? Hast du Schulden? Hast du irgendwem die Frau ausgespannt? Hast du irgendwem den Parkplatz weggenommen? Ist womöglich jemand auf deinen Wohnturm scharf?

Das waren selbstverständlich zu viele Fragen auf einmal. Mir schwirrte bald der Kopf, die Meinungen gingen hin und her: die einen waren der Ansicht, dass mir irgendein Witzbold einen gehörigen Schrecken einjagen wolle und der schlechte Scherz bestimmt in den nächsten Tagen aufgeklärt würde. Die anderen fanden, ich soll die Polizei einschalten. Oder einen Detektiv beauftragen. Hubert, berufsbedingt ein Mann der Tat, schlug vor, einen Wachdienst zu organisieren: Ich bräuchte einen Leibwächter. Ulrike, mit der ich ein paar Jahre zusammen war, bis das Meer des Lebens uns an verschiedene Ufer spülte (sie in die Arme eines Mannes aus Donaustauf, mich in meinen steinernen Turm in der Altstadt) kniff die Augen zusammen, schlug mit der flachen Hand auf den Tisch und rief: „Ich hab's. Da verwechselt mal wieder jemand Bücher mit dem wirklichen Leben. Wen hast du in deinen letzten Geschichten aufs Korn genommen?"

Ich zuckte die Achseln, dann rekapitulierten wir gemeinsam. Wen hatte ich erfunden – oder nur schreibend wiedergefunden in diesem schwer entwirrbaren Gemisch aus Fiktion und Wirklichkeit? Da war der Mann mit dem Köter, der seinen Haufen immer mitten auf den Gehweg vor dem Wohnturm setzte. Die Rentnerin, die im Villenviertel Nachbarn anonym anzeigte, wenn sie am Sonntag unerlaubt Rasen mähten oder einen Baum absägten. Der Polizist, der den Unterhalt für seine sechs unehelichen Kinder durch Bestechungsgelder finanzierte. Der Finanzbeamte, der eine Steuerhinterziehung zu viel aufgedeckt hatte und von einem Vorgesetzten vorzeitig in den Ruhestand verabschiedet wurde ...

„Aber" – ich hob abwehrend die Hände, als würde jemand die Pistole auf mich richten – „aber das ist doch alles nur ausgedacht! Erstunken und erlogen! Das sind doch nur Romanfiguren! Figuren aus Worten statt aus Fleisch und Blut. Ein Klick auf der Computertastatur, und weg sind sie!"

Genau, nickte Ulrike grimmig. Genau das verwechselt jemand. Ein Klick genügt

ICH bin Pazifist, ich sagte es bereits. Ich konnte schon als Kind keiner Fliege etwas zuleide tun. Jede Spinne wird von mir eigenhändig an die frische Luft verfrachtet (nur Wespen kann ich nicht leiden, speziell nicht die Wespen, die auf meinen Zwetschgendatschi fliegen ...). Aber die nächsten Wochen waren wahrlich kein Zuckerschlecken. Ich entwickelte rund um die Uhr Misstrauen: gegen den frechen Oberschüler, der mich im Bus anrempelte, den Motorradfahrer, der dick vermummt durch die Rote-Hahnen-Gasse brauste, den Postboten, der mir meine druckfrischen Neuerscheinungen direkt an die Tür brachte (und dafür vom stolzen Empfänger jedes Mal mit einem signierten Buch entlohnt wurde). Wer zum Teufel wollte mir an den Kragen?

Der sonst so ertragreiche, sprichwörtlich goldene Oktober mit seinem langen Spätsommeratem aus Lebensfülle und Abschied in stillere Räume missriet zu einem hektischen, gehetzten Aufbäumen vor Mr. oder Mrs. X. Ich wurde Kunde im Waffengeschäft (im Messergeschäft war ich seit meiner Kommunion bekannt), legte mir sämtliche Schießeisen zu, die ohne Waffenschein erhältlich waren. Ich kaufte eine Alarmanlage mit Überwachungskamera, schrieb mich für Karatetraining ein und wurde, als mir ein Bekannter eines Bekannten einen entsprechenden Tipp gab, ruckzuck für ein paar gelbe Scheine stolzer Besitzer einer waffenscheinpflichtigen Pistole, die ich unter Anleitung von Herbert, Hobbyjäger und Mitglied eines Schützenvereins, an den Wochenenden im Wald bei Eilsbrunn ausprobierte. Ich schien eine gewisse Begabung zu besitzen, denn ich traf auf Anhieb mehrmals ins Schwarze und heftete den Mitgliedsantrag für den Schützenverein sichtbar an die Pinnwand im Flur.

Ich betone: ich bin kein Freund von Mord- und Totschlag, auch wenn mir das keiner abnehmen will. Alle Welt denkt, die Phantasie eines Kriminalschriftstellers müsse notgedrungen blutrünstig sein, jedes Erwähnen einer möglichen Mordwaffe (der Eiszapfen an einer Tanne im Bayerischen Wald, das riesige Beil in einer Sammlung altertümlicher Waffen auf Burg Wolfsegg) mein Herz zum Hüpfen, meine Augen zum Leuchten, meine Finger zum Zucken bringen. Aber nichts dergleichen trifft zu! Die Zeitungen sind voll mit schlimmen Nachrichten. Zu lesen, dass wieder irgendein Dreckskerl im Suff oder aus Eifersucht oder beidem seine Frau erschlagen hat, finde ich widerwärtig und nicht reproduzierenswert.

Dennoch schreibe ich Kriminalromane – vielleicht aus Bequemlichkeit, vielleicht, weil es zum Diplomatendienst nicht gereicht hat. Von irgendetwas muss der Mensch ja leben. Und wer will nicht einmal in seinem Leben einen Krimi schreiben? Jedenfalls bekomme ich das von jedem zweiten Leser zu hören, als ginge es um eine Kleinigkeit wie die, einmal im Leben aus Fallobst einen Apfelkuchen zu backen. Das Bild ist nicht übel: aus Fallobst. Mein Fallobst sind die Leute. Ihre Phantasien. Ihre Wünsche. Ihre Verfehlungen. Das reicht bis in die Bibel zurück: Muttermörder, Vatermörder, Brudermörder undsoweiter. Ich bringe nur stellvertretend zu Papier, was in uns allen steckt. Ich verbacke das Fallobst des Lebens mit all seinen fauligen Stellen zu Kriminalromanen. Darunter rühre ich, zum vermeintlichen Wiedererkennen, ein wenig Lokalkolorit – eine Wasserleiche unter der Steinernen Brücke, eine Verfolgungsjagd von der Gesandtenstraße bis zum Ostentor, einen Bankräuber auf dem Neupfarrplatz, eine kopflose Leiche in der Schuhkammer von Fürstin Gloria – und dann baue ich, zur allgemeinen Verwirrung, noch ein paar Gassen und Plätze ein, die meiner Phantasie entsprungen sind, dem Fallobst *meiner* Träume …

Ich wiederhole: ich bin kein Freund von Mord- und Totschlag – aber am letzten Sonntag im Oktober schlug ich zum ersten Mal zu. Und was soll ich sagen? Es war eine Erlösung!

ICH konnte endlich die Worte über Bord werfen und zur Tat schreiten! Fiktion Fiktion sein lassen und Wirklichkeit Wirklichkeit.

Es war kurz nach Morgengrauen. Ich stand auf meiner Dachterrasse, hatte gerade meine Karateübungen beendet, blickte über die mittelalterlichen Dächer bis zu den Winzerer Höhen in den werdenden Tag und fühlte mich gewappnet – als eine Schar Tauben sich hinter meinem Rücken auf der Brüstung niederließ, zu gurren begann, offenbar mit dem Plan, meine Terrasse als neuen Freudenpfuhl zu adaptieren, zumindest aber als Plumpsklo … Ich fackelte nicht lange: sechs Tauben kamen mit dem Schrecken davon, zwei aber stürzten tödlich getroffen fünf Stockwerke tief aufs Pflaster.

Damit war meine Mordlust entfesselt. Am nächsten Tag fuhr mir ein Radfahrer, garantiert mit dem Ziel, den Drohbrief fristgerecht in die Tat umzusetzen, auf dem Eisernen Steg von hinten in die Fersen – ich schnellte herum, packte ihn, riss ihn vom Rad und schleuderte ihn hinunter in die dunklen Donaufluten. Um ehrlich zu sein, ging alles so schnell, dass ich selbst es kaum mitbekam. Gewiss, mir zitterten die Knie, als ich das im Kampf Mann gegen Mann erbeutete Rennrad flugs in meinen Wohnturm hochtrug, und überhaupt wollte nicht die richtige Freude aufkommen. An jenem Tag (wie auch an allen folgenden) brachte ich keine einzige Zeile mehr zu Papier. Mir wollte einfach kein fröhlicher Giftmord, kein hinterhältiger Überfall, keine politische Schurkerei mehr einfallen. Doch das bekümmerte mich nicht weiter: Schließlich müssen auch Kriminalschreiber zwischendurch eine schöpferische Pause einlegen.

Die nächsten Tage waren in anderem Sinne die schöpferischsten meines Lebens, denn ich wehrte mich meiner Haut, wo ich nur konnte. Kaum signalisierte mir meine Überwachungskamera den unangemeldeten Besuch eines Journalisten, stand ich schon in den Startlöchern. Durch den Türspion beobachtete ich, wie seine Hand sich in die Jacke schob, um die Waffe zu ziehen – der Rest war ein Kinderspiel. Leider stellte sich heraus, dass das Opfer nach seinem Handy greifen wollte, ein dummer Irrtum, der mich zudem eines meiner teuersten Messer kostete.

Zwei Tage später traute ich mich gewissermaßen in die Höhle des Löwen, nämlich zu einem Spiel des SSV Jahn, wo Tausende potentieller Attentäter auf mich warteten – aber ich hatte

Hubert, Manfred und ein paar andere Kumpel an meiner Seite, sodass ich das 2:1 unbehelligt genießen konnte. Nur auf dem allein gewagten Heimweg stellten sich mir ein paar spruchgewaltige (nicht mit Wortgewalt zu verwechseln) Fans der Verlierermannschaft in den Weg und wollten mir mit meinem Jahn-Schal buchstäblich an den Kragen – was sie nicht wussten: Ich war am Stadioneingang nach Trinkflaschen durchsucht worden, nicht aber nach Schusswaffen. Nachdem ich mir noch am einunddreißigsten Oktober gegen Mittag mit einem schwarzgurtverdächtigen Karatekick an der Holzlände einen Parkplatz erkämpft hatte, mussten am Abend ein paar Irre dran glauben: maskierte Halloweenfanatiker, mit nichts als Wir-wollen-Spaß im Hirn. Mich als Skelett verkleidet zu Tode erschrecken, das habt ihr euch so gedacht. Aber nicht mit mir! Kaum lagen sie in ihrem Blute, schlug die Uhr des Rathauses drei Mal – noch fünfzehn Minuten bis Mitternacht. Na, wunderbar. Ich stieg zurück auf meinen Turm und wähnte mich auf der sicheren Seite des Lebens: gerettet!

Welch Irrtum! Als ich kurz vor Mitternacht den Drohbrief in Fetzen riss und diese mit einem tarzanähnlichen Schrei wie Konfetti über die mittelalterlichen Dächer meiner geliebten Stadt segeln ließ, ahnte ich nicht, dass mein letztes Stündlein längst geschlagen hatte. Ich hatte einfach ignoriert, dass man Berichte nicht mit einem großen ICH beginnt. Ich hatte außer Acht gelassen, dass Gewalt nicht ungesühnt bleibt. Und ich hatte vergessen, dass erfundene Figuren sich den Gesetzen der schreibenden Zunft zufolge für maximal einen Monat unter die Lebenden mischen dürfen … Als sämtliche Kirchturmglocken in der näheren und ferneren Umgebung nicht ganz im Einklang, aber doch unverkennbar zwölf Mal schlugen, kehrte ich unversehens zurück an den Ort, an dem ich entstanden war und wo ich als Buchstabenleiche über den Computerbildschirm flimmerte. Ein abfälliges Grunzen, ein Klick – mein Schöpfer und Meister hatte mich gelöscht.

Der letzte Tanz

Im Jahre 179 n. Chr. wurde unter Kaiser Marc Aurel die römische Militärfestung Castra Regina vollendet … Als das römische Weltreich zerfiel, übernahmen die Bajuwaren um das Jahr 500 die uneinnehmbar befestigte Stadt … 788 wurde der letzte Agilolfingerherzog Tassilo III. von Karl dem Großen abgesetzt, Bayern dem Frankenreich einverleibt und Regensburg zur wichtigsten Königsstadt in ganz Süddeutschland …

Ha! Noch weiß ich alles. Wenn jemand mich fragen würde – ich könnte alles ruckzuck herunterbeten, all die Daten und Jahreszahlen. Ob Langzeitgedächtnis oder Kurzzeitgedächtnis, mein Kopf läuft wie geschmiert. Hätte man mich nicht in diese Verwahranstalt für gehobenes Altern gebracht, würde ich nach wie vor Touristen durch die Stadt führen. Ich weiß noch alles.

Aber hier fragt ja niemand.

Seniorenresidenz – wer *residiert* hier denn schon? Graf Alzheimer und Lady Osteoporose, mit einem stattlichen Gefolge aus Tattergreisen, Sichtgeschädigten, Schwerhörigen, Fußlahmen und Denkversehrten. Was wir gemeinsam haben? Wir alle haben uns im Durchgangshotel auf dem Weg ins Jenseits einquartiert, unterwegs zum großen Totentanz. Und bei jedem Abendessen lauert wie ein stummer Begleiter im Hintergrund die Frage, wer wohl der nächste sein wird, der im Speisesaal fehlt.

Die Unterhaltungskombo macht eine Pause.

„Reganespurc wurde im 6. Jahrhundert zum ersten Mal urkundlich erwähnt", sage ich laut und deutlich zu meiner Tischnachbarin Frau Meise, obwohl ich weiß, dass es sie nicht die Bohne interessiert. Sie hat wieder einmal vergessen, ihr Hörgerät einzuschalten, denn sie beugt sich ganz nah zu mir herüber und legt ihre tatterige Hand auf den Ärmel meiner Jacke, was ich auf den Tod nicht leiden kann. Ich hasse diese Nähe, dieses Sichaufdrängen. Ich rieche ihre Altfrauenhaut und spüre, wie auch meine Haut sich unter der Berührung zu Pergamentpapier verwandelt, und deshalb schreie ich nun beinahe: „Regensburger Tuche wurden damals in Paris getragen, Wolfram von Eschenbach rühmt sie sogar im Parsifal, Regensburger Kaufleute genossen in Venedig allerhöchstes Ansehen und erbauten nach italienischem Vorbild ihre Patrizierburgen mit bis zu zwölf Stockwerken hohen Türmen …

„Ja, Venedig ist eine Reise wert", erwidert Frau Meise mit ungebrochen zuversichtlicher Stimme, drückt, als wolle sie mich trösten, meinen Arm und zieht dann endlich die Hand zurück. „Mein verstorbener Mann und ich waren mindestens ein halbes Dutzend Mal dort. Und dieses Regunuspurk, sagten Sie gerade, habe ich das richtig verstanden? Ja, die Türkei, aber da sind wir leider nie hingekommen, Istanbul muss traumhaft sein, wie Ischia, jedes Jahr sind wir einmal nach Ischia gefahren, immer in dasselbe Hotel …"

Nein, hier fragt niemand, und hier hört auch niemand richtig zu, aus welchem Grund auch immer. Was uns bleibt, ist Schlafen, Essen, Trinken und Unterhaltung zwecks Zeitvertreib. Damit uns die Zeit nicht so lang wird, bis dass der Tod uns holet. Jeden Sonntag, damit ein Rhythmus der Tage spürbar ist, abgesehen von den Bastelstunden und der Seniorengymnastik, dem Wechsel im monotonen Speiseplan, dem Ticken der großen Standuhr, gibt es ein besonderes Programm. Vorletzten Sonntag ist ein Jongleur aufgetreten, der hat uns Gichtknochen noch einmal gezeigt, was eine Harke ist – und ganz nebenbei mit seinen Keulen zwei Glühbirnen des Kronleuchters den Garaus gemacht. Vergangenen Sonntag haben sie einen Film aus den Fünfzigern mit Willy Birgel gezeigt, und heute spielt diese abgehalfterte Kombo zum Tanz auf – drei ältere Semester, die bald schon unsere Nachfolge antreten werden, sich aber noch ganz wacker an ihren Instrumenten festhalten.

Auf dem Tisch steht Erdbeerkuchen. Den haben sie offenbar schon im Sommer gebacken und eingefroren. Für diese grauen Tage, die Sterbetage im November. Heute ist das Grau besonders grau. Farblich passend zum Totensonntag. Totentanz mit Unterhaltungskombo. Aber tanzen kann hier sowieso keiner mehr. Bestenfalls gelingen noch ein paar allerletzte Schritte, mit deren unfreiwilligem Schwung man hinüberstolpert auf die andere Seite.

Wie Frau Fürholz, nicht einmal eine Woche ist das her. Ab ins Jenseits. Falls es so etwas gibt. Was wir vorher, also jetzt, noch zu Lebzeiten, ja nicht wissen können. Ob da eine Brücke ist oder ein Steg, der irgendwann endet, und danach der freie Fall ins Aus und Vorbei oder aber eine sachte Landung auf einer grünen Wiese oder einer weißen Wolke, oder eben doch ein Scheideweg hinunter ins Fegefeuer. Das ist das Einzige, was niemand mit Sicherheit weiß. Glauben kann man ja vieles, aber Glauben ist eben nicht Wissen.

Noch letzte Woche wohnte Frau Fürholz in Nummer 313, gleich neben meinem Zimmer, Wand an Wand. Da bekomme ich einiges mit. Geputzt haben sie, geräumt, und gestern stand schon ein Möbelwagen vor der Tür, hat Frau Meise berichtet, die immer am Fenster sitzt und die Vögel in der mächtigen alten Rotbuche beobachtet und wer kommt und geht. Wer wohl als nächstes nebenan einzieht? Laut Schwester Elvira ist die Warteliste lang.

Was mich betrifft, war ich gestern beim Friseur. Alle zwei Wochen schiebt mich Markus einmal quer durch die Altstadt zu meiner Friseuse nach Stadtamhof. Markus ist der neue FSJler, wie das jetzt heißt – *Zivi* gefiel mir ja besser, das klang irgendwie frisch, wie *Kiwi* oder *Tirili* oder wenigstens *zivil*, während ich bei FSJ immer gleich an FJS denken muss, den alten

Franz Josef Strauß. Also geht's die Bachgasse hinunter, die Obere und dann die Untere, dabei werden meine Knochen jedes Mal ganz schön durchgerüttelt, fast höre ich sie klappern, aber ich beiße die Zähne zusammen. Am schlimmsten ist es auf dem Haidplatz und auf der Steinernen Brücke, das Pflaster, meine ich. Ich könnte mir natürlich einen Friseur in der Nähe suchen oder gleich einen Termin mit Frau Huber machen, die fast alle Damen in der Seniorenresidenz frisiert, aber man muss doch auch mal raus aus dem Mief! Ich war immer draußen an der frischen Luft, früher, jeden Tag war ich bei Wind und Wetter unterwegs, kreuz und quer durch die Stadt mit meinem Gefolge aus Neugierigen und Reiselustigen, die mir an den Lippen hingen, wenn ich erzählt habe von Glück und Unglück dieser Stadt.

Wie viele Sohlen ich wohl abgelaufen habe in all den Jahren? Wie viele Kilometer ich gegangen bin? Die kurze Stadtrunde umfasst mindestens zwei Kilometer, die lange gleich vier, sagen wir also im Schnitt zwanzig Kilometer pro Woche, macht rund tausend im Jahr, zu Fuß von hier nach Dänemark oder einmal über die Alpen bis nach Neapel, und in zehn Jahren bin ich dann zehntausend Kilometer gelaufen und in fünfzig Jahren fünfzigtausend! „Fast zweimal um die ganze Welt!, sage ich zu Frau Meise, die nicht reagiert, denn sie hört gerade Frau Steinberg aus Zimmer 284 zu Frau Schmidt-Sulz aus Zimmer 320 sagen: „Stellen Sie sich vor, meine Enkelin, nein, nicht die aus Frankfurt, die jüngere, die in Berlin Japanisch studiert, hat gestern ein Mädchen zur Welt gebracht, meine erste Urenkelin!"

„Das ist ja herzallerliebst", schnieft Frau Schmidt-Sulz. Auch ohne hinzusehen, weiß ich, dass sie Tränen in den Augen hat. Sie ist nah am Wasser gebaut und schrecklich sentimental. „Wie heißt die Kleine denn?"

„Warten Sie", Frau Steinberg überlegt, „sie heißt Kara … Kaja … Kana … Irgendsoein neumodischer Name, der asiatisch klingt, wie dieser Dirigent, wie heißt er noch, das gibt's doch nicht!!" Sie wirft verärgert die Arme zur Seite und stößt dabei das Milchkännchen um.

„Ojemine!"

Frau Meise ruft nach Schwester Elvira, die aber am übernächsten Tisch gebraucht wird, und weil Frau Steinberg nicht reagiert, sondern ihr Gedächtnis nach dem Namen ihrer Urenkelin durchforstet, lege ich kurzerhand meine Stoffserviette auf den Milchsee, und Frau Schmidt-Sulz legt ihre Serviette obendrauf und lacht jetzt wieder und zwinkert mir verschwörerisch zu. Als hätten wir etwas gemeinsam.

„Karajan", schlage ich vor, aber Frau Steinberg hört gar nicht hin. „Jetzt weiß ich es wieder", ruft sie, „Katamaran!"

„Katamaran? Aber das ist doch kein Name für ein kleines Mädchen!", sagt Frau Schmidt-Sulz. „So heißt doch das Motorrad meines Enkels!"

Wie peinlich! Fehlleistungen dieser Art würden mir nie unterlaufen. Ich habe mein Gedächtnis im Griff, habe alle Namen parat, die der Kaiser und Könige, die der Herzöge und Kardinäle und Bischöfe und Äbte und Äbtissinnen, die Namen der Baumeister und Mitglieder des Inneren Rats und des Äußeren Rats und der Bürgermeister und der Scharfrichter … Meinem Gedächtnis fehlt nichts. Nur mein Körper, der macht nicht mehr so mit, wie ich will.

Dabei war ich nie krank. Körperliche Beschwerden – für mich ein Fremdwort. Keine Brille, keine Einlagen, kein Hörgerät, kein Zahnersatz. Nicht einmal ein künstliches Hüftgelenk habe ich. Würde ich Höhenflüge lieben, hätte ich glatt Pilotin werden können. Aber meine Füße brauchen immer festen Boden, und das Gehen ist die beste Medizin. Noch bis kurz vor meinem Achtzigsten habe ich den Leuten die Stadt gezeigt, kein einziges Mal musste ich eine Führung absagen.

Fragen Sie mich nach egal was aus der Stadtgeschichte, und ich gebe Auskunft: *Wir befinden uns hier im Schloss der Fürsten von Thurn & Taxis, ehemals Reichsabtei St. Emmeram, eines der ruhmreichsten und begütertsten aller deutschen Klöster, bereits vor 700 am Grab des heiligen Bischofs Emmeram gegründet, der aus Aquitanien nach Bayern gekommen war, wo er im Jahre 652 von Lantpert, dem Sohn des bayerischen Herzogs Theodo, zu Unrecht der Unzucht mit seiner Schwester Uta beschuldigt wurde, weswegen man den heiligen Mann unweit von Kleinhelfendorf ergriff, entkleidete und auf eine Leiter band, hier wurde er zunächst entmannt, danach Glied um Glied verstümmelt, bis er sein Leben ausgehaucht hatte …*

Gedanklich schnappe ich nach Luft. Aber hier fragt ja niemand. Hier will keiner wissen, wo wir herkommen. Wer vor uns hier lebte. Wer vor uns hier starb.

Etwas mehr über mich herauszufinden, haben sie längst aufgegeben. Ach, Stadtführungen haben Sie gemacht, nein, wie interessant! Spätestens nach zwei Sätzen haben sie das Interesse verloren, man kennt das ja mit dem Weghören, die Leute gucken plötzlich woanders hin, machen irgendeine belanglose Bemerkung. Ich muss allerdings zugeben, das Sprechen fällt mir immer noch ein wenig schwer. Auch wenn die Logopädin sagt, Fräulein Blochinger, Geduld, das geht von Tag zu Tag besser.

Der Sonntag ist ein heikler Tag, der Tag der geballten Sehnsucht. Da bekommen die einen Besuch, und die anderen stricken zwecks innerer Wärme an ihren Erinnerungen, um ein wenig innere Wärme zu tanken, immer an denselben Erinnerungen natürlich. Das Repertoire ist beschränkt, und was die einen wärmt, ist für die anderen eine Tortur. Mit der Neuen, denn fast immer sind es die Frauen, die überleben, werden weitere Geschichten Einzug halten an unseren Sechsertisch: von den Flitterwochen mit dem längst verblichenen Ehemann, der vielversprechenden Karriere der Enkelinnen, dem reizenden

Arzt, der noch kürzlich zu der Achtzigjährigen gesagt hat: dann sprechen wir uns in zwanzig Jahren wieder. Und derlei Unsinn mehr.

Nein, mich kann der Sonntag nicht erschüttern, nicht mehr als alle anderen Tage. Ich brauche nicht zu hoffen und werde nicht enttäuscht, denn ich erwarte niemanden. Meine Sonntagserinnerungen sind anderer Art. Kein Picknick im Grünen, kein Sonntagsbraten, Kirchgang nicht des Glaubens, sondern der Bildung wegen. Sonntage waren Stadtführungstage. Von der katholischen Kirchengemeinde aus Oberbayern bis hin zu Kegelgruppen aus Ostfriesland war alles dabei, Interessierte, Gelangweilte, Witzemacher, Besserwisser, Plaudertaschen.

Doch eines Morgens bin ich auf dem Weg zum Rathaus gestolpert und gestürzt, und irgendein Übereifriger hat mit seinem Handy gleich den Sanka gerufen. Es geht schon wieder, es ist nichts, habe ich zu den Sanitätern gesagt. Nein danke, in meinem Alter kommt man aus dem Krankenhaus nicht wieder heil heraus. Sie haben gelacht und nicht auf mich gehört. Leichter Schlaganfall, hat die Ärztin diagnostiziert und mich gleich dabehalten, bei den Barmherzigen, und ich dachte, ihr habt selber einen Schlag, ich doch nicht, ich war immer kerngesund! Eine Woche später hat es mich dann richtig erwischt, volle Breitseite. Als ich vormittags auf Besichtigungstour war, in den Krankenhausgassen, um nicht zu rosten. Kein Schritt mehr vor den anderen. Aus und vorbei.

Nun üben sie mit mir, seit einem halben Jahr schon, damit ich wenigstens ein paar winzige Schritte gehen kann. Damit beim Reden nicht alle Worte im Mund zu einem Brei werden. Aber ich denke mir, wozu der ganze Aufwand. Ich gehe nirgendwo mehr hin, mir hört sowieso keiner mehr zu. Wer in meinem Alter nicht sein eigenes Universum in sich trägt, sein eigenes Haus, wie die Wegschnecke, dem ist nicht zu helfen.

Also unternehme ich, wenn es körperlich nicht mehr geht, in meinem Kopf ausgedehnte Ausflüge durch die Stadt, denn ich trage schließlich ganz Regensburg in mir, Ratisbona, Castra Regina, Tyburnia, Reginopolis, Regenspurch. Ich kann die Worte in mir sehr wohl hören und eines vom anderen unterscheiden, ich habe nichts vergessen, keine einzige Jahreszahl, mein Stadtgeschichtsgedächtnis ist jung geblieben, und ich hege und pflege es wie andere Leute ihren Körper, damit es nicht verfällt, nicht welk wird und gebrechlich, anfällig für Falten, Hühneraugen, Osteoporose und sonstige Alterungserscheinungen, die dir den Boden unter den Füßen wegziehen und dich endgültig hinwegmähen von dieser Welt.

Vorne beginnt die Altjünglingskombo jetzt wieder zu spielen. Lieder von Herz und Schmerz, allemal besser als das Geplapper über Krankheiten und Enkel und Ärzte und Beerdigungsunternehmer: *Ich möchte noch mal zwanzig sein und so verliebt wie damals …*

Und alle summen und schunkeln mit oder versuchen es zumindest.

Ich nicht. Ich will nicht nochmal zwanzig sein … als die Sonntage noch andere Sonntage waren und die Liebe, ach die Liebe …

Wo Schluss ist, bestimme ich! – *… der Bau des gotischen Domes wurde nach dem Stadtbrand von 1260 begonnen, um 1350 wurde das Rathaus erweitert …* –, und es gelingt mir, mich gegen den Sog des Liedes zu stemmen, gegen diesen anderen Sonntag im November.

In dem Moment betritt er den Raum, und mein Herz bleibt stehen. Aber nur für einen ganz kurzen Moment, dann habe ich mich wieder im Griff. Es ist kein Herzanfall und auch kein neuer Schlaganfall.

Als ich zum Abendbrot gefahren werde, ist er immer noch da. Oder schon wieder. Kein Zweifel, keine Täuschung. Ich irre mich nicht. Ausgerechnet an unseren Tisch haben sie ihn gesetzt, mir direkt gegenüber, auf den Platz der seligen Frau Fürholz. Eiskalt wird mir, aber das liegt nicht an der Jahreszeit, denn hier ist immer gut geheizt. Er nickt mir kurz zu, sehe ich aus dem Augenwinkel, während ich den Blick auf den Tisch hefte. Ich will ihn nicht sehen, das Reden überlasse ich heute gerne den anderen.

Zum ersten Mal bin ich froh und dankbar, dass es sie gibt: die schwerhörige Frau Meise und Herrn Bartels, der sich meistens auf ein stummes Nicken beschränkt, Frau Steinberg und Frau Schmidt-Sulz. Sie verwickeln den Neuen schnell in ein angeregtes Gespräch über Krankheiten, Medikamente, Ärzte, Enkelkinder, Urlaubsreisen. Sie klären ihn auf über die Gepflogenheiten des Hauses inklusive Speiseplan: dienstags ein Salat, meistens grün, wahlweise mit Ei oder Thunfisch oder Resten vom Sonntagsbraten, mittwochs Wiener Würstchen mit Senf und Kartoffelsalat, donnerstags Gemüseauflauf ganz nach Saison, freitags Fisch …

Aus dem Augenwinkel sehe ich, wie der Neue lächelt. Ich ertappe mich dabei zu denken, dass er sympathisch aussieht, wie ein Menschenfreund – der Gedanke verursacht mir Übelkeit. Wie kann dieser Mensch sympathisch aussehen, wie kann ich so etwas auch nur denken? Mein Universum steht Kopf, mein Gedächtnis hängt kopfüber, alle Worte, Zahlen, Daten purzeln in mir durcheinander, und um Halt zu finden, greife ich wahllos zu:

… Immerwährender Reichstag seit 1663 – Höhe des Mittelschiffs des Doms St. Peter 33 Meter – 1519 Vertreibung der jüdischen Bevölkerung und Zerstörung von Synagoge, Ghetto und Friedhof – Keplers Todesjahr, 1630 – unvergessen Fürstin Helene, die eigentlich Ludwig II. hätte heiraten sollen – Spitalbier seit 1226 …

Nach einer Weile habe ich wieder Boden unter mir und kann frei atmen.

„Nun, Frau Blochinger, haben wir heute wieder keinen Appetit?"

Schwester Elvira, die neben mir steht und mit ihrem widerwärtigen Alteleuteplural auf mich herabsieht.

Für Sie noch immer *Fräulein* Blochinger, denke ich im Stillen. Ich weiß, es hat keinen Sinn, sie wird es nicht mehr lernen. Sie ist zu jung. Sie stammt aus einer Generation, in der es keine Fräuleins mehr gibt. Ich bin das letzte Fräulein dieser Welt, treu, bis dass er Tod uns scheidet …

Jetzt kennt er also meinen Namen. Mehr als sechzig Jahre, nicht mal ein Augenaufschlag der Ewigkeit.

„Ich gehe jeden Sonntag in die Messe", sagt Frau Steinberg gerade. „St. Emmeram liegt ja direkt vor der Tür."

„Man muss aus allem das Beste machen", sagt Frau Meise, wie immer zuversichtlich, und wie so oft ist nicht klar, worauf sie sich eigentlich bezieht.

„Hier weiß man jedenfalls, woran man ist", sagt Frau Schmidt-Sulz und greift nach einer Scheibe Brot. „Man weiß schon morgens, was der Abend bringt."

Der Neue lacht jovial, und Herr Bartels nickt stumm.

Weiß man nicht, denke ich erregt. Weiß man eben nicht!

Ich hefte meinen Blick auf das Bild mit dem röhrenden Hirschen, es hängt an der Wand hinter unserem Tisch, einen halben Meter über dem Kopf des Neuen. Dabei kann ihn weiter aus dem Augenwinkel beobachten. Obwohl Schwester Elvira meinen Namen verraten hat, scheint er mich nicht erkannt zu haben. Offenbar hat die Zeit bei mir ganze Arbeit geleistet und alle Spuren von früher verwischt. Mein erstes Gesicht. Mein erstes Leben. Während er unverkennbar derselbe ist, gealtert, lachfaltenbewehrt. Da ist sogar die dünne Narbe auf seiner Wange …

Oder auch er tut nur so. Vielleicht mimt er Freundlichkeit, Jovialität, während es ihm eiskalt über den Rücken läuft und die Vergangenheit sich anschleicht, ein großer dunkler Schatten, eine Hand, die nach ihm packt, unausweichlich.

Seine Hand zittert, wie ich sehe, vielleicht ist es nur Parkinson. Die Scheibe Brot in seiner Hand zittert jetzt so heftig, dass das halbe Radieschen ins Rutschen kommt und herunterkullert, mitten auf den Gang – und ich stelle mir vor, wie Schwester Elvira im Vorbeieilen darauf ausrutscht und mit dem Kopf gegen die Tischkante prallt, dann könnten die Sanitäter zur Abwechslung einmal eine der Jüngeren mit Blaulicht zu den Barmherzigen fahren, und womöglich würde Schwester Elvira bei dem Unfall sogar ihr Gedächtnis verlieren – ja, wissen wir denn gar nicht mehr, wie wir heißen, Fräulein?

„Wie war noch gleich Ihr werter Name?", fragt in dem Moment Frau Meise mit ihrer Vorliebe für Namen, speziell für Titel, und reckt den Kopf vor. Ich spitze die Ohren, falls ich mich wider Erwarten getäuscht haben sollte. „Dr. Kramp?"

„Ganz einfach Kramm", sagt er. „Heinrich Kramm, es ist mir ein Vergnügen."

Auch seine Stimme hat sich nicht verändert.

Nachts tue ich kein Auge zu. Wand an Wand stehen unsere Betten, getrennt nur durch ein paar Zentimeter Ziegel und Mörtel und Gips. Ich liege wach, und mein Kopf, der doch eigentlich müde sein müsste, weil ich ihn heute besonders intensiv trainiert habe, gibt immer noch keine Ruhe und denkt und denkt, was ich nicht denken will. Immer wieder versuche ich auszubrechen aus diesem in mir wütenden Gedankensturm, suche nach einer Schiffsplanke, an die ich mich klammern kann –

… und beachten Sie vor dem Hauptaltar mit den Figuren des heiligen Augustinus und seiner Mutter Monika das wundervoll geschnitzte Chorgestühl mit der Vita des Augustinus aus der Hand

von Simon Sorg … nicht nur die Gebrüder Asam verstanden sich darauf, Meisterwerke zu schaffen …

Gebet einer Stadtführerin. Zaubersprüche, die ich mir immer wieder aufsage. Aber die erhoffte Entspannung stellt sich ebenso wenig ein wie der Schlaf. Wie erstarrt liege ich im Bett und lausche auf Geräusche aus dem Nebenzimmer und spüre den eisigen Atem des Todesengels, doch es ist nur die kalte Novembernacht, und niemand tritt ein.

Mehrere Male, um Mitternacht, gegen halb drei und kurz vor halb sechs rauscht nebenan die Toilette. Prostataprobleme wie alle alten Männer, denke ich schadenfroh, aber gehen kann er noch, lachen kann er noch, und alle Bitterkeit der Welt steigt in mir hoch, reden kann er noch, essen kann er noch … Was will er hier? Weshalb ist er hier? Alzheimer? Parkinson? Wollten seine Kinder ihn loswerden? Hat einer wie der überhaupt Frau und Kinder? Ich stelle mir vor, wie ich die dünne Wand zwischen uns mit einem Handkantenschlag zerbreche oder mit meinem Obstmesser aufschlitze wie ein Briefkuvert, und dann, endlich …

Darüber muss ich schließlich doch eingeschlafen sein, denn es ist sieben, als Schwester Susanna kommt, um mich auf die Toilette zu bringen und anzuziehen, und ich setze mein hochmütiges Gesicht auf, damit sie mich nicht anspricht und ja nicht fragt, ob ich gut geschlafen habe.

Immerhin geben Frau Meise, Frau Steinberg und Frau Schmidt-Sulz beim Frühstück ihr Bestes, um mehr aus ihm herauszubekommen. Sie stürzen sich geradezu auf ihn, Heinrich Kramm, Frischfleisch in diesen Hallen, ein neuer Hahn im Korb, umringt von verwelkten Weibern, die aufgeregt um ihn herumflattern, um ihr letztes Süppchen mit einer Neuigkeit zu würzen, ach, würden sie ihm doch gleich die Augen aushacken, ihn sechsteilen und häuten wie den heiligen Bartholomäus …

Wie alt wird er inzwischen sein? Simon wäre im Januar dreiundachtzig geworden. Heinrich Kramm war für ein paar Jahre unser Klassenkamerad.

Am Anfang, wenn ich an dem Haus in der Wahlenstraße vorbei musste, habe ich schnell zur Seite geschaut, hinüber zur anderen Straßenseite, zum Goldenen Turm, fast wie jetzt zum röhrenden Hirsch. Aber die Wahlenstraße lässt sich in Regensburg kaum umgehen, und die Zeit schließt alle Wunden, auch wenn sie niemals heilen. Denn das ist das Perfide, das Aufgerissene, das bleibt, auch wenn es von außen nicht sichtbar ist. Vielleicht habe ich deshalb mit den Stadtführungen begonnen? Nicht nur, um mein Auskommen zu haben, sondern um absichtlich immer wieder dort vorbeizumüssen, um mich abzuhärten, mir die Erzählungen der Stadtführerin überzuziehen wie eine tränendichte zweite Haut.

... Hier sehen Sie den um 1250 von reichen Patrizierfamilien erbauten Goldenen Turm, der höchste Hausturm nördlich der Alpen ... Im unteren Bereich des erst um 1600 aufgesetzten Pyramidendachs befindet sich ein aus bemalten Holztafeln konstruiertes Turmzimmer, das über eine Wendeltreppe erreicht werden kann und ...

„Nein, wie interessant! In Chile haben Sie gelebt!!!“, ruft Frau Schmidt-Sulz.

„Aber wie sind Sie von dort ausgerechnet nach Regensburg gekommen?”, möchte Frau Meise jetzt wissen, und Herr Bartels geht geradezu aus sich heraus: „In Südamerika ist es doch viel wärmer als hier!“

Die ungebremste Neugier meiner Tischgenossen klärt auch mich alsbald auf. Er sei ein waschechter Regensburger, erklärt Heinrich Kramm, nicht ohne Stolz. Sehe ich etwa Tränen der Rührung in seinen Augen? Die anderen sind ganz aus dem Häuschen!

„Tatsächlich?“

„Sie sind sogar hier zur Schule gegangen?"

„Den Lebensabend verbringt man einfach lieber in der Heimat. Außerdem, die deutschen Krankenhäuser funktionieren wenigstens." Vor kurzem sei seine zweite Frau gestorben, sein Sohn lebe in New York, die Tochter in München, insgesamt vier Enkel. Aber damals, nach dem Krieg ... Er habe Glück gehabt, nicht den Russen oder den Briten in die Hände gefallen zu sein.

Herr Bartels nickt grimmig. „Ich war auch bei der Wehrmacht."

Wie denn, wo denn – Wehrmacht?, schreit es in mir. Wir sitzen am Tisch mit einem Mörder! Aber der Schrei erstickt schon auf den ersten Millimetern meiner Stimmbänder.

„Das ist doch alles so lange her", kappt Frau Steinbach mit beschwichtigend-sentimentaler Miene das heikle Thema. Und Frau Meise hat sowieso nur das Stichwort Südamerika verstanden, und beginnt von einer Reise nach Brasilien zu schwärmen, die sie vor über dreißig Jahren mit ihrem Mann ...

Natürlich, denke ich zornig, solche wie Heinrich Kramm überleben immer. Kleine Fische, die durch alle Netze rutschen. Nach Chile also hat er sich verdrückt. Da war er ja in entsprechender Gesellschaft mit Eichmann und Konsorten.

Meine Hand umklammert das Messer, und ich säge die Scheibe Brot auf meinem Teller durch, und gleich noch einmal, und noch einmal – auf einmal geht es wunderbar, keiner muss mir helfen, ich höre Schwester Elvira, Sie machen Fortschritte, Frau Blochinger, nur weiter so! Und am Ende ist mein Teller bedeckt mit zerstückeltem Brot ...

Zwischendurch sieht er mich an, als sei er am Grübeln. Als überlege er, ob er mich kennt.

Mir bricht der Schweiß aus. Ich weiß, ich werde es nicht ertragen, viermal am Tag mir gegenüber und nachts Wand an Wand. Rund um die Uhr wird sich unweigerlich Bild für Bild aus der versiegelten Erinnerung lösen, alte Wunden werden aufbrechen und mich von innen verbrennen. Mein Herz rast. Ich lege die Gedächtnisspule ein und rufe blitzschnell die Exponate des Historischen Museums auf –

das Astrolabium des Wilhelm von Hirsau,
Altdorfers Gemälde mit den beiden Johannes,
den Wandteppich mit den wilden Männern,
die Gründungsinschrift vom östlichen Lagertor der Römerfestung

– aber es gelingt mir nicht, den erprobten Schutzschild zu aktivieren, der mich jahrzehntelang gerettet hat, und vor die Museumsvitrinen, die Antiquaschrift, die Jahreszahlen schieben sich grell und unausweichlich Bilder vom Lager, den Baracken, den Scheinwerfern bei Nacht, den Pritschen, dem Hunger …

Nein! Ich will nicht!

Ich will mich nicht mehr erinnern! Gedächtnis hin, Gedächtnis her, schnell!, ein Halt! –

sehenswert auch in der Kuriositätenkammer des Naturkundemuseums die Holzbibliothek des Benediktinerpaters Candidus Huber

– Kapos, Häftlinge, Männer, die kommen und gehen, kommen und gehen, kommen und gehen …

Alles wird schwarz.

„Plötzlich hat sie geschrien …" Die Stimme von Frau Steinberg, von sehr weit her.

„Sie war früher Stadtführerin, müssen Sie wissen …" Wie durch Watte die Stimme von Frau Schmidt-Sulz.

„Ein Jammer." Sagt Heinrich Kramm.

Endlich. Schwester Elvira schiebt mich zurück in mein Zimmer. „Geht es uns heute nicht so gut, Frau Blochinger?"

Sie gibt mir ein Beruhigungsmittel. Gut so. Ich muss mich ausruhen. Ich muss mich vorbereiten. Denn eines ist gewiss: Er wird vor mir sterben. Totenführerin, mein letzter Beruf.

Am nächsten Morgen bringen sie mir das Frühstück aufs Zimmer. Wie um mich fernzuhalten von ihm. Habe ich mich verraten? Habe ich womöglich im Schlaf geredet?

„So, jetzt schalten wir ein wenig den Fernseher an, ein bisschen Abwechslung tut gut ..."

Abwechslung, Abwechslung, rattert es in mir, ich habe meinen Kopf, mein Gedächtnis, das wird morgens eingeschaltet und abends wieder ausgeschaltet, wie eine Lampe, die den ganzen Tag lang brennt, weil es sonst zu dunkel ist im Zimmer ... Mein Gedächtnis ist mein Energiequell, meine Medizin, meine Rettung, schon damals, in den Holzverschlägen, auf der Pritsche, unter den Männerleibern ... Denken, immerzu denken, Gedichte aufsagen, mathematische Formeln, Daten aus dem Geschichtsunterricht, das Gedächtnis füttern und füttern und stopfen und stopfen wie eine Gans, um das Herz zu schützen.

Ich brauche keine Kiste, die die Welt ins Haus bringt, all diese Talkshows und Ratgebersendungen, *Wie schütze ich mich vor Krebs, Fit bis ins hohe Alter,* fehlt gerade noch die Quizsendung *Totentanz im Altersheim*, denke ich, *die* kurzweilige Unterhaltung für alle ab achtzig, Teilnahmevoraussetzung zwei Gebrechen oder alternativ ein Verbrechen, Rechtsweg wie immer ausgeschlossen ...

Ich schüttele heftig den Kopf, aber die Schwestern schalten den Fernseher trotzdem ein. Ich schalte ich mein Gehör ab, schließe die Augen, rufe endlich, auch wenn es wehtut, diese anderen Bilder auf ...

Ich sehe mich mit Simon tanzen, ich bin jung und trage mein bestes Kleid, das gestreifte mit dem weiten Rock, eng um die Taille, Simon im Anzug, abgetragen, so gut aussehend, er dreht mich im Kreis und sieht mich an, und als die Welt sich nicht mehr um uns dreht, küsst er mich wie nach ihm keiner mehr –

Ich sehe Uniformen und schwarze Stiefel und wieder Simon, sie nehmen ihn mit –

Einer von ihnen ist Heinrich, der war früher mit uns in einer Klasse und eine Zeitlang in mich verliebt, jetzt ist er bei der SS –

Er löst sich aus ihrer Mitte und kommt zu mir herüber, und ich atme auf, er wird protestieren und helfen, er breitete die Arme aus und hält mich fest und fester und noch fester –

Ich zappele und will schreien und zu Simon laufen, doch auf meinen Mund liegt seine Hand, um meinen Körper wie ein Schraubstock seine Arme, sein heißer Atem stößt in mein Ohr, lauf ihm nicht nach, er ist doch nur ein Jude, sieh mich an, für mich bist du schön, verdammt, sieh mich endlich an! –

Er drängt mich in den Hausflur in der Wahlenstraße und seine feuchte Zunge in meinen Mund, ich beiße und kratzte und trete, aber er ist so viel stärker –

Er nimmt sich alles mit Gewalt und seiner schwarzen Uniform, mich und Simon und unser ganzes Glück, aber ich spüre es nicht mehr, spüre gar nichts mehr, nur zum Schluss, als er fertig ist mit mir und einen Moment lang nicht aufpasst, kratze ich ihm die Augen aus, treffe ihn aber nur an der Wange –

Zwei Tage später kommen sie dann auch zu mir und holen mich ab.

Die Bilder hinter den Bildern. Da hilft kein Fernseher. Da hilft kein noch so durchtrainiertes Gedächtnis. Der Körper vergisst nicht. Niemals.

Der hellgelb getünchte Speiseraum wirkt wie in warmes Sommerlicht getaucht, obwohl es draußen regnet. Er beißt gerade in ein Brötchen. Butter und Marmelade. Nichtsahnend. Zufrieden sieht er aus mit seinen Lachfalten und der dünnen Narbe. Zufrieden mit sich selbst und seinem Leben.

Vermutlich weiß er nicht mal, was uns widerfuhr. Höchstens abstrakt, als Zahlenmaterial, als moralischer Vorwurf. Nichts, was er mit sich und seinem Handeln in Verbindung bringen würde. Nicht vier Jahre danach, geschweige denn sechzig. Eine Lappalie, wie das Marmeladenbrötchen, das Bissen für Bissen in seinem Mund verschwindet. Ein paarmal gut kauen, dann verdauen.

Aber ich, ich erinnere mich. Ich habe die Bilder aufbewahrt, tief innen im Körper meiner Erinnerung, und dort wären sie auch geblieben, fühldicht verkapselt, auf immer und ewig. Wäre Kramm nicht zurückgekehrt. Noch etwas habe ich aufbewahrt, eine Art Andenken: die Kapsel, die einer mir besorgt hat, im Lagerbordell, einer von denen, die abends kamen und nicht zwangsweise über eine Frau rüber wollten, sondern nur ein bisschen reden, ein bisschen Menschlichkeit. Einer, der Mitleid hatte. Keine Ahnung, wie er an das Zeug rangekommen war, ich habe nicht danach gefragt. Aufgehoben habe ich es, für den äußersten Notfall, für bessere Zeiten. Und jetzt kann ich nur hoffen, dass das Gift, anders als wir Menschen, kein Verfallsdatum hat.

Als Heinrich Kramm sich zu Frau Schmidt-Sulz umdreht, die ihn nach den Namen seiner vier Enkel fragt, greife ich nach dem Honigtopf, der direkt neben seiner Tasse steht, und lasse dabei unbemerkt die Kapsel aus der Hand gleiten. Eine letzte Lappalie. Eine Banalität, die Banalität des Bösen.

Er antwortet ausführlich, trinkt den Tee dann in der allerletzten Seelenruhe aus, und ich sehe seelenruhig dabei zu und denke lächelnd:

… beachten Sie unbedingt auch die wunderschöne Madonna mit Kind aus der Zeit um 1520 und den Seitenaltar mit der hierzulande nur selten dargestellten Marter des heiligen Kassian, der von seinen Schülern mit Griffeln erstochen wird …

Keine zwei Minuten später wird Heinrich Kramm endgültig hinübergeführt zu seinem allerletzten Tanz. Nicht von mir. Ich lebe!

Man lebt noch

„Man lebt noch“, höre ich Hilde sagen, als ich mir im Flur den Mantel anziehe und nach den Handschuhen suche. Sie telefoniert mit einer Freundin, mit Charlotte oder Dora, einer von den beiden, die übrig geblieben sind, denn mit Mitte Achtzig lichten sich die Reihen.

Sie telefonieren täglich miteinander, um sich genau dies mitzuteilen: dass sie noch leben, nach allem und trotz alledem. Man muss das Leben eben nehmen, wie es kommt, und man muss zusammenhalten, auch das beteuern sie sich regelmäßig, und dann folgen detaillierte Erörterungen sämtlicher Krankheitssymptome und Medikamente und was der Arzt gesagt hat und welcher Arzt was taugt und welcher nicht. Um die Haustiere geht es auch, Charlotte hat einen Dackel und Dora einen Wellensittich, der sprechen kann, beide reden viel mit ihren Tieren und über ihre Tiere. Wir haben nur Fische, die sind bekanntlich stumm, aber besser als nichts. Hilde hätte für ihr Leben gern ein richtiges Tier gehabt, zum Anfassen, zum Sprechen, am liebsten eine Katze, aber was soll man machen? Ich bin allergisch gegen Katzenhaare und habe Angst vor Hunden, Vögel machen zu viel Dreck und Hamster die Nacht zum Tag. Außerdem haben wir ja uns, und das seit über fünfzig Jahren.

Über uns Männer wird nie geredet oder nur dann, wenn wir nicht im Haus sind. Manchmal weiß ich nicht, was schlimmer wäre: in den Gesprächen unserer Frauen gar nicht mehr vorzukommen oder nach Strich und Faden zerrupft zu werden. Was wir wieder alles angestellt haben, Stichwort Vergesslichkeit, Inkontinenz, Starrsinn, Realitätsverlust, ja, genau das. „Er weiß nicht mehr, was er tut“, hat Hilde am Telefon einmal gesagt. Was für eine Gemeinheit, dachte ich, aber dann fiel mir zum

Glück dieser Film ein: *Denn sie wissen nicht, was sie tun* – geht es da nicht um ein ausschweifendes Leben?

Sie behandelt mich wie ein Kind. Wenn ich wieder den Schlüssel verlegt habe. Wenn ich die falsche Milch kaufe, H statt frisch, drei Komma acht Fettgehalt statt eins Komma fünf. Wenn ich nicht weiß, wo meine Brille liegt. Wenn ich vergesse, die Spülung zu betätigen und ob ich meine Tabletten schon eingenommen habe oder nicht.

Zugegeben, ich werde bequemer. Ich werde langsamer, auch tauber. Wenn ich ehrlich bin (manchmal hat man ja so eine Anwandlung, ein Scheibchen Klarsicht, von wegen Realitätsverlust!): Viel ist an uns alten Hähnen wirklich nicht mehr dran. Auch wenn Karl mit seinen Fünfundachtzig beharrlich das Gegenteil zu beweisen versucht und sich aufgockelt, die Haare färben lässt, viel zu enge Hosen trägt und selbst viel zu taillierte Hemden. Wir anderen sind bescheidener geworden. Man trifft sich jeden Tag am Kanal. Man hat zu essen, man hat ein Dach über dem Kopf, man hat saubere Wäsche, man bekommt seine Rente.

Wann Hilde und ich aufgehört haben miteinander zu reden, mehr als fünf Worte am Stück, weiß ich gar nicht mehr. Vielleicht vor zehn oder vor zwanzig Jahren. Wenn man älter wird, beginnt die Zeit irgendwann zu verschwimmen. Als würde ein Scheibenwischer alles verwischen, das Erlebte, das Erinnerte, auch die Grenzen zwischen den Gesichtern, den Jahren. Die Namen werden unleserlich, draußen wird es langsam dunkel, man sitzt in seinem Lebensgefährt, die Frau am Steuer, und fährt aufs Geratewohl vor sich hin und blickt immer weniger durch und hofft, dass man nicht im nächsten Moment am Abgrund steht oder noch schlimmer. Man lebt noch. Das trifft es voll und ganz. Ab und zu fallen noch ein paar Worte, aber immer weniger, so wie im Herbst die Blätter vom Baum: der Großteil liegt schon am Boden und wird mit diesen Staubsaugern vom Straßenbegleitdienst auf Haufen gepustet, das macht einen Höllenlärm. Danach herrscht Winter. Stille. Nur mit dem Unterschied, dass unser Winter nicht mehr endet. Da wachsen keine Worte mehr. Da wächst nichts mehr. Also fängt man an, mit sich selbst zu reden. Logisch. Vor allem zu Hause. Draußen redet man mit den anderen. Mit Wolfi, Arno, Karl.

Schön ist das alles nicht. Dreht uns das Alter also doch einen Strick, denke ich fast jeden Morgen und mag gar nicht mehr aufstehen, so dunkel ist es in mir. Erschrocken fährt ein Gedanke dazwischen, wie ein Windstoß, kurz denke ich, wo eigentlich die Liebe geblieben ist. Vielleicht gab es nur einen bemessenen Vorrat, der irgendwann aufgebraucht war, aber wann, wie lange ist das her? Ich kann mich nicht erinnern. Zum Trost denke ich schnell an meine Freunde, so wie Hilde mit ihren Freundinnen telefoniert, das bringt mich auf die Beine.

Einen Handschuh habe ich schon gefunden, aber der zweite bleibt wie vom Erdboden verschluckt. Wenigstens der Schal hängt an seinem Platz.

„Das hätte er geschickter anstellen müssen", höre ich Hilde im Wohnzimmer sagen, und ich weiß, jetzt wird der Tatort vom Vorabend durchgekakelt, von vorn bis hinten: wer wen und warum, ob die Auflösung logisch war oder unlogisch, überraschend oder nullachtfünfzehn, welche Schauspieler brilliert haben, und am Schluss wird durchgegeben, welcher Tatort am Abend laufen wird und auf welchem Sender. Wir haben nur einen Fernseher, mir bleibt also gar nichts anderes übrig. Wenn es allzu grausam wird, gucke ich schnell rüber zu den Fischen. Eine Menge Mordarten, die da im Laufe der Jahre zusammenkommen. Als ich den zweiten Handschuh finde, das Mistding steckte schon in meiner Manteltasche, sagt Hilde gerade: „Das können wir ja später noch in aller Ruhe – ja – bis zwölf dann", und dass die andere noch eine Tüte geriebene Mandeln mitbringen soll, Dora oder Charlotte, auch Oblaten, die großen, für die Lebkuchen.

Prompt freue ich mich doch auf Weihnachten, unerwartet heftig. Zugegeben, vor allem wegen der Plätzchen, Elisenlebkuchen und Vanillekipferl esse ich für mein Leben gern. Also sehe ich zu, dass ich schnell das Feld räume, denn das große Backen findet reihum jedes Jahr woanders statt, und heute ist wieder einmal unsere Küche Ort des Geschehens, da sind wir Männer eindeutig überflüssig. Ich stecke meine Geldbörse ein, greife nach dem Beutel mit der Thermoskanne, die Hilde schon vorbereitet hat, nehme den Stock und bin schon weg.

Drei Tage vor Heiligabend. Im Supermarkt ist die festliche Dekoration übermächtig, aus allen Lautsprechern klingeln die Glöckchen, und die Angestellten tragen heute Engelsflügel. Zahlen muss man trotzdem. An der Kasse wartet eine Riesenschlange, die Leute kaufen den halben Laden leer, als wäre Weihnachten ein Fest für die Ewigkeit. Vielleicht haben sie recht.

Verfolgt von Rudolf dem Rentier in meinem Kopf steuere ich den kleinen Park am Kanal an, und nach halber Strecke habe ich den Ohrwurm abgeschüttelt. An einigen Häuserfassaden hängen Weihnachtsmänner in Kletterpose. Vielleicht bringen sie gar keine Geschenke, kommt mir plötzlich in den Sinn, vielleicht sind sie zum Klauen unterwegs. Ich überlege kurz, ob ich die Polizei rufen soll, aber dann drohe ich dem roten Kerl dort oben nur mit dem Stock. Als ich auf einem Balkon Tannengrün erblicke, fällt mir ein, dass ich unbedingt daran denken muss, einen Baum zu besorgen, das ist meine einzige Aufgabe, um alles andere kümmert sich Hilde.

Arno ist schon da. Er steht bei der Bank, unserer Bank, reibt sich die Hände und hört mich nicht, denn er hat Kopfhörer in den Ohren, diese kleinen durchsichtigen Dinger. Arno hört Bach, da bin ich ganz sicher. Er ist mein ältester Freund. Er war in unserer Klasse der angehende Pianist, vor dem Krieg. Nach dem Krieg wurde er Sparkassenfilialleiter. Wir hatten uns aus den Augen verloren, Mitte der Fünfziger liefen wir uns zufällig am Jungfernstieg über den Weg: Das gab ein Hallo, ein *Man lebt* ganz anderer Art. Arno hatte einen Finger eingebüßt, der *Bechstein* war in Flammen aufgegangen, sein Traum verraucht, aber was machte es schon – andere hatten ihr Leben gelassen. Als er pensioniert wurde, hat Arno zu dieser Leidenschaft zurückgefunden und von morgens bis abends geübt, wenn er nicht im Sessel saß und sich die großen Meister anhörte. Oder sich mit uns traf, im Park, zum Boulespielen. Ob er da noch viel Zeit für Charlotte hatte …

Die letzte Partie vor Heiligabend. Schnee liegt in der Luft, ich kann ihn fast schon spüren, und ich denke, wie schön es wäre, noch einmal ein weißes Weihnachten zu erleben. Man weiß ja nie, wie lange noch. Ich packe meinen Beutel aus: die Thermoskanne mit Tee, die Flasche Rum aus dem Supermarkt, eine Packung Wiener, die schmecken mir auch kalt, und kalt ist es in der Tat. Eine Frau mit einem Hund geht vorbei, er schnüffelt in meiner Richtung, der soll bloß machen, dass er vom Acker kommt.

Als ich mich umdrehe, steht Karl vor mir, in seiner Lammfelljacke, mit Baskenmütze über den gefärbten Haaren und einer Zigarette im Mundwinkel, natürlich ohne Filter. Er hat die Kugeln dabei. Früher haben wir Skat gespielt, jede Woche, dann brachte er von einer Frankreichreise diese Kugeln mit, seitdem spielen wir Boule, im Sommer wie im Winter. Karl kenne ich am zweitlängsten, er war wie ich bei der Bahn, das schweißt zusammen. Dora ist ein ganzes Stück jünger als er und läuft noch beim Marathon mit, da muss er sich ins Zeug legen.

Einmal pro Woche, ihr wisst schon, hat er einmal gesagt und gönnerhaft die Augenbrauen geliftet. Ich sehe noch genau den Blick, den Arno mir daraufhin zuwarf, zwischen Bewunderung und Wundsein, und dass ich betreten dachte, wie lange Hilde und ich schon getrennte Schlafzimmer hatten. Da war doch noch was, hat auch Wolfi gemurmelt, der vierte im Bunde. Als Karl uns so betreten dastehen sah, hat er gestanden, dass er seit Jahren diese Wunderpillen einnimmt: Aber dass das unter uns bleibt! Was glaubt ihr denn, von nichts kommt nichts! – Das hat uns damals ein wenig versöhnt.

Ich gehe ein paar Schritte in Richtung Ufer. Seit ein vier, fünf Tagen gibt es Nachtfrost, die Pfütze vor mir ist jedenfalls gefroren. Ich setze den Stock darauf, das Eis splittert. Plötzlich friere ich. Es fühlt sich an, als würde man mir einen Stock auf die Brust setzen, ich beginne zu splittern.

Auf der Brücke kommt jemand in Sicht, sieht aus wie Wolfi, ich hebe die Hand, winke, schmelze. Das Eis fällt von mir ab.

Wolfi ist der einzige von uns, der sich noch auf zwei Rädern hält, dabei geht er auf die Neunzig zu. Arno und ich sind uns einig, dass Wolfi nicht nur seines Schrebergartens wegen so fit ist, um den er sich täglich kümmert, sondern weil er allein lebt. Wolfi, unser alter Junggeselle. Keine Kinder, keine Enkel, keine Frau, kein Haustier, kein Nichtsex. Keine Vorhaltungen, kein Jammern, kein Schweigen. Nichts, was an ihm sägt und nagt, zieht und zerrt.

Die große Freiheit, hat Arno oft gesagt und dabei verdammt sehnsüchtig geschaut.

Aber Wolfi hielt jedes Mal dagegen, er müsse sich seine Mahlzeiten selbst kochen und seine Hemden selbst waschen, und dann hat er noch eine Menge Dinge aufgezählt, die uns für eine Weile den Wind aus den Segeln nahmen.

Dich will wenigstens niemand um die Ecke bringen, hat Karl dann immer gekontert. Ich bin zu alt für sie, Haltbarkeitsdatum, ihr wisst schon, bald werde ich entsorgt. Karl hat Hundertschaften solcher Scherze auf Lager, wir haben befreit gelacht. Galgenhumor tut besonders in unserem Alter gut.

Ich beiße in eine Wienerwurst und denke an die Plätzchenorgie in unserer Küche, in Hildes Küche, denn ich habe dort nichts zu suchen: Ich koche nicht, ich backe nicht, ich wasche nicht ab, ich sortiere, wenn überhaupt, garantiert das Besteck falsch in die Schublade ein, und Hilde findet dann nichts wieder. Ganz kurz frage ich mich, wo ich überhaupt etwas zu suchen habe und blicke auf das dunkle, unbewegte Wasser mit den Weiden, deren Zweige dem Wasser entgegenwachsen und dann doch wieder davor fliehen, entdecke auf der gegenüberliegenden Seite, wo im Sommer das Gejuchze der Kinder auf dem Spielplatz zu hören ist, die Enten, die darauf warten, dass jemand sie füttern kommt.

Ganz schön kalt heute, Jungs, sagt jemand wie aus dem Nichts, es ist eindeutig Karl, ich erkenne ihn an der Stimme, an der schwarzen Baskenmütze, die Ohren darunter sind rot.

Zwei Grad plus, sagt jemand anders, gefühlte minus zehn, ohne Handschuhe geht da gar nichts: Es ist Arno. An seinem linken Handschuh fehlt einer der Finger, das Loch ist zugenäht. Auch Wolfi ist jetzt da. Fein, damit sind wir komplett. Er holt eine Teekanne aus seiner Fahrradtasche. Und eine weitere Flasche Rum. Und vier Becher. Die habe ich glatt wieder vergessen. Wolfi denkt einfach an alles.

So stehen wir hier wie immer, vor dem Gesicht Atemwolken. Der mit Rum angereicherte Tee wärmt von innen. Wir losen die Teams aus, viele Varianten gibt es nicht. Dann spielen wir eine Runde. Zum Warmwerden. Karl und ich liegen vier Punkte vorn. Wir sind auf der Siegerstraße, als es Arno gelingt, das Schweinchen aus dem Weg zu hauen. Volltreffer, ruft einer von uns, Arno, Karl, Wolfi, ich – es macht keinen Unterschied. Wir heben unsere Becher, Wolfi schenkt halbe halbe ein, eine üppige Mischung, das tut gut bei dieser Kälte, und gleich noch einmal nachgelegt. Karl fängt an, Witze zu erzählen, und es kommt mir so vor, als hätte ich diesen Quatsch schon einmal, nein, mehrfach gehört, aber die Auflösung ist doch jedesmal überraschend, jedenfalls muss ich laut lachen. Am Uferweg geht jemand entlang und guckt zu mir rüber, was hat der denn so blöd zu gucken, hat wohl selbst nichts mehr zu lachen, was? Wir spielen mehrere Runden und werden immer heiterer, die Witze dafür immer böser. Und zwischen der einen ruhigen Kugel und der nächsten nehmen wir irgendwann auch unsere Frauen aufs Korn, das ist ein Jungbrunnen und befreit ungemein. Wolfi als Junggeselle kann nicht richtig mitreden, aber einer muss ja den Überblick behalten.

Und irgendwann sagt einer wie nebenbei, ganz ruhig, wie beim Ausholen für den entscheidenden Wurf: Was erwartet uns eigentlich noch? Ein Rollator, antwortet Karl wie aus der Pistole geschossen. Alzheimer, sage ich treffsicher. Ein Seniorenheim, sagt wieder Karl und dass Dora schon die Unterlagen weggeschickt hat. Und Arno irgendwann: der Friedhof, und Wolfi: der Himmel, und um die Stimmung zu retten, sage ich: Weihnachten und Plätzchen. Und wieder Karl: der nächste Tatort. Und wir wärmen uns mit Rum und sammeln Mordarten und kommen richtig ins Schwitzen auf unsere alten Tage. Dass wir seit Jahrzehnten gezwungen sind, täglich einen Tatort zu gucken, kann durchaus von Vorteil sein. In der Sauna einschließen, ist eine Idee, mit der gefrorenen Ente erschlagen, eine andere, die Zahnpasta vergiften, das Herzmittel verstecken, sie zu Tode erschrecken …

Irgendwann erschlafft unser Tatendrang. Aber doch bemerkenswert, wie viele Gründe wir hätten, unsere eindeutig bessere Hälfte aus dem Weg zu räumen. Sie euch aber auch, hat Wolfi gesagt, vielmehr gelallt, und dass er einmal der letzte von uns sein wird, der übrig bleibt. Und dann haben wir die leeren Flaschen in den Papierkorb gestellt und sind auseinandergegangen und haben noch gesagt: Grüße zu Hause!

Ich blicke auf. Es dämmert bereits. Jemand hat nach mir gerufen, so kommt es mir vor, aber keine Menschenseele in Sicht. Ich sitze auf der Bank, fünf Meter vor mir der Kanal.

Bald wird es schneien, sage ich zu Karl, aber der winkt ab und lacht: In Südfrankreich schneit es nie. Arno fragt mich, ob ich schon ein Geschenk für Hilde habe. Wir sammeln Ideen, aber viel fällt uns nicht ein nach über fünfzig Jahren Ehe, über fünfzigmal Weihnachten plus fünfzig Geburtstage: Hand aufs Herz, was willst du da noch schenken? Handschuhe? Ein Parfüm? Eine Küchenschürze? Ein Mann geht vorbei, in einem schwarzen Mantel, er sieht mich nicht an, vielleicht ist es kein Mann, sondern eine Frau. Und im nächsten Moment, nach einem Wimpernschlag, ist Arno nicht mehr da. Ich frage die anderen beiden, wo er geblieben ist. Sie lachen: Weihnachtsgeschenke kaufen natürlich, sagt Wolfi und legt seinen Arm um mich: Komm, nimm noch einen Schluck. Und wir nehmen jeder einen tiefen letzten Schluck, und als ich aufblicke, hat es angefangen zu schneien, dicke Flocken schweben vom Himmel, den es also doch gibt, und Karl ist nicht mehr mit von der Partie. Neben mir auf der Bank sitzt nur noch Wolfi und guckt mich so komisch an und sagt: Du weißt doch, er musste los, seine Frau bringt ihn um, wenn er nicht rechtzeitig zu Hause ist. Dann kichert er und fügt hinzu: Ich glaube, heute ist er zu spät gekommen.

Im nächsten Moment bin ich wieder allein.

Ich blicke mich um, stehe auf, gehe zwei Schritte, schwanke dabei ein wenig und rufe nach Karl, nach Wolfi, nach Arno. Als ich mich umdrehe, liegt schon eine fingerdicke Schneeschicht auf der Bank. Unser letztes Zuhause. Kurz denke ich, dass ich eigentlich noch auf den Friedhof müsste.

Bei Wolfi war dann doch als erster dran, es muss schnell gegangen sein, Hirnschlag. Arno und ich haben ihn gefunden, aber erst nach den Feiertagen, keine schöne Sache. Im Jahr darauf hat es Karl kalt erwischt, ausgerechnet Heiligabend, und wieder ein Jahr später Arno, am ersten Weihnachtstag ist er nicht mehr aufgewacht. Herzschlag, das hohe Alter, hieß es offiziell. Von wegen: Fest der Liebe … Und wann bin ich dran?

Langsam trete ich den Rückweg an. Es ist inzwischen dunkel und hat aufgehört zu schneien. Der Fassadenkletterer ist kein Stück vorangekommen.

Nur Mut!, rufe ich ihm zu.

Oder ist er es, der ruft? Ich bleibe stehen, spitze die Ohren. Stille.

Den Rest des Weges frage ich mich, was mich zu Hause erwartet. Dabei weiß ich es längst. Ich weiß auch, was ich zu tun habe, und wenn es das letzte ist, was ich in diesem Leben tue, das bin ich den anderen schuldig. Und vor unserer Haustür steht plötzlich Wolfi neben mir und spricht mir Mut zu, und als ich die Treppe hochgehe, drückt mir Karl eine Boulekugel in die Hand, Arno ist sowieso an meiner Seite.

Der Flur ist leer, Hilde nicht in Sicht, die Wohnzimmertür geschlossen. Ein Blick zur Uhr, schon zwanzig nach acht, aha, der Tatort läuft. Ich lausche, höre Frauenstimmen. An der Garderobe hängen zwei fremde Frauenmäntel, Dora und Charlotte, denke ich entnert, sind sie immer noch da, muss das sein?! Müssen sie ausgerechnet heute meine Pläne durchkreuzen?

Plätzchenduft liegt in der Luft. Die Küchentür ist nur angelehnt, ich schleiche mich hinein. Was für ein Anblick, was für ein himmlischer Duft: Backbleche voll ausgestochener Plätzchen, Printen, Elisenlebkuchen, Vanillekipferl, sie alle lachen mich einladend an, und ich kann nicht verhindern, dass mir das Wasser im Munde zusammenläuft. Hat Hilde heute nicht aufgepasst, denke ich und reibe mir die Hände. Normalerweise ist da kein Rankommen, die Plätzchen werden verwahrt, wie sie es nennt, bis Heiligabend bleibt alles unter Verschluss und wird auch dann nur rationsweise rausgerückt.

Das ist die Gelegenheit, denke ich oder ist es Arno, und Karl seufzt in mein Ohr: Jetzt kannst du zuschlagen, und Wolfi, mit puderzuckerumrandetem Mund: sie schmecken ein wenig bitter, aber schon bediene ich mich nach Herzenslust, und was die andere Lust angeht, die Mordlust, ist morgen auch noch ein Tag.

Ich erlebe leider nicht mehr, wie der Arzt den Totenschein ausstellt – das hohe Alter, tragisch, so kurz vor Heiligabend – und Hilde ein Beruhigungsmittel verschreibt. Wie sie im Sessel sitzt und lächelt, wie sie nie gelächelt hat in den letzten Jahren, und dabei stundenlang die Fische beobachtet, die stummen Zeugen. Wie sie im großen Katzenbuch blättert und im Branchenverzeichnis die Nummern der Tierhandlungen nachschlägt. Wie sie am nächsten Morgen erst mit Dora telefoniert, dann mit Charlotte. Ich höre nicht mehr, wie sie zur Begrüßung zufrieden sagt: „Man lebt noch!"

Von Engeln und anderen Gefahren

Mit Engeln kannte ich mich überhaupt nicht aus. Das hatte ich Augustin auch deutlich gesagt, denn ich mochte alle möglichen Macken haben, aber ich war immer ehrlich. Diese Ehrlichkeit hatte mich möglicherweise genau dorthin geführt, wo ich mich jetzt befand, besser gesagt, wo ich seit Jahren feststeckte: „im deutschen Mittelgebirge". Sogar in dieser Lebenslage hatte ich immer wieder Humor. Insider, Freunde und Leidensgenossen wussten natürlich genau, was ich meinte, natürlich nicht den Harz mit seinen vier Buchstaben und dem Brocken und vielen Hexen. Was würde ich nicht darum geben, dem fünfbuchstabigen Vetter mit „tz" für immer zu entkommen – und der Anruf von Augustin war *die* Chance.

Er hatte sich mal wieder unsterblich verliebt und wollte mit seinem neuen Engel übers Jahresende nach Hawaii fliegen. „Die Liebe verleiht mir neue Flügel", hatte er ein wenig pathetisch gesagt, er sei nicht mehr der Jüngste und müsse die Feste feiern, wie und wo sie fallen. Dann hatte er mich gefragt, ob ich ihn auf dem Weihnachtsmarkt vertreten könne: „Du hast doch Zeit ohne Ende."

Augustin hatte keinen Schimmer davon, wie zeitraubend der Alltag mit drei halbwüchsigen Kindern ist – jede Menge Arbeit, und gleichzeitig suchst du dir die Augen wund nach einem anständig bezahlten Halbtagsjob, möglichst in der Nähe, und musst den Frust der neunundneunzigsten Absage verdauen, und zu allem Überfluss sitzt dir Joe auf der Pelle und hält die Hand auf und macht längst mehr Ärger als Freude. Aber egal.

Viel wichtiger war Augustins Angebot: Den Gewinn würden wir achtzig-zwanzig teilen. Zwanzig für ihn, achtzig für mich. „Ist das ein Deal?"

Es war mehr als ein Deal. Augustin versicherte mir, Engel seien pflegeleicht und einer wie der andere: „Ob aus Ton, aus Porzellan, aus Holz, mit Harfe, mit Flöte, alle haben sie Pausbacken und Flügel. Du musst sie nur verkaufen. Vor Weihnachten fliegen die Leute darauf. Alles klar?"

Klar. Hörte sich plausibel an. Verkaufen konnte so schwer nicht sein.

Das erste Adventswochenende startete prächtig: blauer Himmel, ein paar Grad unter Null, in der Luft diese ganz spezielle Duftmischung aus Bratwürsten, gebrannten Mandeln und Glühwein. Die Leute schoben sich in Scharen über den Weihnachtsmarkt, und nicht wenige kamen an den Stand, um zu gucken – und um zu kaufen! Offenbar waren Engel genauso begehrt wie Kerzen, Lebkuchen, Weihnachtskugeln und Pulswärmer. Außerdem waren die Leute gesprächig, erzählten von den Engeln, die sich schon in ihrem Besitz befanden, große wie kleine, und von wem sie diesen Engel geerbt und auf welcher Kurzreise sie jenen anderen Engel „in einem kleinen Laden" entdeckt hatten – und ich übte mich im aufmunternden Nicken und Lächeln. Nur kein falsches Wort, sonst kauften die Leute womöglich nichts. Gute Stimmung verbreiten, war die Devise.

Dass die Leute auch Fragen stellten – ob die Engel Namen hatten, ob die Laterne in der Hand eine spezielle Bedeutung habe oder ob ich auch Todesengel verkaufen würde –, davon hatte Augustin nichts gesagt. Aber ich war flexibel. Am Stand und aus dem Stand improvisiert, das war etwas, was ich beherrschte – schließlich bestand mein halbes Leben aus Improvisation. So hatte ich mich und die Kinder durchgebracht, bis heute. Es gab immer einen Weg, man musste ihn nur finden – notfalls erfinden.

Klar war es ein bisschen geschwindelt und daher an sich gegen meine Prinzipien, zu behaupten, der Engel mit dem Blütenkranz im Haar sei der Frühlingsengel und stehe für das Ende des Winters. Aber es klang gut, zumal der Winter in diesem Jahr einen Frühstart hingelegt hatte, und glaubte man den Unkenrufen, sibirische Ausmaße annehmen würde. Ein älteres Ehepaar hatte fünf dieser vermeintlichen Frühlingsboten erstanden, um sie in der Verwandtschaft zu verschenken. Hoffnung konnten alle brauchen. Einem älteren Herrn, der es genauer wissen wollte, erklärte ich, der Engel mit dem Stab in der Hand sei keine Fee, sondern der Dirigentenengel: „Er dirigiert das Himmlische Orchester", die naheliegende Deutung fand Anklang.

Vorhin hatte ein Mann mit einer leuchtend roten Pudelmütze wissen wollen, wieso ein bestimmter Engel den Finger hebe – sei das womöglich als Drohung gemeint, als erzieherische Geste? Dann würde er ihn auf keinen Fall kaufen. Aber nicht doch, das sei der Engel der tausend Ideen, dem gerade ein weiteres Licht aufgehe, hatte ich schlagfertig erwidert. „Er hilft, wenn man im Leben nicht mehr weiterweiß."

„Genau das, was ich brauche", hatte der Mann gesagt, und etwas an seinem Blick hatte mich zutiefst berührt. Kurz trafen sich unsere Augen, einen Augenblick länger als gewöhnlich. Ja, der Weihnachtsmarkt bereicherte, in jeder Beziehung.

Nur war es auf Dauer verdammt kalt, hier zu stehen. Auch davon hatte Augustin kein Wort gesagt. Bei minus zehn und drunter war auch der kleine Heizstrahler nur ein Tropfen auf den kalten Stein. Jeden Tag mummelte ich mich dicker ein, nahm mir zwei Thermoskannen Tee mit, schmierte mir morgens ein paar Brote, nicht nur für die Kinder.

Bald kam ich mir vor wie ein Profi. Gab Auskunft, erfand Engelsgeschichten, improvisierte – „improfisierte", sagte ich zu den Kindern. Ich hatte immer Wechselgeld in der Kasse und mit Susanne vom Kerzenstand gleich nebenan ein Arrangement für eine kurze Mittagspause und sonstige unaufschiebbare Gänge. Mein Leben drehte sich fast rund um die Uhr nur noch um die Engel – also um das, was es nicht gab. Die Beliebtheit dieser geflügelten Wesen war erstaunlich. Die Leute kauften wie verrückt. Als könnten sie sich eine Prise Glückseligkeit ins Haus holen, die rund um Weihnachten so ersehnt wie oft bitter nötig war. Und ich verdiente Geld, endlich einmal Geld!

„Geld macht nicht glücklich“, sagte ich zwar oft zu den Kindern, aber dann sagten Florian oder Alex oder Mara oder alle drei im Chor: „Aber es schadet auch nicht, wenn man es hat.“ Geld oder Leben, das konnte durchaus deckungsgleich sein, wenn man seit Jahrzehnten nicht vom Fleck kam. Urlaub? Im Harz? Selten so gut geträumt. Neue Fahrräder für die Kinder? Antrag stellen. Und nie kannst du mehr als zwanzig Euro im Monat zur Seite legen, und das reichte dann gerade für die Geburtstage und Weihnachten zusammen.

Ich hatte nicht gewollt, dass mein Leben so lief, aber es war so gelaufen. Manchmal hatte ich das deprimierende Gefühl, es wäre insgesamt gelaufen. Mit siebzehn von zu Hause weg, Mittlere Reife, Lehre abgebrochen, hier und da gejobbt, zweite Lehre angefangen und, immerhin, durchgehalten, aber als ich einen Job in Aussicht hatte, kam die erste Schwangerschaft dazwischen. Ich hatte gedacht, ist Florian erst im Kindergarten, versuchst du es nochmal oder machst die Abendschule, aber stattdessen kam wieder ein Kerl, bediente sich bei Liebe und Geld und ließ sich bedienen, und als ich ihn rauswarf, weil er mehr trank, als uns allen gut tat, war ich zum zweiten Mal schwanger und musste sehen, dass wir über die Runden kamen. Ohne Sozialhilfe ging da nichts. Ich wollte niemandem auf der Tasche liegen, den Eltern nicht und auch dem Staat nicht, und doch war es genau so gekommen, das war der schlechte Witz daran: Eines Tages waren wir zu fünft und mein zeitliches Limit ein Halbtagsjob, doch wer konnte davon schon leben?

Joe war da leider auch keine Hilfe. Immer gab es auf die Dauer mit den Kerlen Probleme, auch wenn ich jedesmal aufs Neue hoffte, es würde einmal anders laufen. Aber ich hatte kein gutes Händchen für Männer. Die Männer, in die ich mich verliebte, taugten einfach nicht für einen gemeinsamen Alltag. Sie gaben nichts, sie nahmen nur. Nahmen an unserem Familienleben teil, nisteten sich bei uns ein, waren eine Zeitlang witzig oder unterhaltsam oder unternehmungslustig oder als Liebhaber begabt. Doch nach einer Weile ließen sie ihre dunklen Seiten heraus, die sie vorübergehend weggesperrt hatten. Und dann waren sie nicht mehr witzig, sondern betrunken, nicht mehr verliebt, sondern aggressiv. Vor einem Jahr, in den ersten Wochen, hatte Joe sogar den Müll runtergetragen und manchmal eingekauft. Aber seit sie ihn Anfang November auf dem Bau bei der Schwarzarbeit erwischt hatten, war er wie ausgewechselt. Er trank bis zum Umfallen, tauchte tagelang ab, lieh sich von mir Geld, das er nie zurückzahlen würde und hatte wieder Kontakt zu seinen alten Kumpels aufgenommen, Hell's Angels und Konsorten. Dass ich auf dem Markt gut verdiente, bekam Joe natürlich bald spitz. Hielt immer häufiger die Hand auf. Aber wie sollte ich ihn loswerden, ohne dass er vorher ausrastete? Wenn er getrunken hatte, war mit ihm nicht zu spaßen. Ein bisschen brenzlig war das alles schon, zumal so kurz vor Weihnachten.

Schmeiß ihn raus!, sagte eine Stimme in mir. Oder vielleicht gehörte sie zu einem der Engel, die mir von Tag zu Tag vertrauter wurden: ihre pausbäckigen Körper, ihr geflügeltes Lächeln, kindlich und wissend zugleich, die einen ernster, die anderen verspielter. Ich ertappte mich dabei, dass ich sie morgens, wenn ich den Stand aufschloss, begrüßte und ihnen abends noch eine gute Nacht wünschte. Vorgestern erst hatte ich nach einem sensationellen Verkauf im Wert von über hundert Euro mit Blick in die Runde gesagt: „Haben wir das nicht gut gemacht?" Und sie hatten mich angestrahlt. Klar, sie strahlten immer, aber in dem Fall ein bisschen mehr. Und nach einem bösen Streit mit Joe hatte am nächsten Morgen ein Stimmchen gesagt: *Keine Angst, wir halten zu dir.* Es half, ob das nun Einbildung war oder nicht. Für Joe fror ich mir hier nicht den Arsch ab, um am Ende wieder nur Kleingeld in der Tasche zu haben.

Am zweiten Adventssonntag fing es an zu schneien, nicht heftig, gerade so viel, dass diese glitzernde Adventskalenderstimmung aufkam und alle Welt auf den Weihnachtsmarkt strömte. Um die Glühweinbuden bildeten sich Trauben von Menschen, alle Stände waren gut besucht, und auch mein Geschäft lief bestens. Soeben steuerte eine Mutter mit drei Kindern auf meinen, pardon: Augustins Engelstand zu. Das kleinere der beiden Mädchen hielt einen Stab mit Zuckerwatte in der Hand und griff mit klebrigen Fingern nach einem Figurenensemble Engel mit Schaf, die ältere Schwester wollte natürlich genau dasselbe und riss es ihr aus der Hand, so schnell konnte die Mutter gar nicht schauen, während der dritte im Bunde, ein Junge, mit einer ungestümen Handbewegung gleich fünf Engel auf einmal zu Fall brachte.

Fast zeitgleich näherten sich von der anderen Seite drei ältere Damen, jede von ihnen griff nach einem Engel, drehte und wendete und begutachtete ihn, eine wollte den Preis wissen, die zweite sagte von oben herab, das sei aber viel zu teuer, die dritte fragte nach einem Mengenrabatt. Ich merkte schnell, dass ich hier härter durchgreifen musste, aufpassen wie ein Luchs. Während die Kinder alle möglichen Engel betatschten, musste ich die alten Damen im Auge behalten – Alter schützt vor Laster nicht, und wie groß sind doch manche Manteltaschen. Ich gewährte pro Engel einen Euro Rabatt – eine kluge Investition, wie sich gleich zeigte. Jede kaufte noch zwei weitere Engel, und die erste sagte: „Da werden die anderen aber Augen machen“, und ich hörte, wie die zweite beim Weggehen zur dritten sagte, diesen Stand könne man wirklich weiterempfehlen.

Gerne, dachte ich, oder hatte ich es laut gerufen?

Die drei Kinder rangelten noch immer um die schönsten Engel, die Mutter war am Handy und hatte sich abgewandt. In dem Moment tauchte der offenbar zugehörige Vater am Stand auf. Hartwich, ich erkannte ihn sofort. Mit allem hatte ich gerechnet, nur damit nicht. Dabei hätte ich mir denken können, dass auch die Leute von der Agentur für Arbeit, wie das inzwischen ein wenig euphemistisch hieß, in ihrer Freizeit ganz normale Menschen waren, die mit ihren Familien über den Weihnachtsmarkt liefen.

Am liebsten hätte ich mich in Luft aufgelöst, aber ich stand da wie festgefroren und musste an diesen Spruch meiner Mutter denken: Ist das nicht zum Schießen, hatte sie immer gesagt und damit eigentlich gemeint, dass etwas zum Totlachen war … Ich lächelte Hartwich tapfer an wie jeden x-beliebigen Kunden. Die coole Variante: ich tat einfach so, als würde ich ihn überhaupt nicht kennen.

Hartwich war der Herrscher über Haben oder Nichthaben – mein Betreuer beim Arbeitsamt, mein Geldbewilliger und Geldverweigerer. Hartwich war zuständig für die Ein-Euro-Jobs, die ich brav absolviert hatte, in der Hoffnung, sie wären der Nährboden für eine feste Stelle. Hartwich war *der* Mann in meinem Leben, der mich regelmäßig daran erinnerte, was er von Leuten wie mir hielt: die ganze Palette von arbeitsscheu bis unfähig. „Ja, Frau Fuchs, wenn Sie nicht bereit sind, Vollzeit zu arbeiten, wird sich für Sie wohl keine Stelle finden lassen. Da müssen Sie ein wenig flexibler sein.“ Und süffisant nachgeschoben: „Dass Sie drei Kinder haben, dafür können Sie den Staat ja nun wirklich nicht verantwortlich machen …“

Wie ich diese Stimme hasste, die lange in mir nachhallte, wenn ich nach einem dieser Termine nach Hause schlich und mich unendlich klein fühlte, verzichtbar und unnütz, niedergedrückt, auch von Wut und Ohnmacht. Der letzte Ein-Euro-

Job lag nicht lange zurück. Ein halbes Jahr gearbeitet, beliebt gewesen, ins Zeug gelegt, viel mehr als nötig – und dann war die Halbtagsstelle im Sekretariat („leider-Frau-Fuchs-wir-bedauern-das-auch-von-unserer-Seite-sehr“) an eine gleichaltrige Frau gegangen, die *keine* Kinder hatte. Und als ich das nächste Mal vor Hartwich stand wie eine Angeklagte vor dem Richter, den berühmt-berüchtigten Kloß im Hals, hatte er mit einem Kopfschütteln, das er vielleicht für verständnisvoll hielt, auch noch Wasser auf meine Mühlen gekippt: „Was machen wir nur mit Ihnen, Frau Fuchs? Wie ich sehe, sind Sie einfach nicht belastbar ...“ Zu allem Überfluss war ich in Tränen ausgebrochen, vor seinen Augen, in seinem Büro! So tief war ich selbst bei meinen verflossenen Liebschaften nie gesunken!

Eine Bombe schmeiße ich ihm ins Büro, hatte ich auf dem Nachhauseweg getobt. Ich kotze ihm vor die Haustür! – dann war mir eingefallen, dass die Sauerei sicherlich von einer Ein-Euro-Putzhilfe weggewischt werden musste.

Nächtelang lag ich wach und weinte und wütete und führte Streitgespräche mit Hartwich, der ebenfalls drei Kinder hatte, aber einen Job, keine Geldsorgen und eine Frau, die ihm den Rücken freihielt: „Was verstehen Sie denn von Belastbarkeit?“, hatte ich ins Dunkel der Nacht geschrien. „Alleinerziehend und drei Kinder und dann nicht belastbar?!! Denken Sie denn, Hartz IV macht Spaß? Um alles betteln zu müssen? Sich ständig vor Ihnen zu rechtfertigen? Und wenn meine Mutter den Kindern zum Geburtstag fünfzig Euro überweist, drücken Sie *mir* ein Bußgeld auf? Weil ich das Geschenk meiner Kinder nicht sofort an den Staat weitergegeben habe? Und Sie sehen mich an, als wäre ich eine Betrügerin?“ Meine Stimme überschlug sich, wurde zunehmend schriller. „Eine, die den Staat nur ausnimmt und bescheißt?!!“

„Eins aufs Maul“, hatte Joe, dem mein Zustand ziemlich auf die Nerven ging, schlaftrunken geknurrt. „Soll ich ihm eine reinhauen? Musst du nur sagen. Lust dazu hätte ich, große Lust."

„Papa, kaufst du mir diesen Engel?" Hartwichs Töchter, hin und hergerissen zwischen zwanzig Engeln, die sie unbedingt in ihren Besitz bringen wollten, bettelten inzwischen gekonnt um die Wette: „Papa, ich will aber den anderen auch! Papa, bittebittebittebitte!!!"

Beide hatten engelsgleich blonde Haare, die unter den bunten Wintermützen über die Mäntel wallten, beide hatten blaue Augen, der Samstagspapa würde nicht Nein sagen können. Mir zitterten die Knie. Mein Herz raste. Zieht Leine, dachte ich, flehte ich, bitte, geht weiter! Ich wünschte mir, dass sie nichts kauften und keine Sekunde länger hier stehen blieben, es gab auf dem Weihnachtsmarkt doch noch so viel zu sehen und zu begrabschen, zieht Leine, bittebittebittebitte …

Inzwischen schrie der kleine Bruder wie am Spieß, die Mutter hatte aufgehört zu telefonieren und war sichtlich genervt von ihren drei Kindern, die himmlischen Heerscharen standen zwischen mir und Hartwich – aber noch hatte er mich nicht erkannt. Eigentlich logisch, dachte ich und wurde etwas ruhiger. Ich war für ihn nichts weiter als eine Nummer. Ein Vorgang, den es zu bearbeiten galt. Elvira Fuchs, drei Kinder, drei Väter, über vierzig, nichtbelastbar. Ich gehörte in den Aktenschrank und nicht auf den Weihnachtsmarkt.

Und tatsächlich, nichts deutete darauf hin, dass Hartwich mich mit der Frau in Verbindung brachte, die im deutschen Mittelgebirge lebte und nicht mehr als hundert Euro im Monat dazuverdienen durfte. Oh Wunder, Familie Hartwich zog endlich weiter, nicht ohne Heulen und Zähneklappern, aber das kam aus den Zuckerwattemündern der Kinder, nicht von mir. Als er ein paar Meter gegangen war, blickte Hartwich noch einmal kurz zurück – zu den Engeln? In meine Richtung? Oder bildete ich mir das ein?

In den nächsten Tagen lagen meine Nerven blank. Ich schlief schlecht, stritt mich mit den Kindern, verkaufte weniger als sonst und erwartete täglich beim Öffnen des Briefkastens, dass mir aus den Werbeblättern für den Supereinkauf zu Weihnachten ein Brief vom Sozialamt vor die Füße fiel. Aber ein Tag nach dem anderen verging, und nichts geschah. Außer dass Joe in einem Wutanfall die Badezimmertür aus den Angeln hob, wofür er sich in nüchternem Zustand entschuldigte. Als Wiedergutmachung reparierte er sogar endlich die kaputte Türklingel.

In der Nacht vor dem vierten Advent begann es zu tauen. Schon am nächsten Mittag hatte sich die Schneeschicht auf den Straßen in eine Matschwüste verwandelt. Noch drei Tage, jubilierte es in mir.

„Die letzten Engel vor dem Fest", rief ich den missgelaunten vorbeistapfenden Marktbesuchern zu, „ein schönes Geschenk für die Nachbarn oder die Postbotin!"

Einige Leute guckten verständnisarm, andere lachten. Eine Frau kaufte tatsächlich zwei kleine Porzellanengel, einen für ihre Haushaltshilfe, den anderen für ihre Yogalehrerin, die Leute erzählten gern, wem sie etwas schenkten. Der Erfolg spornte mich an, ich begann mich in die Marktschreierrolle hineinzusteigern: „Ein Engel für Ihren miesepetrige Kollegen, damit er einmal im Jahr das Lächeln lernt!", rief ich. „Für den Parkwächter, der Ihnen gerade ein Knöllchen verpasst hat – vielleicht verschont er Sie das nächste Mal! Für …" Ich verstummte.

Mir wurde heiß und kalt zugleich. Ich hatte Hartwich entdeckt. Nicht schon wieder! Bitte, geh weiter. Mit meinem Geschrei hatte ich ihn aufmerksam gemacht. Auf mich, auf den Stand mit den Engeln. Er steuerte jetzt direkt auf mich zu, seine beiden Töchter im Schlepptau. Wie in Zeitlupe sah ich ihn näher kommen, sah seine Amtsaugen größer werden, mich erfassen, mich zerquetschen …

Katastrophe pur.

Seine Töchter stürzten sich wie Verhungernde auf die Engelsschar. Hartwich selbst stand unschlüssig herum, griff nach einem Engel mit einem Buch in der Hand, drehte ihn um und suchte nach dem Preisschild, beugte sich dann vor. Ich wusste, er wollte den Preis gar nicht wissen, er würde auch nicht nach der Bedeutung des Buches fragen, ich könnte also nicht mit einem liebenswürdigen Lächeln sagen: „Das ist der Buchhalterengel, der schreibt auf, wie viele Bücher Sie in Ihrem Leben lesen", oder einfacher: „Der Engel liest aus der Weihnachtsgeschichte, und wenn Sie die Augen schließen, können Sie seine Stimme hören!"

„Den Nebenverdienst werden Sie sicherlich offiziell angeben oder?", sagte Hartwich halblaut und spießte mich dabei mit seinem prüfenden Bearbeiter-und-Bewilliger-Blick auf.

Er hatte mich erkannt, schon beim ersten Besuch vor zwei Wochen. Er hatte mich nur ein wenig zappeln lassen.

„Ich ... äh ... vertrete heute ausnahmsweise den Besitzer", stotterte ich und zeigte auf das Schild mit Namen und Adresse von Augustin hinter mir an der Budenwand. „Das ist reiner Freundschaftsdienst", plapperte ich drauflos, als ginge es um Tod oder Leben, „als Lohn darf ich mir ein paar Engel aussuchen." Ich lächelte verzweifelt. „Die könnten wir uns sonst nicht leisten."

Auch Hartwich lächelte, aber es war kein gutes Lächeln. Er durchschaute mich. Er roch meine Angst. Wieso war mir nichts Besseres eingefallen, ich konnte doch sonst so gut improvisieren, aber in seiner Gegenwart verließen mich alle guten Geister. „Das ist mein neuer Ein-Euro-Job", hätte ich sagen sollen, „wussten Sie das noch nicht?" Vermutlich hätte er es nicht einmal überprüft.

Aus einer dummen Eingebung heraus nahm ich zwei Engel aus der hintersten Reihe, wo die reduzierten Exemplare standen, die minimale Fehler hatten, zu kurze Flügel oder abgebröckelte Zehen, und hielt sie den Mädchen hin. „Die beiden Schutzengel hier sind für euch …"

Hartwich war schneller. „Danke, wir brauchen so etwas nicht", sagte er mit frostiger Stimme, und es klang, als würde er sagen: „Wir sind nicht bestechlich." Die Mädchen klagten lauthals, weil sie keinen Engel bekamen, weder von mir noch von ihrem Vater, aber er sagte nur: „Wir finden woanders etwas Schöneres.",

Und an mich gewandt: „Das wird Folgen haben, darauf können Sie sich verlassen." Dann zogen sie ab.

Mir zitterten die Knie, ich fror jetzt jämmerlich, aber diese Kälte kam von innen. Da war es wieder, dieses Erwischt-Gefühl, wie an die Wand genagelt, das mich so oft befiel, wenn ich die Agentur für Arbeit betrat. Als hätte ich etwas falsch gemacht. Etwas verbrochen. Als wäre alles, was ich tat und dachte, von Grund auf verkehrt. Wieder nicht das Geburtstagsgeld der Oma angegeben, wieder vergessen, die Heizkostenrückzahlung von dreißig Euro zu melden, zu spät dran mit dem Antrag auf Kostenübernahme der Klassenreise – irgendetwas war immer falsch.

Ich sah, wie Hartwich den Stand mit den Filzsachen gegenüber ansteuerte, kurz mit Annamaria sprach, auf mich und die Engel deutete, nickte, dann auch Susanne vom Kerzenstand einen Besuch abstattete. Sie hatten keine Ahnung, sie waren nicht vorgewarnt. Natürlich würden sie Hartwich bestätigen, was er wissen wollte: Dass ich von der ersten Minute des Weihnachtsmarkts am Stand gewesen war. Wenn er morgen zu den Akten gab, dass ich hier gearbeitet hatte, schwarz natürlich, wäre alles umsonst gewesen. Hundert Euro dürfte ich behalten, den großen Rest müsste ich abgeben, und ein Bußgeld käme auch auf mich zu. Und das, nachdem ich hier vier Wochen lang von morgens bis abends geackert hatte, Engel angepriesen,

Geschichten erfunden, für meine Zukunft, damit ich endlich von Hartwich loskam. Das Geld, das ich dank der Engel verdient hatte, war schließlich kein Weihnachtsgeld für nebenbei, für das Zweitauto oder den Drittcomputer oder einen Kurztrip nach Mallorca, sondern meine neue Basis: meine Starthilfe für eine bessere Zukunft.

Ich sackte auf meinen Hocker und schlug die Hände vors Gesicht. Was für eine Katastrophe!

Lass dir das nicht gefallen, sagte leise, aber deutlich eine Stimme. *Wehr dich!*

Ich fuhr hoch, sah mich um. Da war niemand. Ich war allein. Hockte inmitten der geflügelten Engelsschar in Augustins Bude auf dem riesigen Marktplatz. Alles andere, die Menschen, die Buden, der ganze Rummel, die Beleuchtung, die Weihnachtsmusik, die Gerüche nach gebrannten Mandeln und Bratwurst, war für einen Moment verschwunden. *Wehr dich* – hatte ich das gesagt? Führte ich jetzt schon Selbstgespräche oder war das eine dieser berühmten Eingebungen, bei denen man nicht genau wusste, woher sie kamen? Ich ließ meinen Blick über die Figuren wandern. Bei dem Engel mit dem erhobenen Zeigefinger hielt ich inne, der Engel der tausend Ideen, so unschuldig sah er aus, so geduldig und stumm, so gar nicht aus dieser Welt – oder war er in Wirklichkeit ein Racheengel?

Eine Stimme riss mich aus meinen Gedanken. Ungehalten, eindeutig nach Mensch klingend. „Hallo, Sie da, ich habe nicht ewig Zeit. Hören Sie mich überhaupt? Was kostet diese Figurengruppe dort hinten?“

Ich sprang auf, wieder voll im Hier und Jetzt – und verdoppelte gleich den Preis. Wer nicht wagt, der nicht gewinnt.

Der Kunde kaufte. Na also, geht doch. Ich rieb mir die Hände. Ich würde einen Teufel tun, klein beizugeben. Am Montag bei Hartwich angekrochen zu kommen – das war vorbei. Dieses Geschäft machte mir keiner kaputt, noch dazu zum großen Fest der Liebe.

Und überhaupt, wozu gab es Joe? Wozu war er in seiner wilden Jugend ein Höllenengel gewesen? Jetzt konnte er sich endlich mal revanchieren.

Als hätte er es geahnt, rief er zehn Minuten später an. Zum Glück waren gerade keine Kunden da. Er erkundigte sich scheinheilig, wie die Geschäfte so liefen, dabei wusste ich genau, er wollte die Lage sondieren. Wieviel heute bei mir zu holen war. Inzwischen kannte ich die Sanftmut, in die er schlüpfte, wenn er etwas von mir wollte.

„Bestens", rief ich. „Habe gerade zweihundert Euro eingenommen." Es gebe da nur ein klitzekleines Problem. Ich berichtete in angemessener Kürze von meiner unseligen Begegnung mit Hartwich – und hörte förmlich, wie Joe am anderen Ende zu schäumen begann.

„Ich wünschte, ihm würde ihm der eisenbehelmte Engel mit dem Flammenschwert aus der Augustinerkirche auf den Kopf fallen", sagte ich. Aber vielleicht könne Joe das Problem einfacher lösen? Auf seine Art?

„Der Drecksack ist so gut wie tot", knurrte er. „Kostet dich aber fünfhundert."

Ich erhöhte freiwillig auf sechshundert. „Dreihundert vorher, dreihundert danach. Und dann verschwindest du aus meinem Leben. Für immer. Ist das ein Deal?"

„Deal", sagte er.

Mit einsetzender Dunkelheit ging der Schnee in Regen über, auf den Gehwegen und Straßen wurde es glatt. Der Weihnachtsmarkt leerte sich. Als Joe eintraf, gab ich uns einen Glühwein aus, er kassierte den Vorschuss, eine letzte Umarmung, alles andere war seine Sache.

Der Weg nach Hause wurde eine einzige Schlitterpartie, die Streuwagen kamen gar nicht schnell genug hinterher. Zur Feier des Tages bestellte ich vier Pizzen, die die Kinder und ich uns schmecken ließen. Im Radio wurde vor akuter Glatteisgefahr gewarnt. „Auto stehen lassen, Fahrrad stehen lassen, Hund alleine Gassi schicken und am besten die Füße hochlegen", plapperte die Moderatorin. Um halb elf krachten direkt vor unserem Wohnzimmerfenster drei Autos ineinander. Alex und Mara schlitterten durch ihre Facebook-Freundschaften. Florian klagte über Fieber und Halsschmerzen. Ich kümmerte mich um ihn, brachte ihm eine heiße Milch mit Honig und wartete ungeduldig auf Joes Anruf.

Irgendwann musste ich auf der Wohnzimmercouch eingeschlafen sein. Als ich am nächsten Morgen aufwachte, wurde es gerade mühsam hell. Ich versuchte, Joe auf dem Handy zu erreichen, aber es meldete sich nicht einmal die Mailbox. Er hatte sich doch hoffentlich nicht tatenlos mit meinen dreihundert Euro aus dem Staub gemacht? Sofort rief ich bei der Agentur für Arbeit an. Unter Hartwichs Durchwahl meldete sich niemand. Viertel nach acht, vielleicht war es noch zu früh. Vielleicht war er schon in den Weihnachtsferien? Als ich auch eine Stunde später keinen Erfolg hatte, rief ich die Vermittlung an. Fragte nach Hubert Hartwich, Zimmer vier zwei eins.

Ein Schluchzen kitzelte mein Ohr. „Das ist ja so schrecklich, mein Gott …"

„Ist etwas passiert?", fragte ich scheinheilig, um dann, nachdem ich die Geschichte angehört hatte, einfühlsam hinzuzufügen: „Oh nein, wie schrecklich … Weiß man denn schon, wer es war?"

Dann wurde es höchste Zeit, ich musste zu meinen Engeln.

Beunruhigt war ich nur wegen Joe. Er meldete sich einfach nicht. Im Internet fand ich am Abend mehrere Kurzberichte zu einem tödlichen Überfall auf einen Mitarbeiter der Agentur für Arbeit. Direkt vor seiner Wohnung. Neben der Leiche war ein barocker Bronzeengel gefunden worden, der offenbar aus einer noch nicht näher identifizierten Kirche entwendet worden war. Von den Tätern fehlte jede Spur, die Kriminalpolizei tappte im

Dunkeln, nahm aber wie immer Hinweise entgegen unter folgender Rufnummer …

Am letzten Tag des Weihnachtsmarktes kauften die Leute noch einmal Engel, Kerzen, Christbaumkugeln, Krippenzubehör, als ginge es darum, die Vorratskeller angesichts einer drohenden Hungersnot zu füllen. Ich hatte den ganzen Tag alle Hände voll zu tun. Plötzlich stand der Mann mit der roten Pudelmütze und dem intensiven Blick vor mir, er wollte gar nichts kaufen, nur kurz gucken und kurz reden und sich mit mir verabreden. Verrückterweise hieß er Angelo, aber das störte mich nicht. Im Gegenteil, der Name strahlte Gelassenheit aus und klang wie eine Verheißung. Mein Herz war ihm schon zugeflogen – vielleicht hatte ich ja diesmal ja Glück.

Spätabends rief überraschenderweise Augustin an, die Verbindung war schlecht, aber ich konnte nur Gutes berichten. Und er war anscheinend noch immer im siebten Himmel. Wir wünschten uns gegenseitig frohe Weihnachten. Ich sagte ihm zum Abschied, dass seine Engel reden könnten, aber er wusste nicht, was ich meinte. Vielleicht hatte er sie nur nie verstanden.

Provinz ist eine Möglichkeit

Archie

Über Nacht war der Regen gekommen. Der Himmel hing so tief, dass nicht einmal die Burg richtig zu sehen war. Hoffentlich kein schlechtes Omen, dachte Archie, als er den Motor anließ.

Die Burg war sein Beschützer, seit er zurückdenken konnte. Ein guter Geist, der in steinerner Gestalt auf dem Breuberg hockte und wachte. Schon als Kind hatte er jeden Tag mindestens einmal hochgeblickt zur Burg und sich auf seltsame Weise sicher gefühlt. Da war etwas, woran er sich orientieren konnte. Etwas Dauerhaftes, Mächtiges, Geheimnisvolles.

Etwas, das nicht über Nacht verschwand wie sein Vater, der mit der Frau des Apothekers durchgebrannt war. Das nicht wie sein Großvater eines Morgens leblos unter der dicken Federdecke lag. Der Tod hat den Großvater *heimgeholt*, hatte die Großmutter gesagt, in einem Tonfall, als wünsche sie sich nichts sehnlicher, als auch in dieses *Heim geholt* zu werden. Archie war damals zehn und hatte mithelfen müssen, den toten Großvater sargfein zu machen. Immerhin: Der Tod war eine klare Sache, damit konnte man etwas anfangen, jedenfalls mehr als mit dem *Verschwinden* des Vaters, von dem niemand wusste, wo er sich aufhielt und ob er jemals zurückkehren würde. *Heimholen* aber hörte sich deprimierend an. So als sei das Leben nur ein Übergangsstadium auf der langen Reise *heim*. Auf so eine Heimat konnte Archie verzichten.

Seine Heimat war die Burg. Die Burg war anders. Sie mochte aus Stein bestehen und uralt sein, mehr als achthundert Jahre, nach Menschenmaß längst reif für den Friedhof, doch für ihn war sie lebendig: ein Ort voller Geschichten und Möglichkeiten. Und im Gegensatz zu den Menschen, mit denen Archie zu tun hatte, spottete, schimpfte, klagte sie nie.

Wie oft war er als Junge den Abhang hochgeklettert, steil aufwärts, quer durchs Unterholz, über die Wiesen und ehemaligen Weinterrassen. War durchs Burggelände gestreunt, allein und mit Jungs aus den umliegenden Dörfern. Burgherren und Räuber hatten sie gespielt, Katholiken und Protestanten, Erbacher und Löwensteiner. Sie hatten Kämpfe um Wehrtürme und Mauerabschnitte ausgefochten, Angreifer in die Flucht geschlagen. Später, als Jugendliche, waren sie mit der Clique hoch zur Burg gezogen und hatten mitternächtliche Festgelage veranstaltet, und es verstand sich fast von selbst, dass auch der erste Kuss im Schutz der Burg getauscht wurde. Wie lange das her war.

Archie musste scharf bremsen, drückte auf die Hupe. Kurz vor ihm war ein Lieferwagen auf die Landstraße eingebogen, der Idiot fuhr sogar ohne Licht. Dauerregen, rechts und links alles Grau in Grau. Viel Verkehr. Freitagnachmittag, alle wollten irgendwohin. Heim. Oder lieber weg?

Mieses Wetter konnten sie an diesem Wochenende nicht gebrauchen. Klar, Anfang November war keine optimale Zeit, nicht für das Treffen der alten Eintracht, eigentlich für gar nichts. November war ein Sinnbild für Totensonntag und Volkstrauertag und Warten, dass dem Monat endlich die Tage ausgingen. Aber einen anderen Termin hatten sie einfach nicht gefunden. Was nun wirklich nicht Archies Schuld war. Wäre es nach ihm gegangen, hätten sie sich Ende September getroffen, da war die Landschaft ein Meer aus buntem Laub, aus dem die Burg aufragte wie eine Insel. Sie hätten ein paar ausgedehnte Wanderungen unternehmen können.

„Mein Terminkalender macht da nicht mit“, hatte Alex am Telefon gesagt. Was für ein Blödsinn, dachte Archie, während er den Main überquerte, ein Kalender ist kein Lebewesen und kein Spielverderber. Aber vielleicht konnte man das Leben, das Alex führte, überhaupt nur so ertragen: indem man ein paar Dinge um sich herum belebte. Wobei Archie zugeben musste, dass er schon lange keinen blassen Schimmer mehr hatte, wie Alex oder Sigi wirklich lebten. Er kannte weder Sigis Frau und Töchter, noch hatte er jemals eine einzige von Alex' ständig wechselnden Freundinnen kennengelernt.

So war das eben. Man lebte sich auseinander. Dabei waren sie eine verschworene Gemeinschaft gewesen: Männer-WG, Triumvirat der juristischen Fakultät der Frankfurter Uni, die alte Eintracht. Hörte sich gut an, auch im Nachhinein.

Archie war der erste gewesen, der nach fünf Semestern abtrünnig wurde. Das war nicht lange nach der Sache mit dem Unfall, den Alex im Kiffsuff gebaut hatte. Kurz danach war Archies Mutter gestorben, er war für ein paar Wochen zurück nach Sandbach gefahren, um dort alles zu regeln, und aus den Wochen waren Monate geworden. In seiner Erinnerung war damals irgendwie alles gleichzeitig passiert, Unfall, Tod, Leben, Kunst, Liebe. Er hatte sich in Katja verliebt, die Tochter des Tankwarts, die er noch aus der Schulzeit kannte, und war in Breuberg geblieben. Die Juristerei hatte ihn im Grunde nie die Bohne interessiert, er hatte weder das Zeug zum Paragraphenfuchser noch zum überzeugenden Redner. Jura hatte er nur seiner Mutter zuliebe studiert, weil das erstens etwas Solides war und zweitens etwas Hochangesehenes, ein Jurist in der Familie war mehr als ein Künstler – und damit seine Mutter keinen Herzinfarkt bekam, hatte Archie sich gefügt, was letztlich auch nichts geholfen hatte. Doch als seine Mutter tot war, hatte die Heuchelei, was den Beruf betraf, ein Ende, und er konnte endlich das tun, was er am besten konnte und am meisten liebte: Figuren formen, aus welchem Material auch immer, Knetmasse, Fimo, Pappmaché, Gips, Ton. Archie hatte sich und seine

Liebe gefunden, im Schutz der Burg, wozu brauchte er Frankfurt.

Am Anfang hatten sie sich noch regelmäßig getroffen, mindestens einmal im Jahr, immer an einem anderen Ort, auch im Ausland, in Kopenhagen, London. Mit den Jahren war die Zeit knapper geworden, knappes Gut ist kostbar, die Treffen der alten Eintracht wurden seltener, die Hotels jedoch luxuriöser. Ein paarmal hatten Sigi oder Alex kurzfristig abgesagt, weil sie beruflich zu sehr eingespannt waren. Archie hingegen könne sich das anders einrichten, hatte Sigi einmal gesagt: „Als Künstler hast du mehr Leerlauf." – „Wieso denn Leerlauf?", hatte Archie protestiert, die Formulierung ärgerte ihn, „das sind Freiräume, Alter, in meinem Leben gibt es das noch."

Freiräume, das schon. Was leider nicht das nötige Kleingeld ersetzte. Die Übernachtung im Fünfsternehotel auf Sylt vor vier Jahren, organisiert von Sigi, hatte Archie sich vom Munde abgespart, aber als Alex letztes Jahr mit diesem Wellnesshotel im Allgäu ankam, hatte er gestreikt, unausgesprochen. War er Krösus? „Sorry Leute, leider keine Zeit", hatte er zurückgemailt, elektronisch ging das so schön sachlich, jeder verstand die Kürze und fragte nicht lange nach den Hintergründen.

Diesmal also ein Heimspiel. Archie, Breuberg und die alte Eintracht. Eine Burgführung und zwei Wanderungen hatte er geplant und rechtzeitig angekündigt, damit Alex und Sigi nicht womöglich mit Businessschuhen, Anzug von Boss und Krawatte von Kenzo auf der Matte standen. Zieht euch warm an, hatte er den beiden gestern erneut gemailt.

Ein erfolgreiches Wochenende konnte keinesfalls unten im Jammertal beginnen, sondern nur hoch oben, auf der Anhöhe, auf dem Breuberg, mit weitem Blick in die Zukunft, und alle Sorgen und Nöte blieben gefälligst auf der Strecke, dachte Archie und fühlte sich kurzzeitig beschwingt. Kurz nur. Dann trat ihm der Schweiß auf die Stirn.

Er hasste es, Bittsteller zu sein. Den Freund um Geld anzuhauen. Das ging, zum Teufel nochmal, gegen seine Ehre. Andererseits hatte er seit damals bei Alex etwas gut, sagte er sich und schlug mit der Hand aufs Lenkrad.

Wenn er nicht bald Geld auftrieb, musste er das Häuschen am Stadtrand von Sandbach verkaufen, das er von seiner Mutter geerbt hatte und diese von ihrer Mutter und diese vom heimgeholten Großvater. Archie war praktisch pleite. Er hatte sich schon zum zweiten Mal Geld von Katjas Schwager leihen müssen, und zwar nicht für nichts, von wegen Familienbande – acht Prozent Zinsen hatte Bernd gefordert, reiner Wucher, aber das war immer noch weniger, als die Bank verlangte. Das Geld für den Auftrag der Burgskulptur war längst eingegangen in den Kreislauf des alles verschlingenden monetären schwarzen Lochs. Kein Cent mehr übrig, dabei hatte er noch nicht mal angefangen, an der Skulptur zu arbeiten. Keine Energie, keine Ideen.

An manchen Tagen gab es in seinem Kopf nichts als Grau. Dann ging Archie früher oder später raus in den Wald, lief stundenlang rum, kam nass, froher als vorher, aber unverändert ratlos zurück. Zu Hause gab es ständig Streit. Katja wollte, dass er sich einen Job suchte. Eine Arbeit, die regelmäßig Geld einbrachte. Das machte sie so, das machten alle anderen so, war er sich etwa zu fein dazu? Von Katjas Lohn und seinem Honorar für die Burgführungen ließen sich gerade mal die laufenden Kosten decken. Früher hatte Archie ab und zu einen öffentlichen Auftrag bekommen, für die Gestaltung eines neuen Marktbrunnens in Höchst, für eine Plastik im Pausenhof der neuen Schule in Rai-Breitenbach. Mit seinem Modell einer Galionsfigur für eine Brücke über den Main hatte er vor Jahren einen überregionalen Wettbewerb gewonnen, aber gebaut worden war der Entwurf des zweiten Siegers, der übliche Klüngel. Beim letzten Wettbewerb war Archie völlig leer ausgegangen. Schlechte Zeiten. Die Leute wollten entweder keine Kunst oder lieber gleich einen Gartenzwerg, was für Archie aufs selbe hinauslief.

„Werd doch Leichenbestatter", hatte Sigi geunkt, als die drei Freunde damals in einer Kneipe im Westend ihren Abschied gefeiert hatten und sich brüderlich in den Armen lagen, und Alex hatte gegrölt: „Ist viel zu schlecht bezahlt!"

An den Satz hatte Archie in der letzten Zeit immer häufiger denken müssen. Alex war ein Mann mit prallen Taschen. Und da war noch eine ziemliche pralle Rechnung offen.

Mit einer Viertelstunde Verspätung bog Archie auf den Parkplatz am Bahnhof von Aschaffenburg ein. Alex war schon da. Er stand wie bestellt und nicht abgeholt in seinem edlen Designermantel unter dem Vordach, das Handy am Ohr, wie einer, der nur aus Versehen hier in der Provinz ausgestiegen ist. Archie hupte, kurbelte das Fenster runter und winkte. Außerdem fragte er sich, ob Alex wohl das Geld dabei hatte.

Alex

Alex sah sich suchend um, taxierte automatisch zuerst die nobleren Karossen, entdeckte schließlich den schmutzigblauen Ford Fiesta. Er schnappte seinen Rollkoffer und zog ihn über das unebene Pflaster.

„Ich dachte schon, du kommst nicht mehr."

„Akademisches Viertel, Alter, kennst du doch noch. Gilt auch bei uns in der Provinz. Schmeiß dein Gepäck auf den Rücksitz, der Kofferraum ist voller Werkzeug."

Alex ließ sich auf den Beifahrersitz fallen.

„Gute Fahrt gehabt?"

„Brechend voll der Zug, ich bin auf den Speisewagen ausgewichen. Sigi schon da?"

„Noch on the road. Hat eine SMS geschickt. Er schätzt, gegen fünf trudelt er ein."

Alex reckte sich. „Eigentlich ganz schön, mal wieder rauszukommen." Er tippte auf den Aschenbecher. „Darf man?"

„Meinetwegen. Katja raucht auch."

„Du nicht mehr?"

„Zero."

Alex sah ihn ungläubig an. „Einfach so? Du als anerkannter Chefkettenraucher der alten Eintracht?" Er zündete sich eine Zigarette an.

Archie zuckte die Schultern. „Öfter mal was Neues. Und bei dir? Wie geht's, wie läuft's, was macht die Liebe?"

Sie fuhren aus der Stadt raus, überquerten den Main. Zwei Schlepper waren flussauf unterwegs.

Schleppend, dachte Alex und blies den Rauch gegen das Seitenfenster. „Geht so, läuft gut, alles bestens." Was sollte er auf so eine Frage auch schon antworten? Eine Floskel gibt die andere. Hier ein Spruch, da ein Spruch. Dafür war er bekannt. Für die Lockerheit. Lockere Sprüche, lockeres Wesen, lockeres Händchen. Archie fragte sicher wegen dem Brief, mal vorfühlen, wie sein alter Kumpel Alex drauf war.

Ein Brief von Archie aus der Provinz, das musste etwas Gewichtiges sein, hatte Alex gedacht, denn niemand schrieb mehr Briefe. Die Einladung zu seinem Vierzigsten oder zu einer besonderen Vernissage. Dass Archie ihn um Geld bitten würde … Was heißt da bitten, es ging eher um eine Forderung, eine Nachzahlung. Schon klar. Alex hatte Archie damals drei Hunderter zugesteckt. Als Anerkennung für den Einsatz, die Bereitschaft. Als Dank für die geleistete Hilfestellung nach dem bösen Unfall. Für ihn als Studenten war das viel Geld gewesen. Er hatte gedacht, sie wären quitt. All die Jahre. Was konnte er dafür, dass Archie als Künstler nichts verdiente? Hätte ja auch mit der Juristerei weitermachen können.

Und jetzt wurden die alten Leichen wieder aus dem Keller geholt. Aber dafür ein Brief?

Beschissen lief es, in jeder Hinsicht.

Alex war Jurist in einem Unternehmen, das vor nicht langer Zeit den kleineren Konkurrenten geschluckt hatte und nun daran zu ersticken drohte. Nichts als Ärger. Sein Job stand zwar noch nicht zur Disposition, aber vielleicht war das nur eine Frage der Zeit. „Sie brauchen mich noch“, pflegte Alex zu sagen, „fragt sich nur, wie lange.“ Oder: „Der Markt ist übersättigt, jetzt steht die Schlankheitskur an.“ Sprüche eben. Ihm war völlig klar, dass es erstmal eine ganze Weile bergab gehen würde, auch finanziell. Er war schließlich nicht der einzige, der in die falschen Fonds investiert hatte, Staatsanleihe aus Island, Hedgefonds, die sicherste Sache der Welt, hatte ein Freund behauptet. Auch so ein Spruch. Davon geht die Welt nicht unter … Was bleibt, ist die Liebe …

Gab es so etwas überhaupt? Eine Frage, die er sich früher nie gestellt hatte. Irgendwann aber hatte er mit der Liste begonnen. Als Iris an einem Samstagabend Anfang September kurzfristig abgesagt hatte. Er hatte schon das Adressbuch zur Hand, um eine Alternative anzurufen, Carla oder Brigitte oder Marie-Claire, aber dann hatte er den Hörer wieder weggelegt. Die Lust war ihm vergangen. Er hatte eine gute Flasche Wein geöffnet und das Hamburger Konzert von e.s.t. aufgelegt und angefangen aufzulisten: seine Frauen. In welche Frau er wann verliebt war. Nach über drei Dutzend Namen war ihm klar geworden: keine einzige. Er hatte die Frauen notiert, mit denen er im Bett war, längst nicht alle, ein paar waren ihm entflutscht, doch das war unwichtig. Er hätte ebenso keinen einzigen Namen aufschreiben können. Richtig verliebt? Womöglich so etwas wie Liebe? Die große Fehlanzeige. Ein paar Wochen zusammen ausgehen, lachen, trinken, tanzen, mehr oder weniger guter Sex, ein paar interessante Gespräche, das war's, was er in den letzten zwei Jahrzehnten in Sachen Liebe erlebt hatte, und nicht zu wenig. Alex, der Frauenheld.

Was konnte er dafür, wenn die Frauen auf ihn flogen? Für sein gutes Aussehen konnte er nun wirklich nichts, bedank dich bei Mama und Papa und den Generationen davor. Naja, er tat auch nichts dagegen. Immer nobel gekleidet, Geldhahn weit geöffnet, Cabrio, Loft, gutes Essen. Verdammt! Liebe … Die Erkenntnis, wenn es denn eine war, hatte ihn nicht völlig umgehauen, aber sie hatte ihm immerhin zu denken gegeben. Und ihm den Appetit verdorben. Seit drei Wochen hatte er überhaupt keine Lust mehr verspürt, mit irgendeiner Frau auch nur zum Essen zu gehen! Nicht einmal das.

Er nahm einen letzten Zug und drückte die Zigarette aus.

„Und selber? Wie geht's euch so in der Provinz?" Es klang eine Spur herablassend.

Archie spitzte den Mund. „Provinz ist eine Möglichkeit."

„Sorry, so hab ich das nicht gemeint", sagte Alex schnell.

„Wie hast du das nicht gemeint?"

„Keine Ahnung, arrogant oder so, ich meine, ich wollte einfach nur …Na, egal. Was steht denn dieses Wochenende auf dem Programm?", fragte Alex munter weiter, um das Gespräch in andere Fahrwasser zu lenken.

„Oh, wir haben hier eine Menge zu bieten. Wandern, wandern und nochmals wandern." Archie grinste und warf Alex einen spöttischen Blick zu: „Willst du etwa in diesem Outfit …?"

„Du meinst wegen der Schuhe? Du kennst mich doch, immer top gerüstet. Ich hab mir bei Wolfskin extra neue Wanderschuhe zugelegt, und eine Jacke, wasserdicht, winddicht, die kann ich sogar am Nordpol anziehen."

Alex tat, als inspiziere er durch einen Vorhang aus Regen interessiert die vorbeiziehende Landschaft. „Von mir aus können wir sogar bei diesem Wetter los, kein Problem, aber wie ich ihn kenne, wird Sigi da nicht mitmachen." Hoffe ich jedenfalls, dachte er.

„Wir wandern auch bei Regen“, erwiderte Archie in einem Tonfall, der kein Nachverhandeln dulden würde.

Alex zündete sich noch eine Zigarette an. „Woran arbeitest du zur Zeit?“

Archie zuckte die Schultern. „Ein Auftrag für die Burg Breuberg.“

„Ah. Klingt spannend.“

„Eine Riesenskulptur. Gute Sache.“

Sie schwiegen wieder.

Verdammt, dachte Alex, wenn das so weitergeht, wird das ja ein tolles Wochenende.

„Katjas alte Kiste?“, fragte er, als sie über eine Bodenwelle fuhren und der Ford hart aufsetzte.

Archie lachte. „Weißt du, die Sache ist die, mein Porsche ist gerade in der Werkstatt und der Rolls Royce mag bei diesem Hundewetter nicht auf die Weide.“

Alex grinste. „Ich wusste gar nicht, wie sehr ich deinen Galgenhumor vermisst habe.“

Nach ein paar Kilometern schob sich endlich die Burg ins Blickfeld.

„Damit du dich auch ohne Navi zurechtfindest: Gleich sind wir in Hainstadt, dann kommt Neustadt, dann Sandbach. Gehört alles zur Gemeinde Breuberg. Auch Rai-Breitenbach und Wald-Amorbach, aber das liegt auf der anderen Seite des Hügels. In fünf Minuten sind wir da.“

Alex musterte die Gegend. „In welchem dieser Orte ist unser Hotel?“

„Auf dem Breuberg. Ihr wohnt oben in der Burg.“

„Burghotel Breuberg, nie davon gehört“, murmelte Alex. „Wie viele Sterne?“

„Falls es aufklart, ein ganzer Himmel voll, plus Mond“, sagte Archie lakonisch und fügte hinzu: „Banken gibt es hier übrigens auch. Oder hast du die Kohle in bar dabei?“

Sigi

Sigi traf drei Stunden später ein, es war bereits dunkel, der Schotterweg zu Archies Haus nicht beleuchtet, fast hätte er es nicht gefunden.

Die Strecke von Berlin nach Breuberg war er wie in Trance gefahren. Hatte nur einmal kurz zum Pinkeln Halt gemacht, sich aber keine zwei Meter vom Auto entfernt. Wenn Alex oder Archie ihn fragen würden, welche Strecke er genommen hatte, ob unterwegs viel Verkehr war, das Wetter bei der Abfahrt in Berlin – die üblichen abgelatschten Landungsbretter zur Begrüßung –, er hätte es nichts sagen können. Die letzten Stunden waren alle gleich milchig, grau und leer gewesen, und in dieser milchiggrauen Leere hatte Sigi hinter dem Steuer seines A 6 gesessen wie ein Mörder nach vollbrachter Tat. Wie saß denn ein Mörder hinter dem Steuer? Sigi hatte keine Ahnung, aber so fühlte er sich. Nicht ganz zu Unrecht. Mörder wider Willen, dachte er zur eigenen Ehrenrettung, aber die Formulierung half nicht gegen die innere Eiseskälte.

Im Haus war es warm. Nichts Spektakuläres, dreißiger Jahre, Spitzgiebel, steile Treppe, viel Holz, alles pfiffig und liebevoll von Hand ausgebaut. Alex würde es vermutlich spießig finden, dachte Sigi, aber er fühlte sich geradezu geborgen. Ein sicherer Ort abseits der großen Routen, Tür an Tür mit dem Odenwald. Der Tisch im Wohnzimmer war gemütlich gedeckt.

„Lange Fahrt? Du bist ganz schön blass, Alter", sagte Alex zur Begrüßung und klopfte ihm kräftig auf die Schulter.

„Na, jetzt ist erstmal Wochenende", sagte Archie und reichte ihm ein Bier. „Trink ein Michelsbräu, gleich sieht die Welt ganz anders aus."

Der Satz war freundlich gemeint, das wusste Sigi, aber er spürte, wie es ihm den Boden wegriss. Unter den Füßen. Unter seinem Lebensentwurf.

Die Welt würde nie wieder aussehen wie zuvor. Die Welt war für ihn gestorben. Nein, er war für die Welt gestorben. Nein, auch das nicht, noch nicht, aber wer weiß, vielleicht war das die Lösung, der Boden unter den Füßen, weg, der Kopf gegen den Betonpfeiler, rumms zu Boden gegangen, so schnell guckst du gar nicht, selbst Schuld, aber am Arsch war *er*, Sigi. Nein, am Arsch war Korbach, der Sigis Job bekommen hatte. Nein, auch nicht, das war jetzt vorbei, keiner hatte den Job, Sigi nicht, Korbach auch nicht, am Arsch waren sie alle beide, nur mit dem kleinen Unterschied, dass Sigi lebendig war und Korbach tot. Zum Glück war es am Arsch der Welt kälter als in Berlin, das konnte der unfreiwillige Gast im Kofferraum gut brauchen. Nein, der nicht. Dem half nichts mehr. Sigi konnte das gut brauchen. Wer denn nun? Ach, er war komplett durcheinander, was Wunder. Nein, kein Wunder. Ein einziger beschissener Augenblick im Leben, der schief gelaufen war, zack, auf die Fresse, aus und vorbei.

Eine Leiche im Kofferraum. Erklär das mal deinen Freunden.

Archie. Archie würde ihm helfen. Archie würde wissen, was zu tun war.

Sigi trank das Bier mit geschlossenen Augen aus, in einem Zug. Seit dem späten Vormittag hatte er nichts mehr zu sich genommen. Ihm war kalt gewesen unterwegs, obwohl er die Heizung voll aufgedreht hatte, kalt und starr hatte er sich gefühlt. Als wäre er die Leiche und nicht der andere, doch Leichen konnten nicht mehr trinken und nicht mehr essen. Er hatte eine Pinkelpause eingelegt, Leichen pinkelten nicht, demnach war er lebendig. Wie zur Bestätigung meldete sich sogar sein Magen zurück.

„Besser?“

„Bestens.“

„Am besten“, ergänzte Alex, gut gelaunt wie immer. „Hast du deine Wanderstiefel eingepackt?“

„Wieso Wanderstiefel?“, fragte Sigi geistesabwesend.

„Hast du die Mail nicht bekommen?“

„Doch, doch …“

„Ich kann dir welche leihen“, sagte Archie, „auch wetterfeste Klamotten, wenn du was brauchst.“

Ach, du guter Archie! In der WG-Zeit war Archie immer der Praktiker gewesen. Alex nicht, der hatte die Verträge ausgehandelt, Alex war ein Fuchs. Sigi verstand sich aufs leibliche Wohl, er hatte die Einkaufslisten geschrieben und einmal in der Woche gekocht, aber Archie hatte zugepackt. Den verstopften Ausfluss repariert. Die Balken abgeschliffen. Während Sigi und Alex noch lange über Für und Wider diskutierten, hatte Archie längst die Säge in der Hand. Auch als Alex damals den Mann überfahren hatte, wusste Archie, was zu tun war.

Bei dem Gedanken fühlte Sigi sich gleich viel besser. Er war hier in der Tat bestens aufgehoben. Er hob das Glas: „Auf die alte Eintracht!“

Ein verführerischer Duft zog durchs Haus. Katja rief zu Tisch. Erster Gang: Kochkäse mit Zwiebeln, dazu gab es würziges Bauernbrot.

Sigi mochte deftige Küche vom Land, er mochte die Küchen sämtlicher Länder, jede Ecke auf der Welt hatte etwas Spezielles zu bieten, und der Kochkäse schmeckte köstlich. Alex stimmte scheinheilig zu und erkundigte sich nach der Zubereitung, und Katja, sichtlich erfreut von Interesse und Zuspruch, erklärte, ganz einfach, man lasse Schichtkäse in einem Sieb abtropfen, verrühre ihn mit anderthalb Teelöffeln Natron, lasse das Ganze zwei Stunden ruhen, danach werde der Käse erhitzt, aber bei kleiner Flamme, wichtig, und so lange gerührt, bis er aussehe wie Sahnepudding, Abschmecken mit Salz und Butter, dazu Kümmel, Zwiebel mit Essig und Öl…

So genau wollte Alex es bestimmt nicht wissen, aber er nickte interessiert. Archie legte, vielleicht um vorsichtshalber das

Besitztum zu verdeutlichen, den Arm um Katja: „Euch zu Ehren gibt es ein Odenwälder Fünf-Gänge-Menü von meiner Fünf-Sterne-Frau."

Die Geste gab Sigi einen Stich, führte sie ihm doch die besten Jahre mit Margit vor Augen und ihren Verlust. Seine Ehe war zu Bruch gegangen. Margit und die Kinder waren im Haus am Wannsee geblieben, Sigi war ausgezogen, aber nicht um das Fürchten zu lernen. Genau genommen hatte Margit ihn rausgeschmissen.

Offenbar konnte Archie nicht nur Wasserhähne reparieren, er hatte auch ein besseres Händchen für Frauen.

Und Alex? Sah prächtig aus, eigentlich unverändert. Die Frauen flogen auf ihn, schon damals. Alex war immer noch nicht verheiratet und zurzeit wieder einmal glücklicher Single, warf er gerade lachend in die Runde und sah Katja eine Sekunde länger an als nötig, was Archie nicht einmal bemerkte. Sigi mochte völlig am Arsch sein, aber für so etwas hatte er den siebten Sinn.

Sigi dachte an Mona, er war sehr verliebt gewesen, nach drei Wochen hatte Alex ihm Mona ausgespannt, nur für eine Nacht, hatte er sich verteidigt, aber die Sache war gelaufen und die Wunde inzwischen zu alt, um neu aufzubrechen, doch Sigi erinnerte sich daran, dass es sie gab.

So wie er sich für immer und ewig an Korbach erinnern würde. Sogleich blieb ihm der Bissen im Hals stecken, er musste mit einem zweiten Bier nachspülen.

Als zweiten Gang gab es eine Odenwälder Kartoffelsuppe und als Hauptgericht den berühmten Odenwälder Hochzeitsbraten, so Archie.

„Wir haben zwar keine Hochzeit zu feiern, dafür ein Wiedersehen unter Freunden", sagte Alex, hob das Glas und prostete Katja zu. „Deshalb taufen wir diesen Braten um in Freundschaftsbraten."

Dieser Schürzenjäger! Der zwar das Rindfleisch verspeiste, aber die Meerrettichsauce verschmähte. Und scheinheilig ein Hoch auf die Köchin anstimmte.

Archie erkundigte sich nach Sigis Job in Berlin … Ein denkbar schlechtes Thema, das Debakel wollte Sigi den Freunden in diesem Moment nicht auftischen, erst das Essen, dann die Geschäfte, deshalb fragte er schnell zurück, was die Kunst mache – Zurückfragen war ein altbewährtes Mittel, um von sich selbst abzulenken und den anderen in den Mittelpunkt zu rücken, hatte er bei einer Fortbildung zum Thema Gesprächsführung aufgeschnappt. Künstler waren doch immer froh, wenn man sie und ihre kreativen Schübe wahrnahm oder zumindest so tat, als ob.

Archie erzählte denn auch lang und breit von der schlechten Auftragslage für freie Künstler wie ihn und dass er in Berlin ganz anders Fuß fassen könnte. Aber dann würde der Odenwald ihm fehlen, speziell die Burg, für die er gerade einen Auftrag am Wickel habe, immerhin etwas.

„Ich liebe diese Gegend", sagte Archie, „was soll man machen." Er sagte das so überzeugend, dass Sigi ganz warm ums Herz wurde und dachte: Ja, das ist es, das ist vielleicht eine Möglichkeit, die Provinz. Auch er sollte sich einfach in einem spitzgiebeligen Häuschen am Waldrand niederlassen und die Leiche tief drinnen im Wald vergraben und danach vergessen, alle Brücken zur Großstadt abbrechen und nach mir die Sintflut.

Nach dem Braten schenkte Archie eine Runde Schnaps aus, Katja verschwand in der Küche, um wenig später mit Pfannkuchen mit Heidelbeeren wieder aufzutauchen, und als Alex nach dem angekündigten fünften Gang fragte, sagte Archie, das sei der Rundgang durch seinen Skulpturengarten, danach würde er die Freunde in ihr Quartier auf der Burg begleiten, im sechsten Gang gewissermaßen.

Sie schwankten leicht, als sie das Haus verließen. Es regnete nicht mehr, der Mond schob sich zwischen den Wolken hervor. Archie hatte einen Skulpturenweg angelegt, zwischen dem Haus und seinem Atelier, das eigentlich eine alte Scheune war, die er in einem aufgelösten Bauernhof ab- und am Rand der Wiese wieder aufgebaut hatte. Die überlebensgroßen, bunten Skulpturen schimmerten im Mondlicht. Sigi beschloss, die Leiche bis zum nächsten Morgen ruhen zu lassen. Alles zu seiner Zeit.

Archie

Eigentlich war es Katjas Idee gewesen, Sigi und Alex einzuladen, zu ihnen, ins Breuberger Land. Ein verlängertes Wochenende unter alten Freunden würde ihm gut tun, hatte sie gesagt. Ihn auf andere Gedanken bringen. Und nebenbei konnte er die Sache mit Alex regeln. Der ihm eindeutig etwas schuldete.

„Wir waren wie die drei Musketiere. Wie Tick, Trick und Track." So ähnlich hatte Archie ihr die alte Frankfurter Eintracht zu erklären versucht. Ganz enge Männerfreundschaft. Eine Bildergeschichte, aus der er ein paar dissonante Szenen herausgeschnitten hatte.

„Und wo bleibt Onkel Dagobert?", hatte Katja spöttisch gefragt, denn vom ersten Tag an hatten sie mehr Ebbe als Flut in der Kasse gehabt.

„Eines Tages schwimmen wir in Geld", hatte Archie mit großer Geste prophezeit und ihr ein paar Bildende Künstler aufgezählt, die es zu Ruhm und Erfolg gebracht hatten, Beuys, Richter, Warhol.

Wenn der Markt mich erstmal entdeckt hat. Wenn ich nur eine Skulptur an die richtigen Leute verkaufe. Ein großer Auftrag und die Sache ist geritzt. Wir müssen daran glauben! Du musst an mich glauben. Wenn wir nicht daran glauben, haben wir uns schon aufgegeben …

Eine dauerhafte Litanei, die ihm selbst zum Hals heraushing. Immer dieselben Phrasen, das war auch Archie bewusst. Aber woher nehmen, wenn nicht stehlen?

„Man soll dem Geld nicht so viel Wert beimessen“, sagte er neuerdings lahm, um das Thema auf eine andere Ebene zu bringen. „Geld allein macht nicht glücklich.“

„Frag doch deine einträchtigen Freunde, ob sie dir was leihen.“

Katja war es gewesen, die diese alte Geschichte mit Alex wieder ans Licht gezerrt hatte. In einer schwachen Stunde hatte er ihr davon erzählt. Jahrhunderte war das her, ganz am Anfang ihrer Liebe. Da war die Liebe so groß gewesen, dass auch eine entsorgte Leiche sie nicht trüben konnte. Außerdem war das alles passiert, bevor er Katja kennengelernt hatte, in der Frankfurter Zeitrechnung. Für Archie zählte einzig die Breuberger Zeit. Aber Katja hatte die alte Geschichte nicht vergessen. Für sie gab es nur ein einziges Leben, und zwar jetzt. Sie brauchten das Geld. Also hatte sie Archie genötigt, Alex diesen Brief zu schreiben. Im Grunde hatte Katja ja recht, trotzdem war es ihm peinlich gewesen.

„Das ist dein gutes Recht“, hatte sie gesagt. „Ihr könnt das vor Ort besprechen. Lad sie hierher ein. Warum immer nach Frankfurt oder Berlin oder München? Außerdem haben wir hier eine Menge zu bieten.“

„Aber nicht das, was die zwei sich vorstellen“, hatte Archie erwidert. „Die wollen edel essen gehen. Hinterher in eine Bar. In eine Ausstellung. Luxuspflastertreten. Die wollen Spaß!“

„Den könnt ihr hier auch haben. Du zeigst ihnen die Burg. Ihr geht wandern. Abends koche ich, fünf Gänge, wenn du willst. Wir schlagen drei Fliegen mit einer Klappe, das ist doch machbar. Du triffst deine Freunde, gibst nicht viel aus und kassierst endlich das Geld, das dir zusteht."

Pünktlich um zehn tauchte Archie am Samstag früh auf der Burg auf. Es regnete nicht mehr, aber die Kälte kroch ihm in die Glieder. Für Sigi hatte er zwei Paar Wanderschuhe zur Wahl mitgebracht, auch Mütze und Schal. Sigi ging es nicht gut, das sah man deutlich, auch wenn er sich den ganzen Abend um Fröhlichkeit bemüht hatte. Vielleicht Ärger mit seiner Frau, oder mit dem Job. Er hatte nur abgewunken, als Archie darauf zu sprechen kam. Nun, am Wochenende würde sich noch eine Gelegenheit ergeben.

Alex zog eine Grimasse, als er Archie erblickte.

„Jugendherberge, Alter, das trage ich dir bis ans Ende deiner Tage nach", knurrte er. „Fünf-Sterne-Hotel. Plus der Mond. Echt ein toller Witz."

„Hast du gestern darüber gejammert, dass unsere Jugend dahin ist oder nicht?", grinste Archie. „Hier hast du sie wieder."

Alex zündete sich eine Zigarette an. „Zimmer ohne Fernsehen, Jugendherbergsfrühstück, Mannomann ..."

„Jetzt mach dir nicht ins Hemd. Ohne mich hättet ihr hier so kurzfristig nicht einmal ein Zimmer bekommen."

„Gibt es denn hier im Ort kein Hotel?"

„Du kannst eins eröffnen, dann gibt es eins", konterte Archie. „Wohnen auf der Burg hat doch seinen eigenen Charme. Also, ich würde gern mal wieder hier oben übernachten."

„Wir können ja heute Nacht tauschen", schlug Alex vor.

„Und du machst dich an Katja ran ... Vergiss es, Alter."

„Quatsch, ich bin seit Wochen auf Entzug ... Außerdem, wofür hältst du mich, mit der Frau eines Kumpels ..."

„Hört, hört", brummte Sigi, und Alex verstummte.

Sigi

Sigi hatte geschlafen wie ein Toter. War nicht aufgewacht, obwohl die Matratzen viel zu weich und durchgelegen waren. Aber nach dem Erwachen war alles zurückgekehrt. Wie ein Dokument auf seinem Laptop, sobald er ihn aufklappte. Flupp, da war die Szene wieder. Ganz scharf und in Farbe.

Der Moment, als Korbach ihm in der Tiefgarage von hinten die Hand auf die Schulter gelegt und ihn festgehalten hatte, um ihm eine zu langen oder um etwas Bescheuertes zu sagen, sich womöglich zu rechtfertigen. Einen Schlag ins Gesicht hatte Korbach ihm verpasst. Man soll nicht Gleiches mit Gleichem vergelten? Nun, daran hatte Sigi sich gehalten, gewissermaßen, Schlag auf Schlag. Korbach hatte es verdient. Hatte ihn ausgebootet, hatte monatelang den Chef umschmeichelt und gleichzeitig gegen Sigi intrigiert, und als es hieß, aus zwei mach eins, wer behält den Job, wer muss gehen, wer kriegt eine Abfindung, wer steigt auf, war Korbach als Sieger aus dem Rennen gegangen, von dem Sigi gar nicht gewusst hatte, dass er daran teilnahm. Er war herumgeschnellt, um diesem Widerling schlicht und gar nicht ergreifend eine reinzuhauen. Hatte getan, was in so einer Situation getan werden musste. Alle Westernhelden verhielten sich so, die Leute liebten das, er hatte zugeschlagen, aus der Halbdrehung heraus zielsicher getroffen – nur dass der beschissene Betonpfeiler hinter Korbach in der Fallrichtung stand, konnte er nicht ahnen. Im Western gab es keinen Beton, nur Pferdetränken, in die der Gegner fiel, dass das Wasser nur so spritzte.

Irgendwann musste Sigi es den Freunden sagen.

Es regnete nicht mehr, dafür war es kälter geworden, nur wenige Grade über dem Gefrierpunkt. Leichentechnisch eher günstig, dachte er zum zweiten Mal und vergrub die Hände in den Manteltaschen, als sie über den Burghof gingen.

Archie gab sich wirklich alle Mühe, ihnen seine Begeisterung für den Odenwald zu vermitteln. Aus dem tiefen Fundus seines Wissens schöpfend, erzählte er ausführlich und viel zu langatmig, wie die Grafen von Wertheim die Burg gegen die Begehrlichkeiten der Landgrafen von Hessen und des Erzbischofs von Mainz zur spätmittelalterlichen Festung ausbauen ließen, trumpfte dabei mit tausend Namen und Daten auf, die sie sich sowieso nicht merken würden, erklärte Wappen, zeigte ihnen Inschriften und den genauen Platz im Burghof, wo seine Skulptur stehen würde. Er führte sie durch den Marstall und durch den Rittersaal, an dessen Stuckdecke mythologische Szenen dargestellt waren, nach Ovids Metamorphosen, und Sigi dachte, könnte ich doch bloß auch ein anderer sein.

Was Archie erklärte, ging völlig an ihm vorbei. Er lief mit, weil seine Beine ihn trugen, er nickte, weil er Archie nicht kränken wollte, aber in Gedanken war er ganz woanders.

Wohin mit der Leiche, flüsterte es in seinem Kopf – gab es vielleicht auf der Burg eine Möglichkeit?

Einmauern, dachte Sigi, als Archie ihnen die Kapelle mit den frühen Wandmalerien zeigte und nichtsahnend erzählte, dass unter ihren Füßen ein Toter beigesetzt worden war, nämlich der Graf Gottfried zu Erbach, dessen Gruft man vor über hundert Jahren bei Instandsetzungsarbeiten entdeckt hatte.

Nachts vom Turm werfen, dachte Sigi, als sie auf dem Bergfried standen, von wo der Blick tatsächlich atemberaubend war. Archie zählte auf, was es von hier oben alles zu sehen gab: den Granitsteinbruch, die Fachwerkhäuser von Neustadt, das neue Biomassekraftwerk von Rai-Breitenbach, das grausilberne Band der Mümling, die langgestreckten Bauten der Pirelli-Werke, die kyrillischen Inschriften russischer Zwangsarbeiterinnen, die in den letzten beiden Kriegsjahren auf der Burg einquartiert waren – und in Sigis Kopf dröhnte es: im Steinbruch oder im Fluss oder im Wald, ja, wir vergraben die Leiche im Wald, oder ist der Boden hier schon gefroren?

„Wirklich schön", sagte Alex, der wortkarg mitlief und den Schal übers Kinn gezogen hatte und zum wiederholten Mal Carcassonne erwähnte, wo er im letzten Sommer gewesen war, wie großartig Carcassonne sei. Und Archie konterte, jede Burg sei großartig und begann detailliert von der Wasserversorgung zu schwärmen, wie schwierig das früher gewesen sei, das Wasser auf die Burg zu bekommen, mit Eseln undsoweiter. Zuletzt zeigte er ihnen das Brunnenhaus mit dem über achtzig Meter tiefen Brunnen, und obwohl dieser mit einem robusten Gitter abgedeckt war, dachte Sigi sofort: in den Brunnen werfen!

Archie schöpfte mit einem Becher Wasser aus einem Eimer und kippte es in den dunklen Schacht hinunter. Es dauerte ein paar Atemzüge, bis sie das Wasser in der Tiefe aufplatschen hörten. Alex versuchte am Gitter zu rütteln.

Archie winkte ab. „Das sitzt bombenfest. Damit keiner reinfällt."

„Und niemand eine Leiche entsorgt", frotzelte Alex.

Sigi trat vom Brunnenrand zurück und lehnte an der eiskalten Wand, leichenblass. Auf seiner Stirn hatte sich Schweiß gebildet.

„Was ist los, Alter? Der Kreislauf?"

Sigi schluckte. „Leute, ich habe ... ich muss euch etwas zeigen."

Mit einer Leiche hatte natürlich keiner der beiden gerechnet.

Die alte Eintracht

Sigis A 6 lag gut auf der Straße. Jeder denkbare Schnickschnack, Freisprechanlage, Sitzheizung, Ledersitze, Rundumbeschallung durch Bose, registrierte Alex, die materialisierte Kritik an Archies altem Fiesta sozusagen. Auf Sigis Wunsch fuhren sie in den Wald, auf einen abgelegenen Parkplatz. Als er den Kofferraum öffnete, verstand Alex auch, warum.

Tod und Teufel", stieß er aus. „Was ist das?"

„Das ist Korbach", sagte Sigi mit kaum hörbarer Stimme. „Ein ... ehemaliger Kollege."

„Ist er tot?", fragte Archie überflüssigerweise, aber Sigi nickte, als wäre das in der Tat die wesentlichste Frage der Welt.

„Du willst jetzt nicht sagen, dass er seit Berlin in deinem Kofferraum liegt, Alter!"

Sigi schwieg vielsagend.

„Was soll das? Kannst du uns das vielleicht mal erklären?", schrie Alex, völlig außer sich, denn die Sache erinnerte ihn an den Transport im Kofferraum von damals. Er knallte den Kofferraum zu und schlug mit der Hand aufs Blech.

„Nicht so laut, Mann!"

Sigis Bericht hörte sich an, als sei das alles jemand anders zugestoßen. Nicht ihm. Nicht dem erfolgreichen Juristen von Seiters & Söhne. Der seit einem halben Jahr nicht mehr bei der Familie wohnte. Der am Freitag früh erfahren hatte, dass er seinen Job los war. Knall auf Fall. Mit sofortiger Wirkung. Schreibtisch und Zimmer unverzüglich zu räumen. Schlüssel abzugeben. Das schwarze Köfferchen mit der Abfindung stand schon bereit. Und wenn er sich darauf nicht einließ, müsste er den langen beschwerlichen Weg über das Arbeitsgericht gehen und stünde vielleicht nach Monaten, nach Jahren mit leeren Händen da. Wie Alex die verworrene Geschichte verstand, hatte Korbach, der fiese Kollege, der perfide Konkurrent, Sigi in der Tiefgarage abgefangen, vielleicht um über alles zu reden, um sich rauszureden, wer weiß. Sigi jedenfalls hatte zugeschlagen. Korbach war mit dem Kopf gegen einen Betonpfeiler geprallt.

„Und dann?"

Dann war Sigi mit der Leiche im Kofferraum davongebraust, immer weiter, bis er in Breuberg angekommen war.

„Ich dachte … naja … du hast das damals, wie soll ich sagen … so super gelöst“, stammelte er und sah Archie mit flehendem Blick an.

Archie tippte sich an die Stirn. „Du hast sie wohl nicht mehr alle.“

„Du bist der einzige, der mir jetzt noch helfen kann.“

„Wieso denn immer ich?“

„Du hast doch damals auch Alex geholfen.“

Archie funkelte erst Sigi an, dann Alex. „Du meinst, das ist so was wie Gewohnheitsrecht? Auf eine Leiche mehr oder weniger kommt es jetzt auch nicht mehr an oder wie?! Habt ihr in Strafrecht die Examina geschrieben oder ich?“

Er ballte die Fäuste, stapfte bis ans andere Ende des Parkplatzes, kehrte wieder um, hetzte ein paarmal hin und her. Alex hatte sich eine Zigarette angezündet. Sigi bohrte die Hände in die Manteltaschen, fixierte den Boden.

Brauner Waldboden, dreckige Erde: zu Erde sollst du werden, zu Staub. Neben seinem linken Fuß entdeckte er ein Fünfcentstück. Er schob es mit der Schuhspitze hin und her. Die entscheidende Eingebung. Wozu hatte er den Koffer mit der Abfindung dabei.

„Ich bezahl dir das auch“, sagte er, als Archie sich näherte. „Ich zahl dir was dafür, ich hab genug Geld dabei. Geld ist kein Problem. Und du bist nicht allein, diesmal könnten wir dir helfen, nicht wahr, Alex?“

Er konnte sehen, wie es in Archie arbeitete. Alex war die Zigarette aus der Hand gefallen, er trat sie aus.

„Okay“, sagte Archie nach einer Ewigkeit. „Aber diesmal wird die Sache nicht so billig. Schließlich trage ich das Risiko.“ Er fixierte Sigi. „Dreißigtausend. Material inklusive.“

Sigi nickte, spürbar erleichtert. Dreißigtausend weniger, dann blieben ihm immer noch zweihundertsiebzig Tausender ... Das war ein faires Angebot. Er stieß Alex in die Seite. „Wieviel hast du ihm damals gegeben, als Aufwandsentschädigung?"

„Ja, Alex, erzähl doch mal", sagte jetzt auch Archie mit sarkastischem Unterton.

Alex schwieg.

„Ich höre nichts."

Sigi stockte, schüttelte den Kopf. „Willst du damit etwa sagen ...?"

Archie nickte. „Das will er. Aber er schämt sich. Deshalb kriegt er keinen Ton mehr raus. Dabei wollte er mir diesmal zehn Mille mitbringen. Richtig, Alex?"

Alex protestierte. „Das war *dein* Vorschlag, ja, aber du hast doch nicht etwa geglaubt, dass ich ..." Er verstummte.

Sigi sah ihn mit großen Augen an.

„Das ist Erpressung." Alex quetschte die drei Worte zwischen den Zähnen hervor. „Ich hab beim Crash so viel verloren", begann er zu jammern, „ihr habt ja keine Ahnung."

„Montag morgen gehen wir zur Bank", sagte Sigi streng.

Archie zog die Augenbrauen hoch. „Hast du auch schon eine Idee, wie wir den Kerl entsorgen?"

Sigi

Es ging hangaufwärts. Archie und Alex lagen gut fünf Meter vorn und sahen sich nicht nach ihm um. Die konnten sich bei dieser Anstrengung sogar noch unterhalten. Sigi keuchte. Er wusste, er war eindeutig übergewichtig, seit Jahren schon. Hatte die Augen zugemacht und gedacht, was soll's. Kommt Zeit kommt Rat. Aber die Zeit brachte nicht Rat, sondern zusätzliche Pfunde, und bei jedem Geschäftsessen mit einem wichtigen Kunden kamen ein paar Gramm dazu, zumal es nie unter drei Gängen abging. Dazu der Alkohol. Das summierte sich.

Letztes Jahr zu Weihnachten hatte Margit ihm ein Jahresabo fürs Fitnessstudio geschenkt. Wahrscheinlich hatte sie es sogar gut gemeint. Als letzten Stoßseufzer in seiner Richtung. Er hatte es trotzdem als Beleidigung aufgefasst, noch dazu von seinem eigenen Geld bezahlt. War der Form halber dreimal in Fit-for-Fun aufgetaucht, aber immer gleich in der Sauna verschwunden. Das sollte angeblich auch was bringen. Dann kam der heiße Sommer, dann die Finanzkrise in den USA, dann der Rauswurf zu Hause und die Scheidungsklage. Eins zum anderen. So war das in seinem Kopf sortiert. Wer dachte in so schwierigen Zeiten, wo alles auf dem Spiel stand, an körperliche Ertüchtigung?

Wenn er nur häufiger hingegangen wäre! Dann käme er diese Wegsteigung locker rauf, dachte er mit einer Mischung aus Wut und Selbstmitleid. Vielleicht hätte Margit ihn dann nicht verlassen. Wenn er ihr gezeigt hätte, wo es langging. Natürlich wusste er genau, dass die Dinge nicht so einfach lagen. Dass es nicht nur um ein paar Pfunde zu viel auf den Rippen ging. Was es ja auch viel schwieriger machte, aus dem Tal, in dem er sich befand, wieder herauszukommen.

Er blieb stehen. Der Abstand zu Archie und Alex war immer größer geworden. Rechts und links Tannenwald, dichtes Unterholz. Sein Atem ging allmählich ruhiger. Er holte tief Luft, nahm den würzigen Duft nach Feuchtigkeit, modrigem Holz, Waldboden wahr. So etwas gab es in der Großstadt nicht. Vielleicht hätte mit Margit und den Kindern ab und zu am Wochenende rausfahren sollen. Oder einfach häufiger mal stehen bleiben, dachte er. Nicht bewegen, nicht immer weiter, einfach stehen bleiben. Aber innehalten, wie der Paartherapeut gepredigt hatte, zu dem Margit ihn letztes Jahr geschleppt hatte

– davon wurde man nicht fit. Und was blieb ihm? Eine Leiche im Kofferraum, dachte Sigi bitter. Diesen Galgenhumor kannte er an sich noch gar nicht.

„Wo bleibst du denn?"

„Machst du etwa schon schlapp?"

Alex, dieser Idiot. Hatte immer einen blöden Spruch auf Lager. Schließlich waren sie schon seit gut zwei Stunden unterwegs. Um was zu tun?

Um einen klaren Kopf zu bekommen, hatte Archie gesagt.

Alex

„Können wir Sigis Leiche nicht einfach irgendwo hier abladen?", schnaufte Alex. Er war zwar nicht so schwergewichtig wie Sigi, aber das hier ging allmählich auch an seine Grenzen. „Hier im Wald kommt doch sowieso keiner lang."

„Hast du eine Ahnung", sagte Archie. „Der Hund des Försters hat einen exzellenten Riecher. Der buddelt diesen Korbach schneller aus, als wir ihn unter der Erde haben."

„Aufbaupräparat gefällig?" Alex zog einen Flachmann aus der Innentasche und reichte ihn Sigi. „Wie in guten alten Zeiten im Stadion. Auf die alte Eintracht, Leute!"

Er fischte nach seinem Handy. „Apropos, gibt´s hier Empfang? Die spielen heute gegen die Bayern." Er tippte eine SMS, bekam postwendend Antwort. Er ballte die Faust. „Eins-Null zur Pause. Wenn das kein gutes Omen ist!"

Sigi wischte sich mit dem Handrücken über den Mund. „Lecker, der Fusel."

„Cardenal Mendoza. Dreißig Jahre im Holzfass gelagert", sagte Alex wie nebenbei. Diese Wanderung war Archies ganz persönliche Rache, davon war er überzeugt. Um den beiden

Großstädtern zu zeigen, was hier Sache war. Obwohl man vor lauter Bäumen keinen Wald mehr erkennen konnte. Und vor lauter Wolken keinen Himmel. Sie standen an einer Weggabelung. Keine Menschenseele war ihnen bisher begegnet. Wahrscheinlich waren sie die einzigen Zweibeiner im gesamten Odenwald, die im November durch den Wald liefen.

„Weißt du überhaupt, wo's lang geht?", fragte Alex herausfordernd.

Archie zeigte ungerührt nach links: „Hier zwei Stunden." Dann nach rechts: „Da zweidreiviertel. Geradeaus ungefähr zweieinhalb."

Sigi starrte ihn entgeistert an.

„Machst du Witze?" Alex war empört. „Eine vierstündige Wanderung? Willst du uns fertig machen oder was?"

„Gibt's da nicht eine Abkürzung?", fragte Sigi zaghaft.

Aber Archie zuckte nicht mit der Wimper. "Für manche Probleme gibt es keine Abkürzung, das solltest du wissen."

Alex und Sigi wandten sich stumm nach links.

„Gut, dann eben den kürzesten Weg. Auch wenn das nicht immer der schnellste ist."

Archie legte ein flottes Tempo vor, Sigi und Alex versuchten mitzuhalten, so gut es ging.

„Du bist wohl unter die Philosophen gegangen", knurrte Alex, der sich in seinen neuen Wanderstiefeln längst Blasen gelaufen hatte, was er aber niemals zugeben würde. Nur über meine Leiche, dachte er und musste innerlich grinsen. Meine Leiche, deine Leiche. Jetzt hatte auch Sigi seine Leiche. Nur Archie noch nicht. Aber Archie war ihr Leichenbestatter, insofern hatte auch er Teil daran – eine Hälfte von zwei entsorgten Leichen machte eine ganze Leiche …

„Ist das hier so bei euch in der Provinz?", stichelte Alex weiter. „Wird man weise, wenn man den ganzen Tag lang nichts anderes sieht als Wald und Himmel und eine Burg und Einfamilienhäuser und einen Bach und die eigene Kunst im Garten?"

„Jedenfalls gibt es weniger Ablenkung als in der Stadt", erwiderte Archie ungerührt. „Kein Kino, kein Theater, keine Konzerte. Keine tausend Restaurants und zweitausend Kneipen und fünfzigtausend Klamottenläden. Und keine halbe Million Frauen", fügte er hinzu.

Aber eine hübsche Frau namens Katja, dachte Alex und ob er sie wohl rumkriegen würde, wenn er es darauf anlegte oder ob sie nur aus Langeweile mitspielte. Denn dass sie auf seine Blicke reagierte, hatte er sehr wohl bemerkt, er war ja kein Anfänger. Trotzdem blieb sie für ihn tabu. Ehrensache, eigentlich.

Als sie mit letzter Kraft wieder in Sandbach einliefen, besser gesagt: sich zum Haus schleppten, dämmerte es bereits. Zehn Minuten und ein Bier später gingen sie in die Sauna, die Katja vorgeheizt hatte. Sie war echt ein Schatz. Aber selbst wenn Alex gewollt hätte, wäre nichts mehr gelaufen. So fix und fertig war er seit Ewigkeiten nicht mehr gewesen.

Als er am Montagmorgen die Augen aufschlug, fühlte er sich uralt. Er spürte jeden Knochen im Leib. Der Muskelkater hatte sich eher noch verstärkt. Auch der emotionale. Emotionaler Muskelkater, was für ein Scheiß.

Trotzdem, so war das. Einmal Scheiße gebaut, und es hängt dir ewig nach. Du kannst das jahrelang völlig ausblenden und es dir richtig gut gehen lassen, aber irgendwann klopft es wieder an deine Tür: Guten Tag, ich bin die Scheiße, die du damals gebaut hat, ich bitte um ein Almosen, ich weiß, du würdest mich gern zum Teufel jagen, geht aber nicht, ich bin dein Schatten, und erst wenn du stirbst, sterbe ich mit dir zusammen ...

Ein einziger Fehler im Leben. Einmal besoffen und bekifft hinters Steuer gesetzt und mitten in der Nacht eine Spritztour in den Taunus – was hatte der Blödmann auch zu dieser frühen

Stunde auf der Landstraße zu suchen, anständige Leute schlafen um diese Zeit – Mann, kannst du nicht aufpassen – Scheiße, Leute, der bewegt sich nicht mehr – was machen wir jetzt, verdammt! – Du und Sigi, ihr steht da wie gelähmt, da wird man schneller nüchtern, als man denkt, der Tod bringt einen zur Raison – und Archie weiß, was zu tun ist. Archie weiß Rat. Er fährt in die Provinz. Provinz ist eine Möglichkeit. Immer.

Widerwillig schob Alex seinen Körper aus dem Bett. Der Blick in den Badezimmerspiegel bestätigte sein Gefühl: um Jahre gealtert. Er stöhnte auf. Das hatte er dem Wandern zu verdanken. Den körperlichen Strapazen. Archie, diesem Arch, diesem Ar ... Wieso fiel ihm jetzt dieses Lied ein ... *Ich bin euer Herbergsvater und sage Hey! Hey! ...* Was für ein Scheißlied!

Wieso gab es für sowas keine juristischen Regelungen: Du schaffst die Leiche weg, ich bezahle dich dafür, wir legen den Preis fest, basta. Aber nein, das ging immer weiter. Ein Freundschaftsdienst? Dass ich nicht lache! Erpressung, reine Erpressung. Und wenn Archie Lust hatte, könnte er das sein Leben lang so weitertreiben. Mit ihm und jetzt auch noch mit Sigi. Sie hingen an Archies Leine und hatten keine Handhabe dagegen. Naja, umgekehrt hatten sie auch Archie am Wickel. Mitgehangen, mitgefangen. Jedenfalls musste die Leiche heute weg.

Die alte Eintracht

Als Alex und Sigi in Sandbach eintrafen, wartete Archie schon auf sie. Er gab ihnen ein Zeichen, mit dem A 6 bis zur Scheune vorzufahren. Im linken Teil, der etwa ein Drittel der Gesamtfläche einnahm, befand sich sein Atelier, im rechten, größeren Teil lagerte er Material, das er für seine Skulpturen verwendete. Alles, was ihm unter die Finger kam, hatte er am ersten Abend gesagt, vom alten Bettenrost bis hin zur Stoßstange.

Archie trug eine farbbespritzte Arbeitshose und verteilte Arbeitshandschuhe. Er feixte.

„Damit ihr euch nicht die Hände dreckig macht, wenn ihr ne saubere Weste wollt."

Er holte einen Flickenteppich, in den sie die Leiche mit vereinten Kräften notdürftig einwickelten, dann hievten sie das Bündel aus dem Kofferraum und schleppten es zum hinteren Ende des Ateliers. Auf Archies Anweisung räumten sie einen Stoß gestapeltes Holz ab und schichteten die Teile vor dem Teppich auf. Nur für den Fall, dass irgendwer auf die Idee kommen sollte, dem Künstler einen Besuch abzustatten.

„Dann wollen wir mal ..."

Wollen wäre geprahlt, dachte Alex. „Was getan ist, ist getan", sagte er stattdessen. Wie gut, dass es immer Sprüche gab, die passten.

Sigi nickte beklommen. Er hatte weiche Knie. Er war ja froh und dankbar, dass Archie die Sache in die Hand nahm, aber als er selbst den Kofferraum geöffnet hatte, wäre ihm fast schlecht geworden. Noch war Korbachs Metamorphose nicht vonstatten gegangen.

Im Baumarkt in Bad König lebten alle drei sichtlich auf. Kaum waren sie durch die gläserne Eingangstür ins Reich der Heimwerker getreten, wurden sie von einem unsichtbaren Geist beseelt, der ihnen zurief: „In die Hände spucken, Jungs, jetzt zeigt mal, was ihr könnt!" – und schon waren die düsteren Gedanken um die Schatten dieser Welt und die ungute Aufgabe, die auf die alte Eintracht wartete, fast wie vergessen. Sigi lief wie ausgewechselt die Reihen der Regale ab, seine Augen strahlten begehrlich wie die eines Kindes im Spielzeugladen. Im Keller in seinem Haus, schwärmte er – „also in dem Haus, in dem Margit mit den Kindern wohnt"–, verbesserte er sich, habe er sich eine Werkstatt eingerichtet, vom Feinsten, mit einer superteuren Kreissäge, einer nagelneuen Hobelbank, japanischen Bohrern und Zugsägen und Stemmeisen – nur habe er das aus Mangel an Zeit und Gelegenheiten alles leider nie benutzt. Selbst Alex sah sich interessiert um: Er wollte schon seit langem die Fenster in seiner Altbauwohnung abdichten. Archie war hier Stammkunde, er wusste genau, in welcher Ecke und in welchem Regal der riesigen Halle was zu finden war. Sechs Säcke mit Gips, ein Eimer Kleister, eine Rolle Folie, sieben Dosen Acrylfarbe. Alle anderen Materialien hatte er im Atelier vorrätig.

Auf dem Rückweg fuhren sie zu einem Getränkemarkt und kauften zwei Kisten Michelsbräu. Danach wurde es ernst.

Archie war der Chef. Er gab die Anweisungen, er wusste, wie es gemacht wurde, und weder Sigi noch Alex widersprachen ihm auch nur ein einziges Mal.

Sie wickelten Korbachs Leiche zusätzlich in ein altes Betttuch und schnürten ein festes Seil drum herum. Danach folgten eine Schicht Noppenplastikfolie und jede Menge Klebeband. In der Zwischenzeit hatte Archie den Gips angerührt und beauftragte Sigi, gleich noch eine zweite Wanne davon vorzubereiten.

Als die Leiche mit einer ersten, soliden Gipsschicht bedeckt war, wanderten Alex Gedanken zu der Ägyptenreise mit Marlies vor ein paar Jahren, nein, nicht mit Marlies, das war mit Lisa gewesen, klang ähnlich genug, war auch zu lange her, er versuchte sich Lisas Gesicht zu vergegenwärtigen, aber es gelang ihm nicht. Nur die Mumien und die Pyramiden sah er vor sich. Sie hatten eine bleibende Spur in ihm hinterlassen, im Gegensatz zu Lisa, Marlies und den anderen Frauen.

In dem Moment ging die Tür auf, Katja trat ein. Archie warf einen hektischen Blick auf die Uhr an der Wand. Kurz vor drei. Normalerweise kam Katja montags erst gegen halb sechs nach Hause. Er runzelte die Stirn.

„Bist du heute früher gegangen? Stimmt irgendwas nicht?“

„Nein, nein, alles bestens. Überstunden." Katja strahlte die drei Männer verschwörerisch an. „Hast du neue Lehrlinge?"

Archie zwang sich zu einem Grinsen. „Sie wollten unbedingt mal sehen, wie so eine Statue entsteht. Du weißt doch, der Auftrag für die Burg. Ein paar Helfer kommen da wie gerufen."

Katja kam näher.

„Ist noch nicht viel zu sehen", sagte Archie abwehrend. Sigi und Alex stellten sich neben ihn vor das Noppenpaket.

„Ich wollte sowas immer schon mal machen", stammelte Sigi.

Alex zwinkerte Katja verschwörerisch zu: „Die Alternative wäre eine weitere Wanderung gewesen … Und ehrlich gesagt …"

Katja nickte verständnisinnig. Ihr Blick fiel auf die beiden Kästen Bier, auf das knappe Dutzend der bereits geleerten Flaschen. „Verstehe. Lust auf einen Imbiss?"

Die drei Männer atmeten auf, als Katja die Tür hinter sich zuzog.

„Kannst du nicht abschließen?", stieß Sigi hervor. Er hatte einen knallroten Kopf.

„Das wirkt nur verdächtig." Archie schüttelte den Kopf. „Sie hat doch nichts gemerkt."

„Und wenn jemand anders reinkommt?"

„Hier kommt nie einer."

Schweigend arbeiteten sie weiter.

Es folgte eine weitere Schicht Plastiknoppenfolie, die wiederum mit viel Klebeband verschnürt wurde.

Katja kam herein, ein Tablett mit belegten Broten in der Hand. Sie stellte es auf einem der Bierkästen ab.

Jetzt waren es vierzehn leere Flaschen Bier.

„Sieht aus wie eine Mumie", sagte sie im Vorübergehen. „Als wäre da wirklich jemand drin."

Die drei Männer erstarrten für den Bruchteil eines Moments.

Dann sagte Archie geistesgegenwärtig: „Da ist auch jemand drin, Schatz, das weißt du doch. In jeder meiner Statuen steckt eine Muse."

Sigi lachte, ein wenig zu laut.

Die Tür fiel hinter Katja ins Schloss.

Alex baute sich drohend vor Archie auf. „Weiß sie etwa Bescheid? Spuck's aus, hast du ihr von der Sache damals erzählt?"

Archie musterte alle beide. „Wenn ihr mir nicht vertraut, dann nur raus mit der Sprache." Seine Stimme zitterte. „Ich mach hier für euch die Drecksarbeit und ihr … Bitte, wenn das so ist, können wir gern zur Polizei fahren."

Sigi legte ihm eine Hand auf die Schulter. „Reg dich ab, war nicht so gemeint." Er gab Alex ein Zeichen.

„Tut mir leid, Alter, die Nerven", murmelte Alex pflichtbewusst.

Es folgte die zweite Schicht Gips. Archie begann das Gesicht zu modellieren und gab Sigi und Alex den Auftrag, den Körper zu verfremden.

„Ihr habt meine Skulpturen im Garten und die im Katalog gesehen. Es muss nicht natürlich aussehen. Grobe Formen. Die Oberfläche muss nicht glatt sein. Haltet euch nicht lange an einer Stelle auf, Sigi kümmert sich um die Beine, Alex um den Oberkörper …"

Sechzehn Flaschen Bier.

Archie dachte, dass sie im Grunde eine Art Begräbnis zelebrierten. Nur der Sarg hatte eine andere Form. Kürzlich hatte er in der Zeitung gelesen, dass es neuerdings möglich war, sich in einem eigens hergestellten und nach Wunsch gestalteten Zellulosesarg bestatten zu lassen. Kostete nicht viel. Vielleicht sollte er sich auf diese Sache spezialisieren. Neuartige Särge produzieren. Künstlerisch gestaltete Särge. Särge für alle Lebenslagen. War das womöglich die gesuchte Marktlücke? Ihm sozusagen wie auf den Leib geschneidert?

Das Bier tat allmählich Wirkung.

Sigi hatte zu viel Gips verwendet. Die Leiche hatte einen Busen bekommen. Alex formte eine zweite Brust.

„Genial“, schrie Sigi. „Die Metamorphose! Jetzt ist er eine Frau.“

Als Katja ein drittes Mal ins Atelier hereinschaute, um Archie zu sagen, dass sie am Abend zu einer Freundin fahren würde und für die Männer Pizzen bestellt habe, warfen alle drei ihr einen Handkuss zu.

Katja begutachtete das Werk. „Bisher hast du immer Männerstatuen gemacht.“ Sie drohte Archie spielerisch mit dem Zeigefinger. „Hat das etwas zu bedeuten?“

Die Männer hörten noch, wie sie draußen den Motor anließ.

Archie, Sigi und Alex verbrachten den restlichen Abend im Atelier. Die Stimmung war inzwischen beinahe heiter. Der erte Kasten Bier war leer. Auf einem Klapptisch standen Teller mit Pizzaresten. Archie hatte ein Transistorradio eingeschaltet. Und das Trockengebläse. Damit das Kunstharz auf den Fiberglasmatten über dem Gips möglichst bald aushärtete.

Irgendwann nach dem achten Bier sagte Alex zu Archie: „Du hättest eben doch Leichenbestatter werden sollen.“

Archie gluckste. „Und du Facharzt für gebrochene Herzen.“

„Und Sigi? Spezialist für Schädelbasisbruch“, schrie Alex.

„Wir hätten eben nicht Jura studieren sollen, Freunde“, rief Sigi lallend und hob wie ein Dirigent beide Arme hoch. „Dann wäre das alles nicht passiert.“

„Aber dann wären wir uns nie über den Weg gelaufen.“

Beim neunten Bier schlug Sigi vor, sie könnten ja gemeinsam etwas aufziehen. Er brauchte aber mehrere Anläufe, bis er den Satz heraus hatte.

„Aufziehen? Wie denn? Was denn?“, lallte Archie.

„Na, hier. Bei dir. In der Provinz sind die Grundstückspreise günstig. Ein Hotel zum Beispiel.“

„Ein Fünfsternehotel!", rief Archie. „Mit Schwimmbad und Sauna und Wellnessbereich und Cocktaillounge und ..."

„Ein Kino bitte", ergänzte Alex.

„Das wird der Renner", schrie Sigi, sprang auf und torkelte mit der Flasche in der Hand durchs Atelier. „Ich kümmere mich um die Küche, Archie sorgt für die Ästhetik, für Statuen auf der Terrasse und so weiter ..."

„Und wo nehmen wir die vielen Leichen her?", grinste Archie. „Und das Startkapital?"

„Das spendiere ich!", rief Sigi mit hochrotem Kopf. „Aus meinem Koffer voller Geld ..."

„Breuberg wird der Geheimtipp!"

„Wir brauchen einen Namen."

„Hotel zur kalten Leich'!"

„Zur alten Eintracht!"

„Im Schatten der Burg!"

Das Erwachen am nächsten Morgen war hart. Keine Probleme mit der Skulptur, die Archie in den nächsten Tagen lackieren, mit Acrylfarbe bemalen und dann auf die Burg transportieren würde. Keine Probleme mit dem Wetter. Der Regen hatte nachgelassen, an einigen Stellen zeigten sich sogar blaue Himmelsfetzen. Große Probleme hingegen mit Kopfschmerzen, Gedächtnis und Gleichgewicht. Und als Sigi den Kofferraum öffnete, damit Archie seinen wohlverdienten Lohn erhielt.

Katja

Vor dem Tod hatte sie keine Angst. Es war, als hätte er sie schon immer begleitet, vom ersten Tag ihres Lebens an. Ein Vermächtnis von Generation zu Generation, das einem in den

Poren saß, im Hirn, im Herzen. So etwas wurde weitergegeben wie Talente, wie die Augenfarbe. Ein bisschen Tod steckte in jedem Menschen.

Katja hatte jahrelang im Krankenhaus gearbeitet, erst bei den Säuglingen, dann Intensiv und Aufwachraum, zuletzt auf der geriatrischen Station. Sie erschrak nicht beim Anblick einer Leiche. Sie hatte den Übergang gesehen, vom Leben zum Tod, hatte gespürt, wie der Tod sich nach und nach das Leben einverleibte.

Wie die Nacht den Tag. Und umgekehrt. Bei Sonnenaufgang war sie schon kurz vor Marseille. Den Regen hatte sie weit hinter sich gelassen.

Das Leben war viel zu kurz, um es an einem einzigen Ort zu verbringen. Ob Archie ihre Abwesenheit schon bemerkt hatte? Viel zu lange hatte sie schon gewartet, immer wieder gezögert. Aber dieses ewige Gejammer, sein Selbstmitleid, die depressiven Phasen, in denen ihr manchmal regelrecht die Luft wegblieb.

Die Entdeckung der Leiche war Zufall gewesen. Sonntagabend, die drei Freunde in der Sauna, Katja noch einmal zum Luftschnappen vor die Tür. Kein einziger Stern am Himmel, immer noch Regen. Sie hatte bemerkt, dass der Kofferraum des A 6 ein klein wenig offen stand. Eigentlich hatte sie die Klappe nur kurz öffnen und mit Schwung zuschlagen wollen, falls Wind aufkam und der Deckel womöglich von selbst aufging und es reinregnete.

Was sie in dem Kofferraum fand, war so überraschend wie befremdlich. Im ersten Moment jedenfalls. Wie gesagt, sie kannte den Tod. Manchmal konnte man sich nicht aussuchen, was man unvermutet vorfand. Auch die Gedanken nicht, die plötzlich da waren, kerzengerade und hellwach wie frisch nach der Yogastunde: Das ist deine Chance.

Neben der Leiche Sigis Geldköfferchen. Mit der Abfindung.

Wer ließ denn einen Koffer mit so viel Geld einfach im Auto liegen? Der dachte wohl, in der Provinz ist das idiotensicher, da sagen sich Fuchs und Gans Gute Nacht. Sie hatte eine Plastiktüte geholt. Und wenn sie ihm nur eine Lektion erteilte …

Das war Sonntagabend gewesen. Sie musste eine Nacht drüber schlafen. Und am nächsten Morgen mit klarem Kopf noch einmal die Möglichkeiten abwägen. Bleiben oder gehen. Keine Frage, eigentlich.

Sie musste weg. Nichts wie weg. Weg von den auszüglichen Blicken von diesem Alex, der sich wer weiß wie toll vorkam, die Frau seines Freundes anzubaggern. Was der sich einbildete, wie sicher der sich war, dass er sie kriegen könnte, wenn er nur wollte. Weg von Männern wie diesem Sigi, ein vollgestopfter Hamster im Rad, das aus der Verankerung gesprungen war und mit ihm durch die Gegend kollerte, das arme Schwein. Archie hatte nur die Stichworte erwähnt, Frau weg, Job weg, eine Abfindung, aber Geld war nicht alles.

Nein, nicht alles. Trotzdem eine ganze Menge.

Sie musste weg von Archie, diesem Dickhäuter, mit dem sie schon viel zu lange zusammen war, der sie zu besitzen glaubte, für immer und ewig, wie die Burg, die da war, wenn er morgens aufstand und wenn er abends zu Bett ging.

Sie streichelte das Lenkrad. Der alte Ford Fiesta hatte die weite Strecke tapfer durchgehalten. Die Plastiktüte mit dem Geld lag unter einer karierten Decke auf dem Rücksitz. Katja brauchte nicht viel zum Glücklichsein, die ganze Welt war voller Möglichkeiten. Provinz gab es schließlich überall.

Über die Autorin

Die gebürtige Hamburgerin Barbara Krohn lebt in Regensburg und in der Lübecker Bucht.

Nach dem Studium arbeitete sie für vier Jahre als Lektorin des DAAD in Neapel. Seither ist sie Schriftstellerin, literarische Übersetzerin, Dozentin für Kreatives Schreiben im In- und Ausland.

Sie schrieb ein halbes Dutzend literarischer Kriminalromane, verlegt bei Aufbau und Goldmann. Ihr Roman *Rosas Rückkehr* wurde vom ZDF unter dem Titel *Der Tote am Strand* verfilmt (2007). Die Gedichtbände *Orte der Liebe* (2004), *Im Handumdrehen* (2015) sowie die Kurzprosabände *Alltagsrettung* (2010) und *Zeit fließt herein* (2023) erschienen im Verlag edition lichtung.
Der KernVerlag veröffentlichte bereits 2014 *Orte der Liebe / Isles of Love* in einer zweisprachigen Ausgabe.

2002 erhielt sie den Kulturförderpreis der Stadt Regensburg, 2012 den Kunstpreis Literatur der Regensburger Kulturstiftung der REWAG, Schreibresidenzen des Oberpfälzer Künstlerhauses im Virginia Center for the Creative Arts 2011, sowie 2015 im Djerassi Resident Artists Program in Kalifornien.

Sie ist Mitglied im PEN-Zentrum Deutschland und im Verband deutscher Schriftsteller (VS).

www.barbara-krohn.de
www.kreatives-schreiben-regensburg.de

Bibliographie

Die meisten der für diesen Band ausgewählten Erzählungen erschienen im Verlauf von über drei Jahrzehnten in Anthologien großer Verlage, andere werden hier erstmals veröffentlicht.

Bruderliebe
erschienen in: Neues vom Leben, die besten Kurzgeschichten aus dem Bettina-von-Arnim-Preis 1993, Piper, 1993, gekürzte Fassung auch in: lichtung magazin 4/2014

Ein Schaf umarmen, oder: Elternabend
erschienen in: Die Liebe der anderen, Rütten &Loening, 2003, Aufbau Taschenbuchverlag, 2005

Julinacht in Paris
erschienen in: In Liebe, Rowohlt, 1988

Der neue Mann
erschienen in: Die Liebe der anderen, Rütten &Loening, 2003, Aufbau Taschenbuchverlag, 2005

Ein Platz an der Sonne, oder: Pazienza!
erschienen in: Ferienlesebuch, Heyne, 2000

Mein Leben mit Betten
unveröffentlicht, 2013

Inge drei
erschienen in: Literatur im Museum, Kunstforum Ostdeutsche Galerie, VS Regionalgruppe Ostbayern, 2000

O Tannenbaum
erschienen in: Weihnachtbuch VS

Jahreskalender Regensburg
erschienen in: rrrr – Regensburg, wie es wirklich ist, Giselaverlag, 2018

Kein Wässerchen trüben
erschienen in: Mördchen fürs Örtchen, KBV, 2011

Auf den Hund gekommen
erschienen in: Schöne Leich' in Wien, Grafit, 2008

Goldener Oktober
erschienen in: Tatort Bayern, Grafit, 2005

Der letzte Tanz
erschienen in: Regensburger Requiem, Hg. Barbara Krohn, KBV, 2013

Man lebt noch
erschienen in: Mordsweihnachten, Rowohlt, 2010

Von Engeln und anderen Gefahren
erschienen in: Totenstille Nacht, Rowohlt, 2012

Provinz ist eine Möglichkeit
erschienen in: Tatorte Odenwald, Societätsverlag, 2009

Gerd Burger

Viele Seiten Leben

Texte aus drei Jahrzehnten

€ 20,00

ISBN 978-3-934983-75-5
KernVerlag

Gerd Burger ist ein großartiger und aufmerksamer Chronist seiner Heimat und seiner Zeit. In seinem neuen Buch finden Sie ein Kaleidoskop an Texten über verwunschene Orte, vergessene Kleinode und wertvolle Menschen.

Der Reisebegleiter und Schriftsteller, der Büchersammler und Freund der Stille führt uns mit Sachkenntnis und Wortwitz nach Regensburg und Ostbayern, zu Klöster und durch Flußlandschaften. Er macht uns bekannt mit stillen Orten und aufregenden Künstlern und zeigt den Einheimischen die Heimat von ungewohnten Seiten.

Ein wunderbares Buch zum Lesen, Träumen und Verschenken!